淘寶黃金手

第二輯 卷二 超級鑽石

羅曉 著

目錄

淘寶
黃金手
第二輯

第二十一章

重蹈覆轍

現在，他只能繼續尋找出路。

游到水流轉彎處，周宣小心地貼著岩石轉過去，

以防再遇到在瀑布頂上經歷過的情況，以免重蹈覆轍。

不過，轉過這個彎道後，周宣異能探測出去，忽然間怔住了。

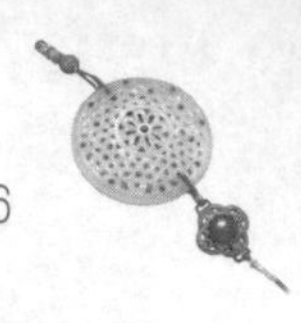

周宣在往下繼續潛的同時，跟水面上的人通了話，他沒說自己潛水的深度，只說還在尋找中。

再潛下四十米的距離，周宣忽然探測到左前方一百七八十米處有一個洞口，因爲這個水下洞口跟他現在的深度差不多是平行的，差不多也處在七百一十米之間。

周宣心裏一激動，立馬就感覺到了四面八方壓迫而來的巨大壓力。

如果再這樣繼續下去，周宣可以料到，自己肯定會被巨大的壓力擠破身體，爆體而亡，於是當即趕緊沉下心來，把身體保護好，這才消除了深水壓力的擠迫感覺。

像現在這個樣子，周宣估計他再潛下去的深度不會有多少，最多也就再潛下兩百米左右，而這個深度中，異能探測到的生物都是一些身體扁平的魚類。

周宣沿著剛剛探測到的方向游過去，因爲壓力過大，開始呼吸起氧氣來，這讓他身體中的壓力又減輕了一些，畢竟，完全屏息潛到了這個深度，分心二用還是很難的。

身體輕鬆了一些，周宣游向了那個洞口，近了才覺察到，這個洞大約有三米多到四米的直徑，水潭中的水從這個洞正流出去，不過卻是不很急，從上面瀑布的流量可以估計到，這個流量的速度是不足以減少瀑布衝擊下來的大量流水的，那水底下肯定還有另外的水流出口。

不過，周宣在現在七百一十米的深水中，再下探兩百米居然還沒有探測到底，想來另外的地下河流洞口他也不可能到得了，超過一千米的深水，恐怕誰也承受不了那個壓力。

因爲水流不急，周宣想了想，還是覺得他先進去探測一下比較好。如果覺得不妥，就趕緊回來，照理說應該是沒有什麼怪獸怪物之類的，唯一要擔心的，就是這個水下河道會不會再有大瀑布一樣的事情發生，如果進去後又遇到那樣的環境，那他就不可能再回來這裏了。

雖然這裏也是一個絕境，但這裏起碼還有傅盈和魏曉雨，那是他不能丟下的人，就算要死，他也會跟她們在一起。

但最好的結局是，他能找到九星珠，大家一起逃出這個鬼地方，然後通過九龍鼎回到一年後，回到原來的生活中。

但是如果探測不到出路，那個願望就是白想了。

周宣猶豫了一陣後，就游進了洞中，異能全力運起來探測著前面。

水流的感覺很自然，緩緩地向裏面流去，並不湍急，能輕易把握住自己的身體，而前方的位置，幾乎是平行著的，周宣探測到兩百米之外的地方是地下河流的通道，因爲差不多是筆直的，所以他才能探測到前面的情形，不過在洞裏游進了三四米後，周宣又發覺到，他的異能居然穿透不了這裏的岩石。

在水潭上，周宣的異能可以探測進岩石中五米的深度，但是在這裏，幾乎只能探測進一米多，所以他的異能一遇到岩石，就沒辦法再探測到更深的深度，而水流中倒是可以直接探測到，但異能最遠的距離就只能達到兩百米，這還是他把異能凝成束的結果，如果把異能以三百六十度的範圍展開，那就只能探測到五十米的距離。

在暗河中緩緩前行著，說實話，不害怕是假的，在這麼深的深水中，又潛進了暗河道裏數十米，如果出了什麼意外，那就真是死無葬身之地了。在這樣的環境中，任何人都回天無力，從這個地方要回到水潭面上，速度很快的潛水高手也會花上將近兩個小時，甚至會更長。

不過周宣有助推器，助推器的電源還是滿的，一次都沒有用過，而下來的時候，周宣是用異能將身體變沉重，所以下潛的速度遠超過別人，就算是用助推器，也沒有人能達到他這個速度，但往上游就沒辦法了，只能一米一米游上去，助推器倒是能起作用了。

游到一百多米的距離時，周宣探測一百米外的暗河流向轉了彎，異能探測不到彎道後的情況，不過水流依然是平緩的，倒也不太擔心，又試了試通訊器，這裏與水上面的通訊就斷掉了，電波無法穿過岩石。

周宣在猶豫中往前行，心裏害怕，但又想到，現在探測到這個水下洞口已經是一大發現了，能不能出去就靠這個洞了，如果現在就退回去的話，等於是前功盡棄。

現在，氧氣瓶裏的氧氣只能堅持到一個小時的樣子，這就是難題。

當然，周宣用異能也能讓他們支持得更長，但周宣還要保護傅盈和魏曉雨，在同樣的情況下，他只會選擇幫助傅盈和魏曉雨，如果還要分心替所有人改善身體，周宣恐怕就得把異能耗盡，那樣搞不好就得讓自己悶死在這深水洞中了。

由不得周宣多想，現在，他只能繼續尋找出路，實在不得已，就只能丟下安國清那五個人，只護著魏曉雨和傅盈逃命了。

周宣知道，在現在這種情況下，他要捨命保護的，只有魏曉雨和傅盈兩個。

游到水流轉彎處，周宣小心地貼著岩石轉過去，以防再遇到在瀑布頂上經歷過的情況，以免重蹈覆轍。

不過，轉過這個彎道後，周宣異能探測出去，忽然間怔住了。

在前面十來米遠的地方，暗流河道分了岔，一條繼續往前流去，一條則是往上的。周宣異能探測過去，水流往前的暗道裏仍然是水，但向上的通道卻讓周宣驚疑不定。

因爲向上的通道中，周宣探測到竟然沒有水，是空的，這實在太令人奇怪了，因爲水的原理，這個高度上，與外面那個水潭的高度不是處在同一水平線上的，水壓肯定會將這裏淹滅掉，但周宣探測到的地方，那裏明顯是空的，是空氣存在的情形。

不過周宣同時又探測到，在那個空氣與水面交接的地方，空氣中瀰漫著太陽烈焰能量分子的存在，而且濃度很高，遠不是坡心村井水中那點分子能夠相比的，就是比起周宣身中的太陽烈焰能量，那也深厚得多。

周宣心裏頓時狂喜起來，能探測到這麼強勁的太陽烈焰能量分子的存在，那肯定就離九星珠的距離不遠了，也許過去就能看見。

周宣興奮之極，一邊又努力鎮定下來，小心游了過去。

到了岔道口的地方，在燈光照射下，水上面那個洞亮著白色的光，與水面接觸的地方，似乎有一層無形的像是玻璃一樣的透明物質，阻隔著水流的進入。

如果換了安國清那些人，可能並不清楚，但周宣卻是明白的，因爲異能與這個能量一接觸，就有了一種親熱興奮的感覺。

在這個接口，毫無疑問是九星珠的能量阻隔住了水流的侵襲，這地底水流的能量周宣也能估計到，那是無法計算出的壓力，他就算是傾盡了全部的異能也不可能阻隔得住這麼龐大的水流不漫上洞穴，從這就能想得到，這個接口的能量有多強。

但周宣又驚疑不定，像這樣的能量設置，不可能是大自然的能力，應該是人，或者是他無法想像的高度文明的存在所爲。

周宣用異能探測到，這個能量口不僅能量強大，而且溫度至少超過了五百度的高溫，如果是生物，不論是哪一種生物，只要經過這個能量口，且不說能不能經受得起能量的壓力，就是這個高溫也能將一切生物燒死。

不過，偏偏周宣身擁太陽烈焰的能力，與這能量同出一源，運起異能護著身體，周宣輕而易舉地穿過了能量環，之後，周宣又驚訝地發現到，面前這個洞有如傳說中的水晶宮一般，石鐘乳林立，全是淨白色，而洞中每隔幾米遠的距離，頂上就鑲有一顆發著白光的寶石。

在下面看來，這些發光的寶石就像是一顆顆地發著亮光的水晶燈，因爲地處這麼深的地底，周宣知道不可能是夜明珠一類的東西，絕大多數夜明珠都是需要吸收光源才能發光的，這麼深的地底是不可能有光源的，唯一的可能就是，這些發光的東西是用某種能量支撐的。

走了幾步，周宣索性把頭套取了下來，洞越走越寬，景色也越來越漂亮，而洞壁上除了會發光的寶石外，還有無數的金剛鑽石之類的寶石，而且體型也遠比世界上所發現的天然鑽石要大得多。

周宣禁不住呆了。

這些鑽石他探測得很清楚，都是地球上的物質，除了那會發光的寶石他探測不出來是何種物質以外，這些鑽石雖然比世界上所發現的要大，但都是地球上的東西，這個是可以肯定的。

周宣的異能一直都只能探測地球上的物質，當然，也許太空以外的有些物質他也能探測，但至少黃金石和九龍鼎這兩樣他就不能探測。

黃金石是天外之物，周宣早就知道，其中包含著異能量，不過周宣不能肯定那與外星文明有什麼瓜葛，但這個九龍鼎就與黃金石不同了，黃金石也許還能說是天外之物，天生的，但九龍鼎卻明顯是智慧生物製造出來的，周宣只是不能肯定是人類還是外星生物製造的。

而現在這個地方，環境看來是自然的，但這些發光寶石和洞口與水面接觸的能量體，卻肯定不是天生的。

前面的亮光越來越強，周宣的異能很強烈地感覺到九星珠那種能量分子的存在。是了，這裏面肯定是九星珠放置的地方了。

周宣激動起來，雖然一時還不知道九星珠在哪個位置，但這個地方顯然不是自然的，那就有希望找到出路了，而且也有極大可能找到九星珠了。

想了想，周宣還是轉身回頭，下來的時間太長，魏曉雨和傅盈肯定十分擔心，通訊器也沒有辦法聯絡，既然找到了這個地方，那就回去把所有人都帶過來，大家一起找出口出去。

能發現這個地方，周宣就安心多了，這樣他也才能幫助安國清那些人潛水過來，如果沒有他的幫助，安國清他們是不可能潛到這個深度的。

下潛到七百米的水深，又要穿過兩百來米的地下暗河洞。這暗河洞也是處在七百米深的深水中，就算有他的幫助，那也游不快。要到這個地方，至少得花兩個半小時，所以這就又得靠周宣的異能支撐，否則他們的氧氣瓶一個小時就耗盡了，只能悶死在深水中。

周宣從能量口處穿過，進入到水流中，然後往回游，穿過兩百米的水道進入到大水潭中，一進到水潭中，就聽到對講器裏魏曉雨哭泣的聲音傳來：

「周宣……你在哪兒？你別嚇我……快回來……」

因爲時間超過了兩個小時以上，通訊器又不通，安國清那五個人都以爲周宣已經死在了水底下，現在氧氣瓶存氣太少，誰都不願意下水去搜尋，而且估計到周宣已經死了，再下水搜尋也是白白浪費剩餘不多的氧氣。

只有魏曉雨穿好潛水服，不顧一切地往下潛，傅盈也下了水，雖然她現在與周宣還沒有感情，但周宣拼死護著她的感情，她還是感受得到的，一個能付出生命來保護她的人，她肯定是要救的，雖然她也知道，希望渺茫。

周宣不敢耽擱，馬上通過對講器說道：「曉雨，快回到岩洞中，別浪費了你的氧氣，我沒事，馬上就回來，快回去，我有事跟你們說。」

一聽到周宣說話，魏曉雨和傅盈都情不自禁的激動之極，忍不住叫道：

「周宣，你……你還活著？」

「周宣……你……你嚇死我了！」

前面說話的是傅盈，後面說話的是魏曉雨，魏曉雨說出這話後，甚至是毫不掩飾地哭出聲來，但哭聲中卻顯然是高興多過悲傷。

安國清五個人都欣喜地叫了起來，七嘴八舌問起來。他們雖然沒有下來救周宣，但現在周宣還活著，對他們來說是一件值得驚喜的事。

與周宣失去聯繫的時間大約是一個小時，他們都在想，這一個小時裏，周宣到底發生了什麼事？難道是找到出口了嗎？

在對講器裏，周宣不方便說出來，有些事也無法說清楚。

周宣與水面上的人通了話後，所有人的心都安了些，魏曉雨和傅盈也趕緊潛回水潭上面，因爲她們沒有周宣的相助，能潛到的水深也就只有兩百五六十米，在那個深度，她們往回潛的話，最快也要花幾十分鐘。

周宣把助推器打開，助推器的力量把他迅速往上面推動，同時周宣的異能也探測著，六百米，五百米，四百米，兩百米，一百米，到三四十米的地方，周宣就追上了傅盈和魏曉雨兩個人。

在與周宣失去聯繫後，魏曉雨和傅盈兩個人一起到水下去找尋周宣，因爲怕再出事，兩個人都不約而同聚在了一起，沒有分開。

周宣與魏曉雨和傅盈也一直通著話，所以一見到周宣後，魏曉雨就抽泣著游過來，一把抱住了他，再也不鬆開。

周宣從頭套鏡中看得到，傅盈雖然矜持一些，但眼神中可以看得出來那種關心，不過雖然再關心，卻不是愛意。

周宣摟著魏曉雨，又對傅盈示意了一下，然後往上游，幾分鐘後，三個人一起遊回到了水面上，沃夫兄弟在前面趕緊伸手，把他們三個人都拉了上去。

周宣在岩石上坐下揭開頭套後，喘了幾口氣，不過卻不是累，而是激動的。

魏曉雨卻只是摟著他，嘴裏哽咽著道：「周宣，你真的嚇死我了。」

周宣心中感動，但再感動也不能化成愛意，傅盈還在身邊呢。

等到周宣平息下來後，安國清才問道：

「小周，你在下面有什麼……有什麼發現嗎？」

安國清問這話時，聲音顯得很緊張，而羅傑和張鴨哥、沃夫兄弟也是同樣的疑問，所有人的眼睛都盯著周宣。

周宣深深呼了一口長氣，然後才沉沉地說道：

「我也不知道該怎麼說，不知道是不是找到了出口，也不知道能不能出得去。」

他停了停又說道：「我在水潭下面找到了一個水下暗河流道，穿過兩百來米後，又發現了一個有空氣的洞口，那裏……我猜想，應該是九星珠所在的地方吧。」

周宣說找到九星珠所在的地方時，別人還沒反應過來，安國清卻是臉色大變，一把抓著周宣的胳膊，顫著聲音問道：

「你……你說什麼？找到……找到九星珠了？」

聽到安國清說出這個話來，其他人才明白到，原來跟安國清協商的內容，就是要找到這個叫什麼「九星珠」的東西，如果找到了這個東西，任務就算是完成了，也能拿到安國清兩百萬的報酬了。

只是現在他們最關心的卻是，能不能離開這個可怕的地方再回到人世間，那才是最重要的，否則，就算安國清給他們兩千萬，或者是兩億，那又能怎麼樣呢，有錢賺卻沒命花啊。

周宣沒有說出那美如水晶宮洞裏的珍寶的事，現在說出來反倒是麻煩事，乾脆讓他們自己去看吧。

「不過去到那個洞裏，我們得從七百一十多米的深水中游進那個洞裏去。」

周宣想了想，把潛下去要注意的事先說了出來。

周宣的話一出口，安國清和羅傑等五個人都呆了呆，不約而同上前看著周宣腕上的壓力表。

表上面的電子數字定格在「七一七」米的數字上，深水壓力表上有幾個顯示，一個就是水深的數字，另一個則是大氣壓力的數字。

這兩組數字外還有個活動表，活動的則是即時的水深和壓力數字，而固定的數字是最深水處水深和最大的壓力數字。

七百一十七米。這個數字已經不能用驚人來形容了，簡直是讓安國清五個人都呆若木雞。

這個數字是真的嗎？一個人能達到這麼深的地步，絕對是難以想像的事，就算新型的潛水服穿在身上，也是難以達到這麼驚人的深度的。

安國清又何嘗不明白，他在瀑布上面的深水中就已經感受到了，到三百米左右的深度時，他已經覺得舉步維艱了，雖然還沒有到他能承受的極限，但安國清明白，他在三百米的基礎上，最多也只能再下潛二十米的樣子。

三百二三十米的深度，那是安國清的極限，要說周宣所到達的這個七百一十七米，那除非是坐潛水艇，否則他無論如何也不可能潛到這個深度，這是他可望而不可及的程度。

安國清是這樣，羅傑，張鴨哥，沃夫，丹尼爾這四個人就更不用說了，這個深度，他們連想都不敢想，到了這種深度，人應該早已經被強大的壓力壓成了肉餅吧。

安國清五個人呆了呆，卻又想到，周宣說這話的意思，顯然證明他已經到了那個深度，而不是空口說白話。這個周宣究竟是個什麼樣的怪人？這種深度是一個人能到達得了的深度嗎？

就算周宣說的這個洞是個出口，那也等於是白說，這個深度，他們沒有哪一個人能潛到那麼深，這個關卡可不是瀑布上面那個兩百五十米深的關卡啊。

爲了那個兩百五十米的深水，安國清都耗盡精力準備了十七年，通過他龐大的財力才得到了世界上頂尖的高科技設備，不過，潛水服設計得再高明，也不可能潛到七百多米的深度，除非是潛水艇。

潛水艇的話就不用說了，但地底下的環境限制了這一行動，潛水艇是不可能用的。

周宣看著這些人都是呆呆的直發愣，當即笑了笑，說道：

「我倒是可以幫你們潛到那個深度。」

當真是語不驚人死不休啊，周宣的話，又一次讓所有人都驚呆了。

周宣自己能潛到那個不可能達到的深度已經讓他們不能相信了，這時又說還能讓他們也都能潛到那麼深的深度，這太不可思議了吧？

當然，有兩個人是相信的，那就是魏曉雨和傅盈，因爲她們兩個人知道周宣的能力。

周宣笑了笑又道：

「大家好好準備一下，我練過一種內家功夫，武當秘傳，用這門內門功夫可以替你們改善一下體質，幫助你們承受較大的水下壓力，但到底是什麼原因，我一時也跟你們解釋不清楚，還有，在水中的時候，你們儘量屏住氣，把呼吸放緩慢一些，以節省氧氣瓶中的氧氣爲緊，這樣才可以在水底中支持更長時間。」

安國清五個人看著周宣說話的表情，不像是說笑開玩笑，尤其是安國清，聽到周宣說地底洞裏有可能是九星珠存在的地方，一時心癢難搔，只是想到要潛到七百米深的水下時，心中頓時又冰涼一片，所以，當他聽到周宣說能幫他們潛到七百米深的水下時，高興的心情是無法形容的，但卻又半信半疑的。

「你真的可以幫我們潛到七百米深的深水中？」

第二十二章

九星奇珠

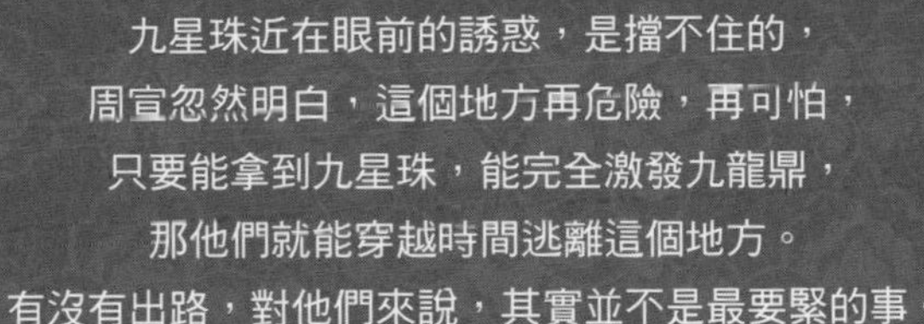

九星珠近在眼前的誘惑，是擋不住的，
周宣忽然明白，這個地方再危險，再可怕，
只要能拿到九星珠，能完全激發九龍鼎，
那他們就能穿越時間逃離這個地方。
有沒有出路，對他們來說，其實並不是最要緊的事。

安國清半信半疑、又驚又喜地問著，有如溺水者抓到了救命稻草一般。

「應該是可以。」周宣回答著，瞧見他們都不是很相信的表情，笑笑又道：

「要不這樣吧，我先讓曉雨和盈盈兩個女孩子跟我過去，成功了之後，我再回來接你們過去，怎麼樣？」

這一下卻是安國清連同羅傑、張鴨哥、沃夫、丹尼爾一起搖頭拒絕了。

「不不不，一起吧，要走一起走。」

「我也贊成一起走，這地方詭異得很，在一起也好互相有個照應。」

眾人七嘴八舌地都說了出來，人都是有私心的，要是周宣跟魏曉雨和傅盈一去不復還，那他們就都傻眼了。

尤其是安國清，對周宣的防備之心很重，現在要穿過七百米深的深水就只得靠周宣，雖然不知道他說的是真是假，不過看兩個女孩子的神情，應該是真的，否則的話，他怎麼敢讓兩個女孩子跟他下去？

周宣心知肚明，不過，只要還在他的能力範圍以內，只要未損害自己的利益，未造成自己的危險的情況下，他不會把這幾個人扔在這兒不管的。

周宣想了想，說道：

「還有一件事，我得跟你們說清楚，我不能保證過去後，在那邊就能找到出去的路，說不定那裡又是一個絕境，所以我要跟你們說，過去後，估計氧氣瓶的損耗就差不多了，要再回到這個地方就有難度，所以你們得自己考慮好，願意過去的就跟我去，到了那邊要是出不去，也別埋怨我。」

幾個人除了安國清外都沉默下來，周宣說的話擊中了他們的害怕之處，確實是這樣，要是過去那邊仍然是個絕境的話，那就沒辦法回到這兒了，雖然這兒也是個絕境，但畢竟離地面要比周宣去到的那兒近，那裏可是比這裏還要低了七百米的深度，想想就可怕！

不過安國清根本就不考慮，直接說道：「我去！」

他來的目的就是爲了九星珠，有九星珠出現的地方，就是再危險，再難，他也要過去。實在逃不出去，能看到九星珠的樣子，死也値得了。而且，安國清心裏面還有一個別人都想不到的秘密，一個事關生死的重大隱秘。

現在，雇主都要跟著去了，其他四個人留下來還有什麼用？而且，離開了周宣的話，上又上不去，下也下不去，那就是活活等死，還不如跟著去了。

「好吧，我們都跟著去了，與其前後都是個死，還不如冒險闖一下。」

「那好，大家穿上潛水服，準備好就動身。」周宣不再說別的，然後又囑咐道，「大家都依我說的辦，儘量屏住呼吸，實在忍不住的時候才使用氧氣瓶，這樣可以讓氧氣瓶能支撐得更久。」

周宣說完，就幫魏曉雨和傅盈穿戴潛水設備，她們兩個人的氧氣瓶餘氣要比安國清五個人多得多，至少還能使用三個半到四個小時，這當然也是完全得益於周宣的暗中相助，而周宣自己的氧氣瓶餘量更是驚人，不過安國清那些人都沒有注意到，也沒有檢查別人的氧氣瓶。

檢查好並準備好之後，周宣打了個手勢，率先領著魏曉雨和傅盈進入水中，接著，安國清幾個人接二連三的跳進水中，緊緊地跟在周宣身邊。

這個時候得跟周宣越近越好，因為覺得周宣說得很玄，有些不靠譜，什麼接觸都沒有，就這樣在深水中，他如何能同時幫到另外七個人抵抗深水中的巨大壓力？

想不通，也想不明白，只有緊緊地跟著周宣，跟他越近或許越安全。

因為人太多，一下子要分心照顧到七個人，周宣伸了左手出去，與魏曉雨挽了手，魏曉雨又與傅盈挽了手。

為了穩當，周宣一開始就運起異能在魏曉雨和傅盈兩個人身體內運轉，而魏曉雨和傅盈這時感覺到身體中暖洋洋的，極是舒服，這種感覺之前也有，不過現在才曉得，原來是周宣在暗中幫她們，否則在上面的時候，三百米的深度，她們如何能潛得到？

潛到百多米的時候，周宣又運起異能，將七個人的身體重量加重，讓下潛的速度加快了些，到了接近三百米的時候，這才放緩，因爲在這個深度還是要注意一些，免得自己顧不過來，出了問題就來不及做出反應了。

因爲擔心，安國清五個人乾脆手挽著手，學著魏曉雨和傅盈兩個，然後緊緊挨著周宣，安國清心裏還奇怪著，周宣與他們至少隔了半米遠的距離，又不見用手對著他們，他是如何辦到讓自己五個人都減輕了壓力？

到了三百米時，安國清等五個人特地小心看了看深水表，一邊又暗中檢查著身體，確實奇怪，身體就像浸泡在溫水中，全身舒暢，根本沒有覺得有半分的不適。

而之前下潛到三百米的深度時，心臟都給壓得快要跳出來了，深水巨大的大氣壓力如同大山一般壓在身上，但現在似乎一點也沒感受到。

沃夫兄弟這時忽然明白，之前在瀑布上面時，剛到兩百多米水深處，他們兄弟倆已經覺得到了極限，本來應過不了，但之後忽然輕鬆地又過了，一直都以爲是潛水服的作用，這時才明白，一定是周宣在那時就暗中幫了他們。

眼看著深水表上的數字一點點地上升，三百五十米，四百米，五百米，六百米……

眾人又興奮又驚訝，不過卻都緊張得一句話不說，到了七百米的時候，周宣還出聲問道：「你們有難受的感覺沒有？」

「沒有。」

「沒有，一點難受的感覺都沒有。」

周宣「嗯」了一聲：「那大家注意了，儘量動作加快一些，馬上就要進洞了。」

然後，魏曉雨和傅盈兩個人游到前面，在眾人的強光燈照射下，果然看到了前面數米處那個水下洞口。這時候再瞧瞧手腕上的潛水表，電子數字顯示著「七一七」米。

他們的確來到了七百米的深水中，一個令所有人都不敢相信的數字。

安國清無比驚訝，雖然之前周宣便說清楚了這事，但真正來到這裏卻又是另外一種心情。看來周宣遠不是他表面那麼普通，而他身似乎還有無數的秘密，這也讓安國清分外吃驚。

洞口夠寬，能同時容納四五個人游進去，周宣和傅盈魏曉雨三個人先進去，安國清五個人緊隨其後，其間的距離相距不到一米。

因爲水流是朝前面流去的，周宣帶著眾人游向前也不慢，雖然是在七百多米的深水中，但順著下游前去省事多了，水流的速度不急，對他們也沒有危險。

這次花了十分鐘的時間，比下潛的時間要短，到了岔道口的時候，周宣便說道：

「大家注意了，路口已經到了，千萬別往下游的洞裏去，我先上去，然後一個一個地跟上來。」

周宣傾注了太陽烈焰的能量到他們各自的身體，然後先穿過洞口處的能量環。

其實這時不用周宣解釋，其他七個人都瞧得見，上面這洞口中有亮得晃眼的亮光照射下來，將這一帶的水域照得明晃晃的，遠比他們的水下燈要明亮。

周宣爬上去後，把頭套摘了，然後把傅盈和魏曉雨先拉上去，再拉其他人上去，周宣已經運起太陽烈焰的能量注入他們身體中，中和了他們的感覺，讓他們察覺不到能量環中所包含的超高溫度。

當安國清、羅傑、張鴨哥、沃夫、丹尼爾五個人先後被周宣拉上去後，眾人都在這美如仙境的洞中驚得呆了。

這還要什麼安國清的兩百萬報酬？隨便將這洞壁上的巨大鑽石拿幾顆出來，早已不止兩百萬的數目了。

而這洞壁中的鑽石，有如天上的星星一樣多，密密麻麻沿著洞壁深處去，一眼望不到頭，頭頂上那些發著日光燈一般光芒的寶石更是不知何物。

在驚訝著這些財富的同時，大家都忘了一件重要的事，比如這個洞口與水面接觸的地方，水怎麼不湧進來？

安國清沒有異能，他當然不可能探測到九星珠能量的存在了，卻也被眼前見到的這一幕驚呆了。這是何等龐大的財富啊，世界上任何一個富翁落到這裏都會黯然失色。

五個人都跑到洞壁邊撫摸著那些鑽石，不過頭頂上那些發光的寶石卻是離得太遠，搆不著，而岩石壁上的鑽石又很緊，用手摳還摳不出來，不過，每個人下水之前都在腿上縛著一柄匕首，這時想也不想就抽出匕首來，準備挖鑽石。

周宣趕緊說道：「大家聽我說，先別急著取鑽石，先弄清楚這裏的環境再說，咱們不能再出什麼意外了，這些寶石在洞壁上不會消失的。」

幾個人一聽，當即也停了手，是啊，寶石如此之多，估計他們八個人怎麼搬都搬不完，得先看看有什麼危險沒有，這才是最重要的。

周宣的話讓眾人激動的心情都冷靜下來。是啊，還得先找到出口再說，只有能逃出去，那些財富才是財富，要是找不到出口，那這些富可敵國的鑽石還不如一塊麵包來得實在。

安國清冷靜下來後，倒是想起自己來這兒的目的，財富他已經夠多了，只有九星珠對他才有作用。

周宣運起冰氣探測著洞裏的情況，然後又與魏曉雨和傅盈一起，跟在前面五個人身後，他的心思也沒有落在鑽石上面，以前的經歷告訴他，以他的能力，並不需要再為金錢發愁，他現在想要的，其實跟安國清一樣，就是那八顆九星珠。

現在，周宣可以肯定，九星珠就在前面不遠了。

洞越來越寬大，透明晶亮的石鐘乳倒是漸漸少了，但洞壁上的鑽石卻是沒有減少，如星星般密佈在洞壁上。

只是越往前走，洞裏的溫度就越高了起來，感覺最明顯的就是安國清、羅傑、張鴨哥、沃夫兄弟五個人，這時候，周宣已經不再將異能運到他們身上，除了探測洞裏的情況外，周宣只用異能保護著魏曉雨和傅盈兩個人，所以她們兩個基本上沒有感覺到溫度的變化。

大約只走了五六十米，轉過彎口，面前竟然出現了一個寬達上萬平方的超大洞口，有如一個超級廣場一樣，而在廣場的中間位置，有一個圓環形的深坑，深坑的中間矗立著一根岩石。

熱量就是從中間的位置傳過來的，再瞧瞧這個超級大廣場一般的大洞，高達數十米，頂端有無數顆發光的寶石，而數之不盡的天然金剛鑽石在洞壁和洞頂到處都是，這麼多的鑽石如夢幻一般呈現在眾人面前。

安國清想也不想就往中間的位置急步走去，周宣探測到，九星珠能量就是從中間的位置傳出來的，也趕緊跟著安國清走了過去。

其他人自然也跟了過去，只是中間的熱度很高，走到一半的距離，除了周宣和魏曉雨、傅盈三個人外，其他人都是汗如雨下。

這裏的溫度至少超過了四十度，而且前面的溫度更高。

周宣有異能在身，魏曉雨和傅盈又得他暗中保護，自然不覺得溫度過高，再往前二十米後，羅傑、張鴨哥、沃夫、丹尼爾四個人就停下了腳步。

這裏的空氣溫度已經超過了五十五度，而離中間那個圓坑還有十幾米的距離，圓坑中正散發出滾滾的熱浪，從這個地方可以看到，圓坑裏竟然是紅彤彤翻滾鼓泡的火山熔漿。

難怪這個地方會那麼熱！

不過，周宣的眼光卻是被熔漿包圍著的中間那個部位，在那中間寬約一百平方的圓形石柱上，停放著一個圓形的弧形東西，隔得遠看不清，因爲那東西很陳舊，外表層很多泥塵和鏽跡，隔得遠的時候，看起來以爲是岩石，但是走得近了就看清楚了。

八個人都是驚得呆了，停留在原地，好半天，周宣才震驚之極地叫出聲來：

「飛碟！」

不錯，這就是一只飛碟。

那奇怪的形狀，那古怪的花紋，也許是某種文字吧，一切的一切，都能說明這是一個超出他們所有人想像的東西。

而飛碟的圓形弧邊上，每隔五六米的位置，便放置有一顆九星珠，朝著右邊方向的第三顆處，那個位置是空著的，也許那一顆就是周宣背包裏的那個九龍鼎裏面的那一顆吧。

到這時，周宣才可以肯定，他背包裏的九龍鼎來自於一個地球文明以外的世界，當然，這個飛碟也許並不是天外來物，不是外星文明，而是來自於地球內部，來自地底的高科技文明……誰知道呢，對於眼前的一切，所有人都是無言以對。

而這個寬大的洞中，除了這奇怪的環境，那熔漿包圍著的飛碟，以及洞中數不盡的鑽石寶石之外，就再也沒有別的生物出現。

在這麼深的地底中，又不見其他入口，這飛碟又是如何進到這個洞中的？而且，在這個洞中，也沒有見到諸如外星人或者不同於人類的遺骨屍體，也不知道那個飛碟裏面是否有過活著的生物？

顯然，眼前的這個景象比黑龍潭中古怪生物還更令人驚奇，對於未知事物，人類的第一反應，肯定是恐懼。

羅傑、張鴨哥、沃夫、丹尼爾四個人不再往前行，前面圓環形的深坑中那些熔漿的溫度太高，散發出來的熱度讓他們受不了。

安國清內家功力深厚，這點熱度還能承受，而周宣自然是遠比他更能受熱，這個溫度還遠比不上洞口與水面接口處的那個溫度，那裏可是高達數百度。

魏曉雨和傅盈兩個人也感覺不到熱度，安國清和周宣繼續往前的時候，她們兩個人也跟著上去了。

在熔漿深坑邊上，這才看得清楚，這條圓形溝裏的熔漿離地面約有三米左右的距離，而溝與裏面飛碟的距離約有三米多到四米的樣子，彈跳力極強的人或許能跳得過去，但誰又敢呢？

這可不是在平地上，要是跳不過去，掉進熔漿裏就屍骨無存了，周宣雖然身擁太陽烈焰的能量，卻也不敢去試一下熔漿，要是掉進去，也沒有人能救得了他。

安國清一邊抹著汗水，一邊盯著飛碟邊沿上的九星珠，眼神中極是古怪。

周宣在熔漿坑邊待著，暗暗運著異能探測著，對面那個飛碟裏面探測不進去，不過九星珠的運動卻是能感覺得到。

當然，九星珠的異常之處，也只有周宣用異能才探測得到，安國清就不知道了，九星珠正源源不斷吸收著熔漿中的熱能，從地下湧上來的熔漿到了一定的高度，就被九星珠無形吸收了能量而消失。

難怪那熔漿並不滿，從深坑中熔漿活動的樣子就能看得出來，這地底熔漿是活的，就跟活火山一樣，隨時在噴湧。

原來，這個寬廣的洞中到處散發著的九星珠能量分子是這樣來的，而水口那個能量環顯然就是坡心村井水含能量分子的流散之處，而能量環也得到九星珠源源不斷的能量供應，所以才能永久存在，只要這地底的熔漿不乾涸，九星珠的能量就不會斷絕，要是能量耗盡，那個能量環消失的話，深潭中的水就會把這個洞淹掉。

這一切，都是周宣用異能探測後得到的結果，當然安國清並不知道。

這中間的飛碟雖然怪異，但坑裏熔漿傳來的溫度太高，其他四個人都退了開去，然後各自到邊上去尋找出路，看看有沒有別的洞口。

這真的是天地間的奇景，無法解釋的異相。

周宣和安國清站在熔漿坑邊上瞧著飛碟、九星珠直發愣，魏曉雨和傅盈也驚詫著，什麼話也說不出來。

可安國清不敢往對面跳過去一探究竟，周宣也不敢，大家都沒有把握能跳到對面，又瞧了瞧四周，除了他們幾個人，就再也沒有任何可以借助的工具了，要想搭橋也不行。

可九星珠近在眼前的誘惑，可是擋不住的，周宣忽然明白，這個地方再危險，再可怕，只要能拿到九星珠，能完全激發九龍鼎，那他們就能穿越時間逃離這個地方。有沒有出路，對他們來說，其實並不是最要緊的事。

當然，九龍鼎和九星珠的秘密，安國清半點也沒有向他請來的四個人說明過，他只是跟這幾個人說，要尋找一件名叫「九星珠」的東西，其來歷和用途那自然是不會說的。

所以，羅傑、沃夫、丹尼爾、張鴨哥四個人並不知道九星珠的重要性，除了對飛碟感到詫異之外，並沒有多想。四個人分開在大洞中搜尋出路，這時，無數的鑽石珠寶已沒有什麼誘惑力了，出不去，財富再多又有什麼用。

在寬大的洞中轉了一整個圈，四個人再碰頭時，臉上都變了色。

四周都是堅硬的岩壁，除了進來的那個水洞口外，這個龐大的洞中再沒有別的出口了。四個人眼中都露出了恐懼的神色，這裏依然是個死境，而現在，想要回到深潭上面也辦不到了，因爲他們氧氣瓶中的氣都已經消耗盡了，想回去，就要憑空穿過七百米深的水底，再說，就算回去那裏，那依然是絕境，也沒有辦法出去。

現在，鑽石給他們的刺激頓時消失得無影無蹤了，剩下來的只有無窮無盡的恐懼和絕望。

在深潭水面上的時候，還想著在水中找出路，可現在，卻是再也沒有辦法找出路了，唯一的一個洞口就是來的那條水路，可氧氣瓶都耗盡了，在水中只怕連幾分鐘都撐不住，在這麼深的深水中，暗河的路徑無論如何都不會短過三千米，就算照直到地面上，也超過了三千七百米的深度，這個距離，在深水中，就算氧氣瓶是滿的，人也不可能潛得出去的。

四個人垂頭喪氣地坐下來，汗流如雨，這個洞裏的溫度至少在四十度以上，這個溫度就是在地表上，那也是極熱的天氣，更何況是在這麼深的洞底。

周宣和安國清幾個人也回轉過來，回到羅傑等四個人處，然後都坐了下來，大家都沉默著，無話可說。

其實說什麼都沒有用，現在，誰也沒有能力逃出這個地方。

不過，周宣心裏的想法卻不同，他知道，只要想法拿到九星珠後，再催動九龍鼎回到原來的時間，那就能逃出這個地方了。不過，這個想法暫時不能說出來，等先拿到九星珠後再說吧。

於是，周宣坐下來想了一陣後，偏過頭對安國清問道：

「安先生，到了現在這個時候，你能不能把九龍鼎的秘密說給我聽聽了？」

安國清臉上陰晴不定，猶豫了好一陣才說道：

「九龍鼎需要用九顆九星珠全部集合後，才能完全催動，現在最重要的就是要拿到那另外的八顆九星珠。」

周宣盯著安國清，這個人顯然只是說了一點，最重要的事還是沒說出來，他需要知道的是九龍鼎如何才能完全催發，會不會有副作用，怎麼才能回到原來的時間？要是催動了九龍鼎但卻到了另外的時間——原始社會，甚至是恐龍時代，那就悲慘了。

「安先生，我想，你應該告訴我怎麼才能用九龍鼎到要去的時間，這也是我們協商好的條件吧？」周宣淡淡地問著。

安國清一時沉默下來。其他人都很奇怪，在場的人除了周宣，魏曉雨，傅盈三個人外，其他人都是汗水抹了一把又一把，似乎熱得透不過氣來，但周宣三個人卻有如享受在空調之

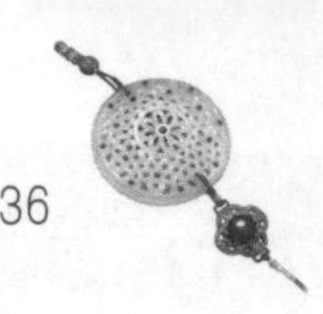

中，臉上沒有半分熱的感覺。

羅傑四個人也不明白周宣跟安國清話中的意思，像打啞謎一般。

安國清沉默了一陣，然後又抬頭瞧著周宣，靜了片刻才說道：

「怎麼樣能保證，我告訴你之後，你會把九龍鼎交給我呢？」

周宣沉默下來，想了想回答道：

「我想，這時我給你什麼保證都沒有用，我只能說，我會保證我的誠信，九龍鼎在我的背包裏，要是你不信，那我只能說抱歉了。」

周宣這時候是絕對不會把九龍鼎交給安國清的，因爲現在只有安國清一個人會使用，一旦拿到九星珠的話，他很可能就一個人穿梭時空跑掉了，留下他們七個人在這兒等死。

對周宣來說，如果這些人與他都沒有深仇大恨，只要有辦法，他是不忍心把他們扔在這個死地的；但安國清就不同了，安國清絕對有那個狠心把他們全部扔下，獨自逃離這個地方。周宣不能拿大家唯一的逃生機會跟他賭，防人之心不可無。

安國清想了一陣，深深地呼了一口氣後說道：

「小周，既然你是這麼想，那好，我就相信你一次。我告訴你，把九星珠放置於九龍鼎裏面，九星聯珠就能啓動九龍鼎，但需要保證的是，九星珠必須有充足的能量，原來我估計到在這麼深的地底中，九星珠的能量肯定消耗得差不多了，卻萬萬沒想到這兒竟然有地底熔漿，九星珠吸取著熔漿的熱能，所以能量是沒有問題的，九星聯珠就能夠完全催動九龍鼎。在九龍鼎催發後，心裏只要想著要去的時間，你就能回到那個空間，而這個時間，幾乎可以精確到日時分秒。」

周宣盯著安國清，在腦子裏過濾著安國清說的話，可信度達到了九成，雖然安國清這個人給他的感覺並不好，但九龍鼎的啓動手法的確是這樣，沒錯，畢竟他已經使用了一次，雖然不太明白，也沒有完全催動九龍鼎，但過程卻是能感覺得出來。

只可惜周宣沒有馬樹那樣的讀心能力，要不然，安國清心裏想什麼都逃不過他的眼睛。

羅傑幾個人卻是一臉的霧水，搞不清楚周宣和安國清在說什麼，不過，魏曉雨和傅盈卻是聽得明白，因爲周宣早跟她說明過這件事的龍去脈。不過，羅傑四個人卻是從周宣和安國清的臉上表情中看得出來，他們兩個人並不是特別著急，難道他們兩個有出去的辦法？

第二十三章

外星文明

現在不可思議的事太多，比如那個飛碟，
不知道這飛碟裏面會有什麼？能擁有幫助大家逃出去的能力嗎？
這個地底的深洞對他們八個人來說，也許是無法逾越的一個難題，
對地球人來說，最神秘的莫過於外星文明。

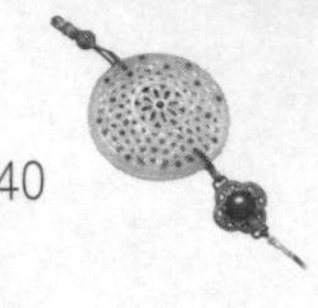

安國清又瞧著羅傑幾個人說道：

「你們四個人也別懷疑什麼，我現在告訴你們吧，這個地方我根本就沒來過，九龍鼎是我從第六個天窗裏得到的，現在，我們只要想辦法拿到那八顆九星珠，利用九龍鼎的力量，我們就能逃出這個地方。」

沃夫和丹尼爾兄弟對中文的理解程度還不夠，一時沒聽懂，但張鴨哥和羅傑卻是聽懂了，但兩個人都是驚詫不已。

張鴨哥怔了怔後問道：「安先生，你說的意思我還沒弄懂，什麼九龍鼎？還有那飛碟上的那些珠子，用那個就能離開這個地方？」

安國清的話讓張鴨哥明白不過來，那麼幾顆珠子，怎麼能讓那麼多大活人離開這地方？實在是太不可思議了。但現在不可思議的事太多，就比如那個飛碟，顯然最不可思議，不知道這飛碟裏面會有什麼？飛碟能擁有幫助大家逃出去的能力嗎？

這個地底的深洞對他們八個人來說，也許是無法逾越的一個難題，但對於地球人來說，最神秘的莫過於外星文明。

安國清皺了皺眉，想了想才回答道：

「我也不明白九龍鼎的原因，還有這個飛碟的出現，我完全沒預料到，也可以說是完全沒有想到過，說實話，這也出乎了我的想像之外，所以我回答不了你，我只能說，如果拿到那八顆九星珠的話，我們就能離開這個地方，回到地面上，我可以向你們保證。」

張鴨哥呆了呆，雖仍然想不通，不過想不明白無所謂，只要安國清說的能離開這個地方，就夠了。

而安國清說得也很明白，就是一定要拿到熔漿裏面的那些九星珠，拿到九星珠後，才能實現安國清所說的話。

可那些九星珠又怎麼能拿得到呢？相隔了差不多接近四米的距離，這個距離就算是在平地上也難以跳過去，更別說是處在要命的熔漿之上了。

安國清雖說能逃出去這個地方，但要拿到九星珠，同樣也是一個萬難的局面，想跳過火山岩漿，根本是拿命在賭啊。

所有人一時間都沉默下來，要到岩漿對面拿到九星珠，沒有誰願意去。這是個只許成功不許失敗的事，因爲，失敗就意味著失掉性命。

八個人你望我我望你的，安國清眯著眼睛想了想說道：

「誰能把九星珠拿回來，我可以付給他一億的現金。」

只是，安國清雖然許了這麼重的酬金，但卻沒有一個人動容。

安國清怔了怔後，當即明白到，在這個地方，拿錢財來要人辦事，已經沒有吸引力了。

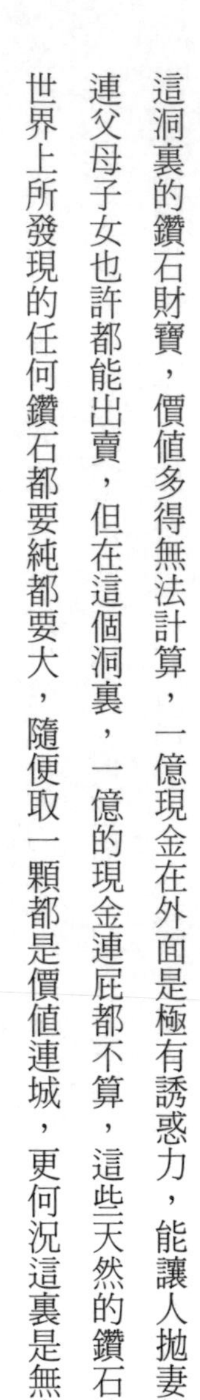

這洞裏的鑽石財寶，價值多得無法計算，一億現金在外面是極有誘惑力，能讓人拋妻離子，連父母子女也許都能出賣，但在這個洞裏，一億的現金連屁都不算，這些天然的鑽石比當今世界上所發現的任何鑽石都要純都要大，隨便取一顆都是價值連城，更何況這裏是無窮無盡的那麼多了。

周宣見眾人都在發著呆，顯然都是在想要如何取得那些九星珠，不過想也白想，根本就沒法接近，熔漿的深坑處溫度至少超過了兩百度，空氣就能灼傷人了，又哪裡還敢跳過去？只有用異能可以抵擋超高的溫度，但他又怎麼能一次跳得過那麼遠的距離？要讓魏曉雨和傅盈兩個人去的話，周宣是決計不幹的，其他四個人此刻都緊緊閉了嘴，連吭都不吭一聲，那就自然不必說了。

這時，周宣忽然腦子裏動了動，想到了一件事情來。剛剛安國清說過一句話，所有人都沒注意到，而安國清自己似乎也沒有注意到。

周宣好好地又回憶了一下，這才肯定了安國清的話，他曾很清楚地說過：「我是從第六個天窗得到的九龍鼎。」九龍鼎是從第六天窗得到的嗎？

那之前安國清跟他說起的那個故事中，兩百年前的清朝人劉子傑又是怎麼回事？難道劉子傑只是他虛構出來的人嗎？

安國清見到所有人對他的話都是不理不睬的，愣了愣後，一眼掃到洞壁上那些閃閃發光的寶石和鑽石，頓時恍然大悟。

這裏的財富又何其多？這麼多的鑽石，上面可沒有寫明是他安國清的，誰想誰都可以拿，多到拿不完的，誰還稀罕他那一億了？

周宣想了想，然後對眾人說道：「現在別說錢不錢的，大家一起找找看，一起想想辦法，看看能不能到對面把那些九星珠拿到手，現在，只有拿到那些珠子，我們才能活著從這裏出去。」

周宣的話很實在，如果不拿到那些珠子，所有人依然還是會死在這個地方，唯一的出路，就是把那些珠子拿到手。

可是，要怎麼樣才能拿到那些珠子呢？

到了這個洞中後，所有人都已經把潛水服脫了，現在又想起來，那潛水服是能防熱和防冷的，趕緊又把潛水服穿在身上，但臉露在外面還是一樣的熱，只有把頭套戴上後才好得多，不過穿著潛水服在旱地上走，卻不是那麼方便和容易，幾個人只好笨拙地分開去找能借助的工具。

周宣也焦急起來，安國清是肯定不願意過去的，從他臉上的表情就看得出來，安國清很怕死，只想讓別人先出頭。

魏曉雨和傅盈兩個人也盯著對面那個飛碟沉思著，從飛碟外殼上的陳舊痕跡來看，這東西在這兒的年齡恐怕不是短時間了，看樣子沒有活著的外星人存在，不過，現在要怎麼到對面去，把那些珠子拿到手呢？

如果在陸地上，那是極其簡單的事，隨便找個什麼東西架在上面就能過去，但在這裏卻是什麼東西都沒有，除了岩石還是岩石。

而且關鍵的是，就是想把一塊岩石轉化成橋架在岩漿上也不可能，一來是因爲超過四米的岩石柱太重，就算他們幾個人能抬過去，也無法搭在上面，若將石柱豎著倒下去，卻百分之百會砸斷掉；更重要的是，來到這個洞裏後，周宣就發現，他沒辦法轉化吞噬這洞裏的岩石，也許是被九星珠的能量侵蝕太久，岩石表層都佈滿了九星珠的能量分子，所以周宣轉化不了。

羅傑、張鴨哥、沃夫、丹尼爾四個人又在大洞中四下搜尋了一遍，仍然沒有任何發現，洞裏連一顆碎屑的石塊都沒有，整個洞壁似乎就是一個完整的整體。

幾個人垂頭喪氣地回到原來的位置處，安國清仍在沉思著，周宣也猜測不到他心裏到底在想什麼，看來要想拿到九星珠還得靠他自己了。

周宣想了想，忽然把自己的潛水服拿起來，用手撕成一條一條的，然後又把撕成條狀的潛水服布條繫起來，做成一條長長的帶子。

安國清瞧得直發怔，這種新型的潛水服是用特殊材料做成的，用刀都得花極大力氣，更別說是用手撕的了。

不過周宣撕潛水服做繩子時，眾人一下子都明白了他的意思，周宣肯定是想用這個做成繩子，然後帶著繩子跳過去。但這還是有危險的，若是跳不過去，這一頭就算有他們拉著，下面的熔漿離岸上也只有三米的樣子，而中間隔的距離差不多是四米，如果沒跳到對面而墜下去的話，那依然會掉落在岩漿中。

但是，只要能跳得過去，那倒是安全得多了，因爲對面的飛碟下方倒是有幾根支架一般的東西，把繩子繫在支架上，這一邊他們七個人拖著，安全應是沒有問題，不至於掉下去，只是人從繩子上懸著爬過來，還是得承受繩子下的岩漿表層的高溫，這同樣讓人生畏，還不如拼命跳一下。

周宣把繩子繫好後，又用力扯了扯，估計是能承受住一個人的體重，這潛水服的材質的確很好，剛才他撕成條的時候是用異能轉化吞噬的，否則用人力不可能撕得開。

整條繩子長約二十米，長度是肯定夠了，能折成雙線更保險。周宣做好後沒有說話，看了看眾人。

在生命最危險的關頭，人人都是自私的，周宣用眼瞧了一下眾人，幾個人都將嘴閉得緊緊的，誰都不說話。

「不用說，大家都明白，我們必須從對面取到那些珠子，才能逃出這個地方。」周宣拿著潛水服撕成的繩子低沉地說著，「在生命面前，誰都沒有特權，我現在想說的是，用一個公平的法子，那就是抓鬮，誰揀到誰去，這方法你們同意嗎？同意我就做！」

安國清與羅傑、張鴨哥、沃夫、丹尼爾五個人臉上都變了色，五個人你瞧瞧我，我瞧瞧你，臉上都是害怕的表情，不過瞧瞧魏曉雨和傅盈兩個女孩子，反而卻沒有那麼害怕，這倒是讓眾人臉紅了。

安國清咬了咬牙，說道：

「好，我贊成，不冒險就不可能出得去，唯一的希望就是跳過去把珠子拿到手。我看就按小周說的辦，做成八個鬮，輪到誰就由誰去，大家同意的話就這麼做。」

「好，抓就抓吧，總得有人過去拿珠子不是嗎？」

幾個人先後表了態，總是得有一個人過去，否則珠子也不會憑空跑過來。再說，如果抓鬮的話，那也是八分之一的可能，還不一定輪到他們哪個呢。

「那好，我來做鬮。」周宣說完，就把裏面穿的襯衣扣子扯了下來，一共扯了八顆。但讓大家奇怪的是，這些白色的鈕扣當中，竟然有一顆紅色的，形狀大小都一模一樣，只是顏色不同。

大家一下子都明白了，這個方法很公平，八顆鈕扣一樣大小，如果憑感覺，沒有誰能分別得出來，顏色的區別可不是用手能摸得出來的，只是不知道周宣的衣服上怎麼會有　顆不同顏色的鈕扣呢？

周宣淡淡道：「前段時間，我襯衣袖口上的鈕扣掉了，後來讓酒店的服務員縫上的時候，找來找去都沒有同樣顏色的，只有一顆紅色的，但形狀一樣，現在用來抓鬮倒是正好。」

說著，把八顆鈕扣用潛水服包了起來，然後說道：

「誰先來抓？」

周宣做的事，所有人都沒有話說，他也沒有循私，連兩個女孩子的鬮都準備了，他們那些男人還有什麼好說的。

只是鬮做好了，第一個抓的人卻不敢站出來，周宣想了想，說道：

「那好，大家都不願意先動手抓，那我就先替曉雨和盈盈兩個女孩子抓，大家有意見沒有？」

魏曉雨和傅盈當即明白周宣的意思，這個抓鬮看起來是最公平的事，但對周宣來說卻是作弊了，他有異能，對他而言，抓這些包起來的鈕扣，就跟抓擺在眼前的鈕扣是一樣的。

說實話，抓鬮這個事，最先抓的也害怕，後面抓的也害怕。這就跟賭博一樣，講的是機率。如果前面的人倒楣先抓到了，那後面的人就撞大運了，抓都不用抓，直接搞定。但同樣危險的是，如果前面的人沒有抓到，那在後面抓的人就越來越危險了，如果最前面是八分之一的可能，抓到了最後就是百分之五十和百分之百的機率。

張鴨哥當先答應道：「行行行，小周要先抓沒問題，不過，你得先問問兩位小姐，別到時抓中了她們不認賬，而且你也沒說清楚，到底最先替哪位小姐抓，第二次又是替哪位小姐抓，說好以後，抓到了就不會起爭執。」

周宣淡淡道：「不用擔心這個問題，她們兩個的事我說了算，如果抓到，那就算到我頭上，我替她們過去。」

安國清五個人都動容了，這個周宣看來很平常，但所做的事卻沒有一件是平常的，兩個女孩子的鬮他都認了，那就表明他一個人占了三份，那輪到他的危險就太大了。

魏曉雨和傅盈兩個人雖然知道周宣有異能探測，但心裏還是很感激。

周宣見眾人都同意，就把用潛水服包住的鈕扣搖了搖，然後說道：

「大家看好了，我先摸兩個鈕扣出來，只要有一顆是紅色的，那任務就歸我了。」

看眾人都沒有說話，周宣當即伸手到潛水服裏面，沒有猶豫，直接抓了兩顆就拿出來。

這個當然難不倒他，異能探測後，八顆鈕扣清清楚楚映在腦子中，周宣很輕鬆就揀了兩顆白色的鈕扣出來。

鈕扣被輕輕地放在了地上的岩石上，八雙眼睛都緊張地盯著地上的鈕扣，接著「啊」「哦」的聲音大起。

魏曉雨和傅盈兩個人早就知道了結果，但仍然很緊張，在眾人的眼光注視下，兩顆白色的鈕扣擺在那兒。

五個人發出來的聲音明顯是失望，周宣居然沒抓到那顆紅色的鈕扣，那接下來，剩下的六個人肯定就增加了兩分危險，摸到紅色鈕扣的危險度大了很多。

周宣把魏曉雨和傅盈兩個人排除在外後，問道：

「現在誰來抓？」

安國清當即說道：「我來抓吧。」

安國清伸出手，幾雙眼睛都盯著他。他顫抖著手在裏面摸索了半晌，摸了一顆又放下來，然後又摸，就是不敢拿出來。

安國清見到所有人都盯著他，以防他作假，手雖然顫抖，最終還是拿了一顆出來，捏在手中好半天不敢攤開手。

安國清又深深地吸了一口氣，然後才緩緩地打開手掌，掌心中是一顆小小的白色鈕扣。

安國清拚命忍住了想叫喊的欲望，然後把鈕扣緩緩放到了地上，與周宣放下的兩顆擺在了一起。

周宣又問道：

「現在換誰？」

剩下還有五個人，羅傑、沃夫丹尼爾兄弟、張鴨哥以及周宣自己，除了周宣，另外四個人都有些哆嗦起來。

魏曉雨也緊張起來，趕緊說了聲：

「周宣，你先抓吧。」

魏曉雨的意思周宣當然明白，他先抓的話，一點危險都沒有，但是如果輪到最後面，危險就大了，要是前面抓的人都沒抓到，而周宣卻在最後面的話，那抓都不用抓了，直接輪到他。

不過，魏曉雨的話一說，其他四個人當即都伸出手來。

「我來抓。」

「我先抓！」

這幾個人都明白了，先抓的人，雖然有可能抓到紅色的，但越早抓，機率就越小一分，越後抓，機率就越大一分。

周宣見他們四個人都伸了手出來，就攤開手一擺，說道：「那也不能幾個人一起吧，哪個先來，排好順序吧。」

七個人的眼睛又都盯著張鴨哥，周宣估計他是在念「阿彌陀佛」之類的話吧，張鴨哥把手伸進潛水服裏，摸索了一陣，如同安國清一樣，顫抖著手捏出了一顆鈕扣。

張鴨哥顫抖著手，慢慢把手掌伸開來，在眾人的目光中，張鴨哥眼光看到了自己手心中的一粒紅鈕扣，像鮮血一樣的紅，當即如同被雷擊了一般，傻愣愣呆住了。

剩下的羅傑，沃夫和丹尼爾三個人都是長長鬆了一口氣。喜是喜，但卻同樣沉重。現在過去的人有五六成的機率是送死，不過所有人都希望跳過去的人能夠成功，否則他們後面仍然得繼續抓鬮。

張鴨哥身上的壓力很大，心裡十分害怕，周宣在他肩上輕輕拍了拍，安慰道：

「老張，別擔心，有信心點，我們用繩子繫住你的腰，你猛烈衝刺一下，其實大力一點，跳到四米並不是不可能，如果你萬一沒有跳過去，我們會在同時大力把你往回拖，只要把握得及時，能懸住你不掉下熔漿其實並不難。」

張鴨哥喃喃道：「那個是不難，可誰不知道啊，熔漿上空的溫度也能烤死人，就算我不掉進熔漿裏，恐怕我的人也被高溫燒焦了，你們抓得再快，那最多也只能保住我上身，一雙腳恐怕早就給燒沒了吧。」

這個結果其他人都想得到，不過周宣卻仍然安慰著他：

「老張，高溫的問題，我來解決，你只要放心努力跳就是，在水潭中，我不是替你們解決了潛深水的難題嗎，告訴你吧，我也可以幫你防範岩漿燒傷。」

張鴨哥只是搖頭，反正他都是送死了，這安慰的話又不用錢，誰不會說啊，還想跟眾人商量一下，但忽然又靜了下來，抬頭盯著周宣奇怪地問道：

「你……這是你做的嗎？」

周宣點點頭，微笑道：

「是，老張，我不是說了嗎，你只需要拼盡全力往對面跳，我們七個人又抓緊繩子，會確保你的安全。」

張鴨哥心裏一喜，剛剛忽然感覺到全身一涼，那熱得難受的高溫忽然間就消失了，從周宣剛剛說的話來推測，張鴨哥就知道，這絕不是洞裏的溫度自動降低了，肯定又是周宣做了手腳。

第二十四章

驚人秘密

周宣聽到安國清這麼一說，當即停止了異能的動作。

「告訴你吧，也許你們永遠都不會相信，」

安國清得意洋洋地道，「我其實就是兩百年前的劉子傑，

那個故事，其實就是我自己的親身經歷。」

周宣在暗中替張鴨哥解熱時，運用了冰氣異能，並不只是替他保持防冷防熱的功能，而是用冰氣異能直接將他身體表層的溫度降到了五六度左右。

周宣又說道：「老張，你把潛水服穿好，潛水服防熱的效果不錯，能防止腳底下的溫度過快升高，我再保護著你，問題不大。」

張鴨哥點點頭，苦笑道：

「好，既然抽到了，那就是命運如此，我也沒有什麼好說的了，不過，一切都希望小周你們能把握住。」

「放心吧。」周宣點點頭安慰著。

張鴨哥穿好潛水服，把繩索在腰間牢牢繫住，然後把繩索的另一端也繫在身上，因爲繩索夠長，對折後也還有十米左右長，雙繩也能更穩當地保證張鴨哥的安全。

周宣又在張鴨哥準備好之後，運起冰氣異能將張鴨哥下半身的溫度再降低了一兩度。之後，張鴨哥把繩索握在手上，向大家揮揮手，魏曉雨和傅盈當即走到他身邊，也握起了繩子。

安國清在這個時候積極得多了，趕緊握住繩子，羅傑、沃夫、丹尼爾也都上前緊緊抓著繩子。

張鴨哥在最前面，因爲周宣異能的原因，他也並沒有感覺到熱度，對深坑中的岩漿雖然害怕，但心裡總算是安定了些，退了幾步，然後彎下腰半蹲著準備衝刺。

他後面就是安國清，剩下的七個人儘量排得緊密一些，留夠了繩索給張鴨哥。說不害怕當然是假的，但抓鬮抓著的是自己，那也沒辦法，要是張鴨哥不依從，那別人抽到也一樣不會答應，大家就只能待在這兒等死了。

張鴨哥深深地呼吸了幾口，然後運盡了全部力量猛然向前衝，不過，到底還是因為對滾滾的紅色熔漿感到害怕，在跳起的同時，情不自禁縮了一下，也就是因為這一縮，張鴨哥只跳到三米多一點的距離便下墜了。

周宣叫道：「不好，趕緊拉繩子！」說完猛力往後拖。

但因為他並不是在最前面，用力一拖的時候，卻只扯動前面的沃夫和丹尼爾兄弟兩個人一個趔趄，而在最前面的安國清吃了一驚，一時也用不上力，又害怕自己被張鴨哥拖進岩漿深坑中，當即鬆了手。

張鴨哥「啊喲」一聲便摔落進了滾滾的熔漿中。周宣竄到最前面，異能還感覺到張鴨哥沉沒在熔漿中的身體，因為有他的異能護住，張鴨哥的身體還沒有被熔漿吞噬掉，人還是活的，但那潛水服做成的繩子卻一下子被熔漿燒斷了。

張鴨哥是在周宣清楚的感覺中，被熔漿活生生吞沒掉了。

這一下把安國清幾個人都嚇得怔住了。

周宣站在熔漿岩石邊上發呆，心裏很是自責，雖然張鴨哥與他沒有什麼關係，但也不是仇人，活生生的一個人就在自己面前給熔漿燒死，那份心情低落得就別說了。

安國清幾個人相互瞧著，又是害怕又是失望，不過呆了一陣後，安國清咬了咬牙，然後狠狠地說道：

「大家再來抓鬮，照舊，輪到誰就誰去。」

周宣望著滾滾熔漿，眼睛裏有些濕潤，停了片刻後緩緩轉過身，然後低沉地對安國清幾個人說道：「不用抓了，我去吧。」

周宣這話不僅讓安國清四個人驚訝，魏曉雨和傅盈更是驚訝，魏曉雨當即叫了起來：「不行，要去就抓鬮，該誰去就誰去，咱們不佔便宜，也不能讓自己吃虧。」

周宣自告奮勇要自己去，安國清那四個人當然高興得不得了，立刻是舉雙手贊成。

瞧著這些人的表情，傅盈心裏是說不清道不明的感觸。

這個周宣，還真是看不懂，自己一直不願意相信他說的話，但自從下到這個天窗洞底以後，只要有危險，周宣就替她擋住，在他的能力以內，他不讓自己有半分危險，而現在的事顯然超出了他能力以外，而且他明明可以通過抓鬮的辦法讓他自己避免抓中紅色鈕扣，但他卻出人意料地主動要去，這是爲什麼？

剛剛張鴨哥慘死的樣子大家都見到了，難道周宣沒見到？他不害怕嗎？這，難道就是她一直追求的英雄嗎？視生死如浮雲，不以一己私利爲重，這不是她一直希望找到的人嗎？

傅盈其實一直都想找到一個真正的英雄，從認識周宣的這段時間以來，她就逐漸被他的神秘所吸引，雖然談不上愛，但卻很喜歡。

瞧瞧安國清這些人，又再瞧瞧周宣，或許安國清是個很有錢的人，但論到個人魅力，這些人又如何能及得上周宣。

周宣輕輕握了握魏曉雨的手，然後又瞧了瞧傅盈，眼神裏儘是關心和愛護，卻沒有說話，只默默將繩索頭部繫在腰間。

魏曉雨卻是死死地抓住他不鬆手，說道：

「我不放你走，要去我去，我練過武，彈跳力比你強得多，我去，要不就再次抓鬮，既然有規矩，那就按規矩來。」

周宣輕輕撥開魏曉雨的手，沉聲道：

「曉雨，我有把握，你們只要把繩索抓緊不讓我掉下去，我就肯定沒事，我有把握在短時間內不被岩漿吞噬，再說了，也許我能跳過去呢。」

周宣說這些話，其實並不是安慰魏曉雨，他說的是實話，九星珠在這裏吸取的就是熔漿的能量，而周宣身上擁有太陽烈焰能量，即使沾到岩漿也能支持一會兒，而其他人沒有這個能力，最主要的是，剛剛看到張鴨哥慘死的情景，讓周宣不願再推託。

周宣輕輕把魏曉雨推開，然後把繩索的另一頭放到她手中，傅盈趕緊過來跟魏曉雨一起緊握住繩索。安國清也趕緊招呼其他人來拉著繩索，他站在傅盈身後，而羅傑和沃夫兄弟站到了安國清身後。

周宣向她們兩個點點頭，然後退了幾步，半蹲下身子，咬著牙大吼一聲，躬著身子用盡全身的力量往前衝，幾個大步衝到岩石邊上的時候，再一猛力向前跳去。

這一跳，周宣使盡了全身的力氣。周宣以前從沒有做過這樣的測試，也從不知道自己能跳多遠跳多高，這一下子跳出去後，他在半空中就知道，自己跳過去了。

這一跳居然還超出了四米的範圍，穩穩地落到了飛碟頂端。

這一刻後，周宣蹲伏在飛碟上喘氣，另一邊的六個人都是大聲狂叫起來，聲音裏充滿了震驚和狂喜。

周宣跳過去了，真的跳過去了!

站在飛碟上面，周宣用手撐著身體，異能附在飛碟上，這時候真真切切接觸在飛碟上時，卻仍然不能探測出這是什麼材質，也探測不到飛碟裏面的構造。這個飛碟，看似連進出的門也沒有，也不知道該從哪裡進去。

靜了片刻，平息了呼吸後，周宣才慢慢地站起身來，一步一步小心又走到邊上，準備去拿九星珠。

岩漿對面的六個人都是緊張無比地盯著周宣，連話也不敢說一聲。

周宣蹲下身子，因為九星珠有吸取能量的能力，所以他收回了異能，不再運出一點，以免被九星珠吸取掉能量。

不過，周宣的手接觸到九星珠時，但卻明顯察覺到九星珠正猛烈地吸取下面岩漿的能量，而九星珠的能量又通過下面的飛碟聚集起來，凝成一束射上洞頂端，周宣抬頭一望，才發現洞頂有一顆比其他發光寶石更巨大更亮的寶石。

原來，這些發光的寶石都是這樣得到能量的。

周宣不敢運起異能，只用手指輕輕動了一下，不過在動九星珠的那一刹那，忽然就感覺到所有能量都動了一下，而頭頂的那些發光的寶石也微微閃了一下光。

周宣心裏一驚，馬上想到了一個嚴重的問題。

如果他現在取了九星珠，那就會斷絕了傳送出去的能量，如果沒有能量繼續傳送出去，那與水面口接觸處的能量環就會消失，深潭中的洪水就會狂湧而進。

更可怕的是，這深坑中的熔漿失去了九星珠的吞噬鉗制，也許就會即刻爆發出來，所有人只怕剎那就會被熔漿和洪水吞沒。

當然，這也只是周宣的估計，是不是真的他也不敢確定，不過，這個念頭足以阻止周宣輕易把九星珠取掉。

安國清在另一邊急道：「趕緊把九星珠取出來啊，還等什麼？」

周宣低沉地道：「我再想想，我發現有問題，反正不急在這一時，等考慮周全準備好後，我再取九星珠。」

安國清卻以爲周宣此刻想獨吞九星珠，冷冷地問道：

「周宣，你到底是什麼意思？」

周宣心裏想著別的事，對安國清的表情並沒有察覺，只是淡淡解釋道：

「這九星珠並不是掉落散放在這裏的，而是有目的被安置在這裏的，它正在吞噬吸收著下面熔漿的能量，再從飛碟處傳到洞頂上。告訴你們吧，我們進這個洞的時候，有一個能量環存在，就是那個能量環阻住了水潭地下水的湧入，如果現在把九星珠取出來，那個能量環就會消失！而且，我更擔心的是，下面這熔漿失去九星珠的吞噬鉗制，就會變成熔岩洪峰，那時我們就完了。」

周宣說的這些事，卻難以讓安國清他們相信。羅傑幾個人不相信會有這種可能，安國清就更不相信了，現在九龍鼎在周宣身上，九星珠也在他的掌控之中，如果周宣要自己一個人啓動九龍鼎逃走，那他們就完了。所以，安國清低頭沉思著。

周宣又說道：「現在我們得準備好，要考慮到熔漿和洪水同時爆發的後果。安先生，我問一下，九龍鼎啓動需要多長時間？」

安國清抬頭想了想，然後緩緩走上前兩步，說道：

「大概需要五分鐘的時間吧。」

周宣低頭思索起來，如果要五分鐘的話，那他摘取這些九星珠要花幾十秒，然後再跳過去，估計也要花幾十秒鐘，再啓動九龍鼎……恐怕所有時間加在一起得花六七分鐘。而那洪水和岩漿的爆發又要多長時間？

而如果取了九星珠後，若是能量環不會消失，洪水未能湧入，地下的岩漿不會爆發，那就沒事，還有時間來慢慢催動九龍鼎。

但這些都是假設。周宣仍然擔心洪水和岩漿爆發，要真是那樣，那他的異能再強，也沒有逃生的可能。

周宣對九龍鼎實際上並不熟悉，所知道的，也僅僅是他無意中啓動後得到的那些資訊。至於九龍鼎到底要怎麼運用，有什麼其他功能和秘密，他都不知道。他對安國清的話也不敢全信，只是半信半疑。

因爲患得患失的，周宣還真是不敢把九星珠取出來，雖然九星珠近在眼前，手還在觸動著，卻是不敢動。

在這個時候，安國清卻突然一下子擒住了傅盈的後心，讓她動彈不得，然後將她推到岩石邊上斜懸著，又幾乎在同一時間，從腿上閃電般抽出一把手槍來，一連三個點射，將羅傑，沃夫，丹尼爾三個人的心臟一槍擊穿。

他的槍法很準，一槍斃命，三個人哼也沒哼就倒在地上不再動彈。安國清雖然沒有對魏曉雨開槍，但手槍卻是直指著她。

周宣在這一剎那驚得呆了，瞬間反應過來後，趕緊運起異能，把安國清手中的手槍子彈轉化吞噬掉，不過卻不敢讓他發覺，也不敢將手槍表面廢掉。

要說對付安國清，周宣可以在一瞬間把安國清轉化吞噬掉，讓他現在就消失得無影無蹤，但安國清已經把傅盈制服在傾斜的岩漿深坑上，要是這時把他轉化了的話，傅盈就絕對會掉進岩漿中，周宣可不敢跟他賭這一把。

「你……你要幹什麼？」周宣反應過來後，顫抖著聲音問他。

隔了兩米距離的魏曉雨也驚得呆了。

安國清沒有對魏曉雨開槍，而是要拿她來鉗制周宣。因爲他明白這兩個女孩子對周宣的重要性，他賭的是周宣是個多情的人，要是換了他自己，可是沒有任何人能影響到他。

「周宣，馬上把九龍鼎扔過來！快點！否則我就把這兩個女人一個打死，一個扔岩漿裏。」

安國清惡狠狠地說著，一邊揮著槍。

他在審視著，看看周宣是要九龍鼎，還是要這兩個女人。

周宣當然不敢跟他賭，毫不猶豫就把背包取下來，然後把九龍鼎取出來，說道：「九龍鼎我馬上扔給你，別傷害她們兩個，否則我就把九龍鼎扔到岩漿裏毀掉。」

安國清嘿嘿一聲冷笑，周宣果然不出他意料之外，是個多情種，這樣的人又如何能成得了大事？

不過，安國清轉念一想，周宣並不知道九龍鼎更大的秘密，要是知道九龍鼎的那個秘密，他就不會把九龍鼎給自己了。

「只要你把九龍鼎扔過來，再把九星珠取出來給我，我就不會傷害這兩個女孩子。」安國清繼續揮著手槍示意著。

周宣用背包包著九龍鼎，然後用力一扔，扔到了安國清腳邊。

安國清用腳把九龍鼎踢到腳下，然後又叫道：

「趕緊把九星珠取出來扔到我這兒，快點。」

周宣眼看著傅盈動彈不得地給安國清斜懸在岩漿上，心裏慌亂得不得了，哪裡還顧得上

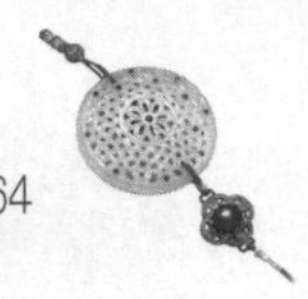

別的，趕緊說道：

「你小心，別把傅盈跌進岩漿裏了，要是她出了事，我絕不會放過你。」

安國清陰陰地笑道：「你放心，只要你把九星珠乖乖地給我，我絕不傷害到她們兩個。」

安國清心裏想著，周宣把九星珠扔過來後，他也不會把傅盈推進岩漿裏，說實話，他雖然不太好女色，但像這麼漂亮的女孩子還真是少見，推到岩漿裏毀掉也太可惜了，既然要把周宣留到這個地方，好歹把兩個美女留給他做伴，也算自己害他一場的補償吧。

周宣哪裡敢跟他賭，急急地把九星珠取下來，一共湊成九顆，頂上的發光寶石閃了閃，然後恢復正常。

周宣急道：「你把背包扔過來，我把珠子裝進去再扔到你那兒，否則掉一顆到岩漿裏，就全完了。」

安國清把手槍對著魏曉雨晃了晃，一腳把空背包踢過去，說道：

「魏小姐，麻煩你把包包扔過去。」

魏曉雨不敢違抗，如果安國清一鬆手或者一分神，那傅盈就會陷入萬劫不復的深淵中了。雖然她對傅盈是羨慕嫉妒，卻也不想她在這兒給安國清推進熔漿中。周宣是個吃軟不吃硬的重情之人，如果因爲她的關係而讓傅盈死掉，那只怕周宣永遠都不會原諒她。

安國清把手槍擺了擺，喝道：

「快點！」

魏曉雨不敢猶豫，趕緊把背包提起來扔到周宣那邊，周宣更不敢遲疑，把九星珠裝進背包裏，再拉好拉鏈，然後對準安國清扔過去。

安國清眼見著周宣把九星珠裝進背包裏扔給他，便把傅盈拖回來扔倒在地。

魏曉雨趕緊把傅盈拖過來，拖到離安國清遠遠的。

安國清把背包打開，取出九星珠，然後一顆一顆地放進九龍鼎中，一邊放一邊對周宣笑道：

「周宣，在我走之前，我還想跟你說幾個秘密，不然我覺得不痛快。一個人永遠藏著秘密不能說出去，其實是件很痛苦的事。現在，我有機會，就說給你們聽聽吧，反正你們也永遠不能出去了。」

周宣正準備把安國清轉化吞噬掉，聽到安國清這麼一說，當即停止了異能的動作，只要安國清把傅盈放開，就先聽聽他的秘密是什麼吧。

「告訴你吧，也許你們永遠都不會相信，」安國清得意洋洋地道，「我其實就是兩百年前的劉子傑，那個故事，其實就是我自己的親身經歷。」

周宣一怔，隨即問道：「怎麼可能？」

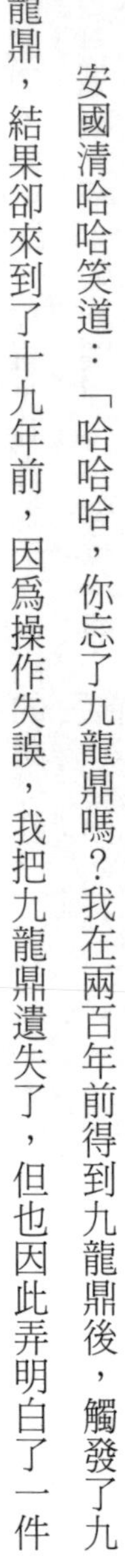

安國清哈哈笑道：「哈哈哈，你忘了九龍鼎嗎？我在兩百年前得到九龍鼎後，觸發了九龍鼎，結果卻來到了十九年前，因爲操作失誤，我把九龍鼎遺失了，但也因此弄明白了一件事。」

說著，他停了停又道：「長生不老的傳說，周宣，你肯定是聽說過吧，我現在要告訴你的就是，九龍鼎就是一個活生生的長生不老的傳說。」

這一下，周宣和魏曉雨都怔了怔，長生不老？

那也太離譜了吧，即便是外星人的高度文明，也不可能辦得到。周宣明白，九龍鼎的能量和他的冰氣異能都是可以讓人延年益壽的，但那也許只能讓人類多活個幾十年，想要長生不老，他是不信的。

「怎麼可能？」周宣怔怔地問著安國清。

安國清嘿嘿一笑，說道：

「要永生不死，我相信這個世界上的任何人都不可能辦得到，我也辦不到，但我可以借助九龍鼎的力量回到幾十年前，因爲我弄明白了，如果用九龍鼎穿梭時空，比如你要回到二十年前的話，即便你那時候是個嬰兒，也會擁有現在的思想，等你活到二十年後，你可以再次回到二十年前，如此循環不休，你的身體會一次次從小長到大，但你的腦子，你的思維卻還是現在的你，那是不是就等於長生不老了呢？哈哈哈……」

安國清哈哈狂笑著。

周宣終於弄明白了他的想法，也知道了他的秘密，當即嘿嘿冷笑了一聲，說道：

「安國清，你千算萬算，還算漏了一件事，你不覺得我也很奇怪嗎？」

安國清一怔，揚了揚手槍，囂張地問道：

「你有什麼好奇怪的？你手無寸鐵，還能把我怎麼樣？你是說魏小姐和傅小姐兩個人武力非凡吧？」

說著，他嘿嘿又笑道：

「我知道，兩個美女大小姐的功夫很厲害，但又怎麼能跟我這種練了兩百年的人相比？再說，我現在有九龍鼎和珠子在手，傅小姐又被我點了穴，她們兩個一起上也不是我的對手，更何況現在只有魏小姐一個人，又能奈我何？」

周宣淡淡道：「你的手槍，還有用麼？」

安國清怔了怔，隨即把手槍朝天開了一槍，但只聽到撞針聲，卻沒有子彈射出，呆了呆後，又連連扣動了好幾下，卻是一顆子彈也射不出來。

安國清大駭，難道周宣也是個武功高手？

要是的話，那也是高到了他不可能對付的地步，一想到這個，安國清立即準備出手。他要把魏曉雨和傅盈擒到手中。

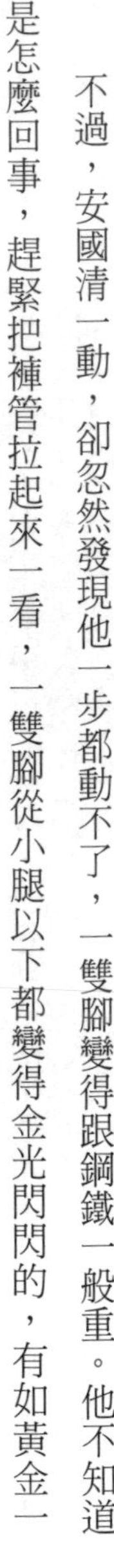

不過，安國清一動，卻忽然發現他一步都動不了，一雙腳變得跟鋼鐵一般重。他不知道是怎麼回事，趕緊把褲管拉起來一看，一雙腳從小腿以下都變得金光閃閃的，有如黃金一般，不禁呆了。

抬頭時，又發現一雙手也變得金光閃閃的，一急之下，身子一動，卻又猛地摔倒在地，全身除了上身還能動外，一雙腿一雙手都變得沉甸甸的，沒有半分知覺，渾然不覺得是自己的。

周宣這才對魏曉雨急急地道：

「曉雨，你趕緊把繩子拉住，我要跳過來了，你往後面跑，我要借你的力。」

魏曉雨臉上變色，趕緊道：

「周宣，你別急，我們準備好後你再跳，我一個人怕拉不住你……」

「沒時間了，曉雨，你看看岩漿……」周宣指著岩漿，然後又指指洞外邊的來路口，「你再聽聽那邊，洪水快浸過來了，我們得趕緊抓緊時間！」

魏曉雨呆了呆，然後瞧著岩漿坑裏，只見那些火紅色的熔漿已經比原來升高了五六十公分的高度，與她們所站的岩石頂只相差了兩米多一點，接著，又聽到大洞外邊如雷鳴一般，一股水如高壓龍頭射出來的一般狂射進大洞裏。

魏曉雨臉色大變，又見到周宣已經退了幾步，蹲下身子準備衝刺，趕緊把繩子一頭繫在自己腰間，然後雙手緊緊拉住，退了幾步等周宣跳過來。

周宣絲毫不猶豫地奮力衝了過來，到飛碟沿邊猛地一躍，另一邊，魏曉雨趕緊拼命往後跑，周宣躍在半空中就已經被她拉動，落下來後已經在岩石上好幾米了。

周宣更不遲疑，跑到安國清身邊拿起九龍鼎，然後又把傅盈抱起來，傅盈給安國清點了穴，魏曉雨一時也解不開，這門功夫並不是她所擅長的。

周宣把魏曉雨叫到身邊，然後把手上弄了條口子，讓鮮血流進九龍鼎中，隨即又迅速啓動了九龍鼎，在騰騰的霧氣中，周宣見到安國清驚恐之極的眼神。

第二十五章

不歸路

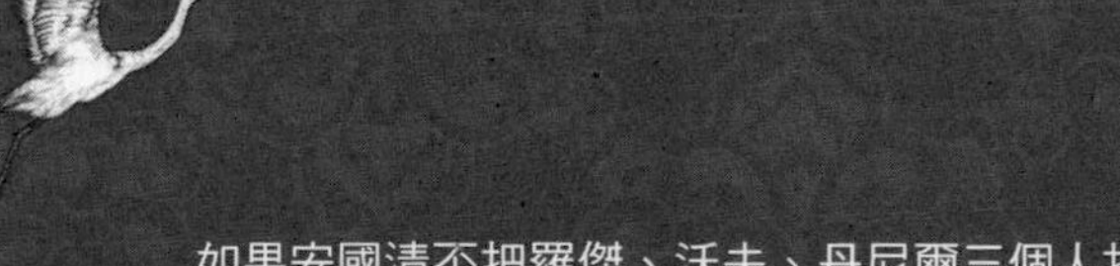

如果安國清不把羅傑、沃夫、丹尼爾三個人打死的話，
周宣不會對他下這麼狠的手，他還是會把他們幾個人一起帶出去。
安國清是自己把自己送上了不歸路，周宣不會再出手救他了。

安國清手腳都不能動彈，但嘴裏卻是能說話，大叫道：「周宣……別……別把我丟下，我……我有錢，我我……我給你一百億，一百億，你把我帶走，你把我帶走。」

周宣冷冷哼了哼，指著羅傑和沃夫、丹尼爾三個人的屍體說道：「安國清，你要是不那麼心狠手辣，我也不打算騙你，只要我能回到原來的時間，這個九龍鼎我原本是要送給你的，可你對這幾個你自己請來的人都下這麼狠的毒手，又對傅盈動手，我怎麼能饒過你？」

安國清急得臉色煞白，聲音也哆嗦起來：「我知道……知道錯了，周先生，請你把我帶出去吧，我……我……把我所有的財產都給你，我全都給你，只要你能帶我走。」

這時，岩石下面的熔漿已經離岸邊只有不到一尺的距離，狂瀉過來的洪水如海嘯一般鋪天蓋地捲到眼前。

周宣冷冷道：「既知今日又何必當初？」隨即全力運起異能護住自己和魏曉雨、傅盈，大叫道：「曉雨，抱緊我！」

魏曉雨自然是不用說，早已經不要命地抱緊了周宣。

頓時，九龍鼎濃霧迷漫，九顆珠子一起運轉，能量驚人迅猛，九條龍的眼睛竟然射出了駭人的藍色光芒。

周宣在這一瞬間，腦子裏只是念著：二〇一一年一月二十日，二〇一一年一月二十日，二〇一一年一月二十日……

同時，深坑中的岩熔漿如同火山噴發一般噴湧了出來，洪水也在這一剎那淹沒了整個大洞。

周宣感覺得到，他們三個人還在這大洞中，並沒有消失，耳中還能聽到安國清淒狂的大聲呼叫。

周宣並不可憐他，哪怕一開始就對安國清有防範意識，但如果安國清不把羅傑、沃夫、丹尼爾三個人打死的話，周宣不會對他下這麼狠的手，他還是會把他們幾個人一起帶出去。有句話叫做：「天作孽猶可活，自作孽，不可活。」安國清是自己把自己送上了不歸路。這個時候，無論他叫得多麼淒慘悲涼，周宣都不會再出手救他了。

形勢十分危急，火山洪水同時迸發，如同周宣估計的一般，洪水和火山熔漿一碰撞，立時爆發出更強烈的高溫來。

安國清在這一剎那已被熔漿洪水吞噬掉，而周宣在這時則盡全力運起異能，把三個人身體護住，心裏只念著目的地和時間，同時又在急催著九龍鼎趕快啓動。

其實，火山熔漿和洪水迸發的時間，比周宣預想的還是要遲了一些，至少在十多分鐘後才爆發。而在取掉九星珠後，那個水面口的能量環也並沒有當即消失掉，爲周宣他們爭取了一些時間。

不過，能量環終歸撐不住如山的巨大壓力，很快就爆炸開來，洪水幾乎如山洪爆發，又像是大水庫堤壩從底部炸裂。

而爆發出來的熔漿與洪水一接觸，高溫就如同核彈爆炸一般！哪怕只是那麼幾秒鐘，周宣便感覺到身體有如雷擊，在壓力的逼迫下，他的身體就像要爆炸！

好不容易異能才將熔漿和洪水逼迫在一尺外的距離，但鼻血卻如箭一般噴射出來。

就在這一刹那，藍光暴閃，九龍鼎終於完全催動。接著一聲爆響，似乎猛然撕裂出一個黑洞洞的空間來，空間將周宣、傅盈、魏曉雨三個人一下子吞噬掉，火山熔漿洪水將洞中完全填滿，寶石的光芒瞬間熄滅，洞中刹時成了煉獄。

周宣三個人終於承受不住這巨大的壓力，被九龍鼎的能量吞進時空隧道中，統統暈了過去。

也不知道過了多久，周宣才幽幽然醒轉過來，緩緩睜開眼後，首先見到的是兩張絕美的臉蛋，正是傅盈和魏曉雨兩個人。

周宣心中一震，立時又想起所有的事來，火山，洪山，安國清，絕境……但心裏最關心的卻是傅盈和魏曉雨兩個人。

他一骨碌坐起身來，叫道：「曉雨，盈盈，快醒過來。」

其實，魏曉雨和傅盈兩個人的精力損耗比周宣要低得多，周宣幾乎是一個人把熔漿和洪水的巨大壓力都承受了，雖然只有極短的時間，但損耗的異能卻是極大的。

傅盈和魏曉雨只是暈眩了一下，周宣一叫喚，立即醒了過來。

周宣見她們兩個都醒了過來，心裏頓時鬆了一口氣，趕緊瞧了瞧四周的環境，因爲九龍鼎在被激發後，周宣不僅僅是想著回來的時間，而且連細節時間也想著。

現在是在張景的鄉間大屋的客廳中，張景本人，兩名手下，馬樹、方大誠、林士龍，這些人都在。

周宣又驚奇地發現，大廳中這麼多人中，除了他跟魏曉雨和傅盈三個人是能動的以外，其他人全部都靜止著，彷彿被點了定身法一樣。

看著馬樹的表情和動作，再看看其他人的動作，周宣馬上就想到，這時正是馬樹向他攻擊後，九龍鼎要射出白光的時候，那是自己即將穿越到一年前的那個緊要關頭。

魏曉雨一看這個情形，當即也明白了自己是在什麼境地，一想起馬樹馬上要對她和周宣所做的事，又是心驚又是害怕，趕緊對周宣說道：

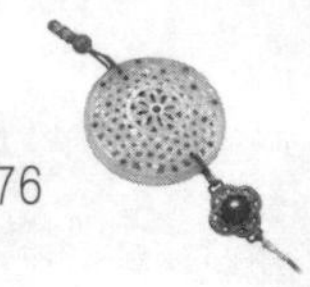

「周宣，把……把那個馬樹弄消失掉，趕快啊！」

周宣最忌憚的也只有這個馬樹，馬樹不僅會讀心術，而且還得到了他的異能，專門跟他作對，幾乎是要把他往死裏整，逃到一年多前也是爲他所賜。現在，自己重新來過，自然不會放過他。只是，異能一運起來，才發覺損耗極其嚴重，已經所剩無幾。

但馬樹這個心頭大患可是不能不除掉的，只是不知道九龍鼎的能量還能維持多久，只怕是九龍鼎的能量一消失，馬樹馬上就會醒轉過來了。

周宣咬了咬牙，竭盡全力運出最後一絲能量，把馬樹腦子中的腦髓轉化吞噬掉，然後身子一軟，癱坐在了地上。

而九龍鼎在這時也不再發光了，叮咚一聲墜落在周宣身前。魏曉雨趕緊把九龍鼎拿起來用背包裝好，就在同時，大廳中那些靜止的人也都動了起來。

只有馬樹仰天摔倒在了大廳中，然後再也沒動彈一下。

老闆張景卻是什麼事也沒發生一般，其他人也跟他一樣。周宣是知道的，時間靜止對於被靜止的人來說，是什麼事都不知道的，靜止結束後，被靜止的人只當是眨了一下眼睛。

所有人都恢復正常，張景的兩個手下趕緊上前把馬樹扶起來，但馬樹卻是渾身無力，扶起來又軟倒，不能鬆手。

其中一名手下用手指探了一下馬樹的鼻息，猛地一怔，驚道：

「老闆，馬先生死了。」

張景詫道：「剛剛還好好的，怎麼就死了？」說著，上前把了一下馬樹的脈搏，才知馬樹確實是死了，只是身體還是熱乎乎的，體溫跟正常人一樣。看這個表情，可能是心臟病猝死，臉上連半分痛苦表情都沒有。

張景很是意外，想了想後吩咐道：

「這個……先到派出所報個案，證明與我們無關。」

說完，他又對周宣幾個人說道：「周先生，不好意思，今天出了這個意外，我想我們的生意談不下去了，以後再合作吧。」

周宣點點頭回答著：「沒關係，如果這件事情需要人證的話，可以跟我聯繫，我可以為張先生作證的。」

因為張景做的事都是見不得光的，如果要報案的話，那他得趕緊先準備一下。員警來了以後，只能對馬樹的死做個鑑定，而不能讓他們查到文物古董方面的蛛絲馬跡。所以張景說今天不可能再進行別的事了，這些客人都得立刻送走。客人如果在場的話，他擔心警方會問出破綻來。

「那就謝謝周先生了，不過，現在還是請周先生先回去，如果有需要，我再打電話麻煩你們。」張景一邊說著，一邊做著謝客的動作。

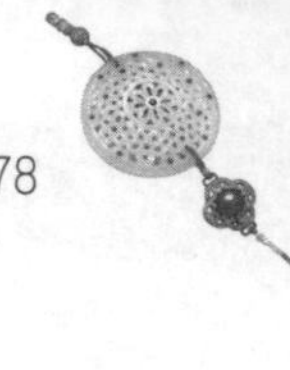

周宣笑了笑，點點頭告辭了。

來的時候，周宣坐的是林士龍的車，回去自然還是坐他的車。方大誠開車，周宣和傅盈、魏曉雨三個人坐在後面。

車開出村子後，林士龍才說道：

「小周先生，我……我是不是有些糊塗了？記得來的時候，我們好像是四個人而已？」

林士龍很是奇怪，剛剛在廳裏說著話，怎麼忽然間就多了一個跟魏曉雨同樣千嬌百媚的美女出來？

周宣苦笑道：「林老哥，你沒糊塗，我這個朋友不是跟我們一起來的，是剛剛到的，那會兒你們幾個人都在打盹，恐怕是沒注意到吧。」

林士龍摸了摸頭，皺著眉頭嘀咕道：

「是嗎？可能是我最近精神比較緊張吧，老是忘事，記性太差了，看來得弄點藥補一補了。」

開著車的方大誠也是直搔頭，一臉的糊塗，他也搞不懂傅盈是怎麼冒出來的，像這麼漂亮的一個女孩子，自己絕不可能一點印象都沒有的，想必剛剛他們是真的睡著了。

因爲關係到九龍鼎的秘密，所以周宣、魏曉雨以及傅盈三個人都沒再說話，悶著坐車，接近三個小時後才回到城裏的酒店中。

林士龍、方大誠與周宣他們三個人別過了，才開車離開。

在酒店大廳裏，周宣和魏曉雨瞧著這些熟悉的服務生，心中感慨不已，這一切都是那麼的不真實，彷彿做了一個夢一般。如果不是身邊多了傅盈，周宣真不敢相信這會是事實。

周宣嘆了口氣，不管怎麼說，活著回來總是好的。在天窗洞底裏那個絕境中，如果不是這個奇異的九龍鼎，他們三個人必死無疑。

周宣想了想，又看了看時間，下午兩點四十六分，不是很晚，就到櫃臺處問了服務小姐：

「你好，我想問一下，現在還有回京城的航班嗎？」

那櫃臺小姐馬上微笑著道：「請稍等，我馬上幫您查詢一下。」

詢問完航空公司後，櫃臺小姐對周宣說道：

「您好，今天下午四點十五分有到京城的航班，請問您有需要嗎？」

「請你馬上幫我們訂三張回京城的機票。」周宣當即吩咐道，然後又讓另一個櫃臺小姐辦理退房手續，酒店的客房中也沒有別的行李，有用的他們早就都帶走了。

退了房後，三個人搭了計程車往機場去。

一路上，三個人沉默不語，到機場大廳裏拿了機票，差不多又等了一個小時才到登機時間。

上了飛機，飛行時程兩個小時，時間其實很短，但三個人竟然都睡不著，眼都沒合一下。

到了京城，出了機場後，魏曉雨伸手攔了兩輛計程車，自己一輛，另一輛留給了周宣。「你們先回去吧，我到傅局長那兒解釋一下，不用你過去了。」

魏曉雨很神傷的樣子，但卻很柔順地說著話。傅遠山那兒她當然能搞定了，現在，她是找機會讓周宣跟傅盈單獨在一起。

心裏雖然極度難受，但魏曉雨明白，她是沒辦法撼動傅盈在周宣心裏的地位的，如果在之前那個時空內，她還能跟周宣接近，但回到了現在，回到了原來的時間中，她就再沒有一丁點的可能了。

痛是沒有用的，只能大方一點，這樣，周宣還會感激她的情意。

周宣和傅盈上了車，與魏曉雨各自離開機場，司機把車開上高速公路，四十分鐘就進入京城了，再二十多分鐘開到宏城花園。

計程車按著周宣的指點，直到開到別墅門口才停了車。周宣付了車錢，然後跟傅盈下了車。

客廳裏，金秀梅跟劉嫂兩個人正在看照片，一見到周宣和傅盈兩個人進房，當即站起身來，衝著周宣就惱道：

「你這個傢伙是不是我兒子啊，去哪裡也不說一聲，一消失就是好多天！」

周宣只得苦笑著，叫了一聲：「媽！」

金秀梅又對傅盈招招手，聲音卻柔和了下來，說道：

「盈盈，來跟媽坐一起，看看你們的婚紗照，多漂亮啊，攝影公司打電話過來，我又找不到你，早上吃飯的時候你還在，怎麼中午就不見了，我反正沒事，就跟劉嫂過去攝影公司把相片拿回來了，來來來，跟媽一起看看。」

傅盈遲疑了一下，還是走了過去，坐在金秀梅身邊看起照片來。

婚紗照照得很是漂亮，本來傅盈就美麗絕頂，再加上婚紗又選得異常漂亮，攝影店又加了些技術手法，連一丁點的瑕疵都沒有。

有摟的，有抱的，周宣跟傅盈兩個人的照片十分甜蜜親熱，傅盈臉上洋溢著的全是幸福的表情。金秀梅更是喜得合不攏嘴，眼看著兒子跟兒媳就要結婚了，抱孫子的事也近在眼前了，哪能不喜，一時對兒子的惱怒也忘了。

劉嫂趕緊起身說道：「小周，盈盈，我去給你們做點吃的。」

金秀梅笑呵呵地一邊看著，一邊對傅盈說道：「盈盈，我可是扳著手指頭在數啊，還有

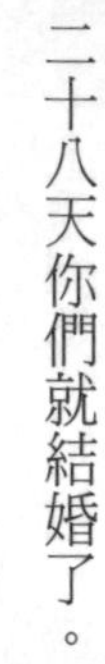

二十八天你們就結婚了。」

說著又瞧了瞧傅盈，然後伸手到傅盈額頭上一觸，嘀咕道：「盈盈，你是不是生病了？怎麼覺得你怪怪的？」

傅盈呆了呆，身子縮了縮，回答道：「我沒生病。」

金秀梅皺著眉頭，盯著傅盈看了看，狐疑地道：「盈盈，你是不是有什麼事瞞著我啊？真的覺得怪怪的。」

周宣聽了金秀梅的話怔了怔，趕緊一把拉著傅盈的手，然後對金秀梅說道：「媽，我跟盈盈有話說，我們先到樓上去了。」

說完，周宣就拉著傅盈急急到了三樓自己的房間中。

進了房門後，把房門緊緊關住，然後才盯著傅盈問道：

「盈盈……你……是以前的盈盈嗎？是……在天窗洞底的盈盈？」

傅盈臉上怔怔的表情，似乎在沉思，又似乎茫然無神，好一陣子才回答道：

「我不知道，我不知道到底是怎麼回事，現在……現在是什麼時候？」

周宣指著桌子上擺著的日曆，清晰寫著是二〇一一年二月。

從見到張景、馬樹那些人的一刻起，周宣就知道他們回來了，但回來後，老媽金秀梅發現傅盈不對勁，這才讓周宣馬上想到，傅盈會不會還是在天窗洞底那個傅盈？

雖然回到了原來的時間，但傅盈卻是從一年前直接穿梭時空過來的，跟他和魏曉雨不一樣，他和魏曉雨是穿越時間過去的，而傅盈卻不是。

所以，周宣也不敢肯定，現在的傅盈到底是一年前的還是現在的。不過，當他拉著傅盈回家的時候，傅盈一點也沒有反對，跟著他一聲不吭地就回來了，要是以前那個跟他不相識的傅盈，她肯定是說什麼都不會跟他走的。

周宣盯著傅盈，眼裏全是緊張和猜測。

傅盈咬著唇，只是不說話。這個表情讓周宣很快就明白了，眼前這個傅盈，仍然還是天窗洞底的那個傅盈，是跟他還不認識的那個傅盈。

周宣心裏猛然一痛。空有一身異能，卻無法分解自己的愁緒，這是極端苦惱的，簡直無法形容。

此刻，傅盈也抬起頭看著周宣，嘆了口氣，沉吟了一下才說道：

「周宣，你可不可以帶我到我的房間看看？」

周宣默默地站起身，領著傅盈到了隔壁的房間，打開房門後，周宣走進去，然後回頭瞧著傅盈。

傅盈卻是臉色蒼白地站在門邊，身子有些發顫，倚在門邊，那種表情是極想進來，卻又

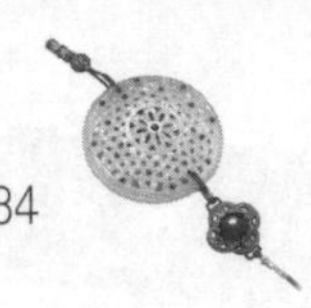

很是害怕的矛盾心理。

周宣心裏絞痛，一時不知道該怎麼辦，傅盈這個表情，就表明她絕對不是現在的傅盈，不是那個把他放在第一位，愛他比愛她自己的生命都重的那個傅盈。

這一刻，周宣忽然全身無力，真恨不得把九龍鼎砸個稀巴爛，這一切都是九龍鼎惹出來的禍！

但周宣心裏明白，這一切真要全怪到九龍鼎，那也是說不過去的。說到底還是因爲他自己的原因，如果不是他疏忽大意，讓馬樹得逞，那也不會被馬樹逼到絕路，當時如果不是因爲有九龍鼎，那他和魏曉雨更是早就送了命。雖然與傅盈變成了現在這個樣子，但終歸自己和魏曉雨都還在，而且傅盈即使不情願，卻還是跟自己回到了現代。

可是要整天看著如陌生人一般的傅盈，周宣又是萬萬不能忍受的，這樣子面對傅盈，他寧願自己被這個世界抹除掉。一時間，周宣眼裏心裏全是悲傷。

傅盈卻在這時慢慢地走了進來。

房間裏是那麼的熟悉，全是她喜歡的樣子和裝飾，桌子上一支手機擺在那裏，傅盈拿了起來，翻看著手機裏的內容。

裏面很多她跟周宣的照片，這些絕不是別人能冒充得了的，傅盈敢肯定，這個幸福的女孩子絕對是她自己。

手機裏面還有傅盈美國父母和爺爺等親人的手機電話號碼，還有些朋友的，號碼全都是真的，沒有一個錯的。

傅盈看了好一陣手機，又瞧著房間裏的擺設器具，梳粧檯上的香水、保養品，包括那些髮夾和手鏈，所有東西都是她最熟悉的牌子，雖然驚訝不已，但傅盈也不得不承認，周宣跟她的故事，絕對是真的。

傅盈呆呆地回想起，在天窗之前一直到天窗裏之後，周宣對她所做的一切，如果不是一個深愛她的人，怎麼可能做到那個程度？若說一切都是假的，那周宣就比奧斯卡金像獎的最佳男主角還要會演戲，可周宣像是在說謊，像是在演戲嗎？

從回到周宣的家裏後，傅盈還能感覺到周宣老媽的熱情，金秀梅對她也是在演戲嗎？而且還有那些照片，手機裏的圖片，這些可都是不能做假的。

傅盈對攝影有很深的認識，這些照片如果是用電腦技術合成的話，那絕瞞不過她的眼睛。再說，電腦合成的也絕不可能做到那麼完美，那些照片是那麼的自然，又是那麼的感人，那些相片上的人，絕對是她自己。

雖然對金秀梅、對這些照片、對這房間裏的一切，傅盈腦子裏沒有半分印象，可以說是完全陌生，可這些天來，周宣對她的愛意和不顧自己生命對她的維護，這些都讓傅盈感動不已。

傅盈能感覺到，周宣對她的情意，絕沒有半分的虛假，她之所以一聲不響地跟著周宣來到他家裏，就是想要弄明白真相，看看這個周宣所說的一切，是不是真的存在過。

然而，來到周宣家裏看了一番之後，傅盈心裏就真的亂了。因爲周宣沒有說假話，一切都是如此的真實。彷彿是一個夢，但卻就在自己眼前。

到這個時候，傅盈自己也糊塗了。

看著傅盈迷茫無措的眼光，周宣心如刀絞，眼睛都有些濕潤了。他情不自禁地往門外走去。此刻，一個鬚髮皆白的老人正從樓上走下來，看到周宣神不守舍的樣子，頓時笑呵呵地問道：

「周宣，你這幾天跑哪兒去了？盈盈呢？」

第二十六章

商界霸主

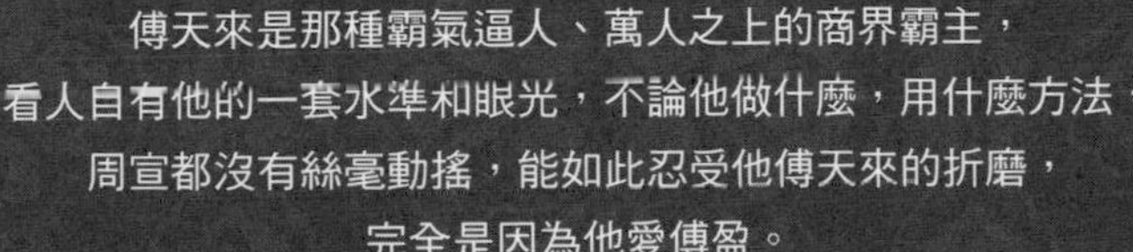

傅天來是那種霸氣逼人、萬人之上的商界霸主，
看人自有他的一套水準和眼光，不論他做什麼，用什麼方法，
周宣都沒有絲毫動搖，能如此忍受他傅天來的折磨，
完全是因為他愛傅盈。

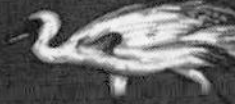

周宣怔了怔，這個老人竟然是傅盈的祖祖傅玉海。

他老人家是幾時來的？之前周宣知道，因爲婚禮的事，所以傅家的人近期會陸續過來，傅盈的爺爺傅天來會在婚期前兩天過來，但周宣走了七八天，還不知道傅玉海已經過來了。

「祖祖，您老人家幾時來的？」周宣呆了呆後隨即問道。

傅玉海笑道：「來了三四天了，你又不在，盈盈不讓我住酒店，非要我住家裏，也好，住家裏也不錯，你爸媽弟妹對我可是好得不得了。」

周宣摸著頭，不知道該怎麼說了。

傅盈卻在這個時候走了出來，盯著傅玉海詫道：

「祖祖，您怎麼來國內了？您不是身體不好嗎？」

傅盈在房間裏猛然聽到傅玉海的聲音，吃了一驚，趕緊走出來，瞧見真是她祖祖，心裏頓時驚疑不定，祖祖身體腿腳一直不好，怎麼可能走得了路？

但現在看起來，祖祖不僅僅是腿腳好了能走路，連精神和相貌都好了不知道多少，似乎年輕了幾十歲一般，要知道，祖祖可是已經上百歲的高齡啊。

「你這丫頭，跟祖祖說好了，今天去遊長城的，可吃了早餐你就消失了，就這樣對祖祖啊？」傅玉海伸手在傅盈頭上輕敲了一下，佯惱著。

「你爸媽下週三就過來，你爺爺最忙，要到下月十七才能過來，你們的婚期是十八，剛剛好趕到。」

傅盈瞧著祖祖佯惱卻又慈愛的表情，怔了片刻然後才又問道：

「祖祖，你們真的願意我結婚嗎？真的是讓我嫁給……嫁給這個周……周宣？」

傅盈猶自不信，但親眼見到祖祖也在周宣家中，又親口對她說了這些話，到現在，傅盈就算再不信，也還是覺得她跟周宣的事真如他所說了。要說巧，要說做戲，那也不可能做到自己人也來湊熱鬧吧？

正猶豫間，劉嫂上樓來叫她跟周宣吃飯：「盈盈小姐，老人家，正要來叫你們去吃點東西，我特地熬了點小米粥，很清淡的。」

傅玉海笑呵呵地直點頭，然後隨著劉嫂下樓，傅盈在後面跟著，瞧著祖祖穩健的步子，更是暈頭暈腦的了。

祖祖一直就身體不大好，下身癱了好幾年，根本不能走路，這兩年尤其嚴重，或許是因爲思念大祖祖傅玉山，這段時間都是臥床不起的。家裏人擔心他連今年都撐不過去，所以傅盈跟表哥李俊傑就想著要替祖祖完成他的心願，把大祖祖的遺骨找回來，可是現在，他老人家的身體怎麼竟然全好了？

她傅家財雄勢大，要什麼有什麼，錢自然不缺的，但錢在某些時候也不是萬能的，傅玉山的身體已經嚴重老化，在紐約的頂級醫院裏也無法治好，只能靠補品支撐，可是看看現在，他卻哪裡像是一個百歲老人呢？

傅玉山下樓梯的動作，就跟六七十歲的時候差不多，精神好得很，步子也走得穩，傅盈正想再問問原因，周宣在後邊拉了拉她的衣袖。

傅盈轉頭望著周宣，周宣低聲說道：「盈盈，我知道你想要問什麼，還是別問祖祖了，以免引起老人家的疑心，我來告訴你。你是想問祖祖的病吧？」

傅盈點點頭，只見周宣又說道：「祖祖的病是我治好的，你知道就行了，後面的事我也跟你說過了。」

傅盈呆怔了起來。

周宣確實跟她早說過了這些事，只是傅盈不相信而已。這時，等傅玉山下了樓後，周宣才又對傅盈說道：「盈盈，你可別問祖祖，老人家是高高興興來的，我不希望老人家不高興，如果你不願意結婚，我們可以把婚期延後，等到你願意的時候再說，如果你一直不願意，我也會尊重你的選擇。」

傅盈咬著唇，俏麗的眼睛盯著周宣，好一會兒才回答道：「我祖祖很高興，在家裏，祖祖比爺爺還要疼我，看來他很喜歡你啊？」

周宣淡淡一笑，沒有回答傅盈，人貴知心，他對傅家人那麼好，為了傅盈又捨生忘死的，人家又不是瞎子，好壞還分不出來啊？

再說，這些豪門家中，最大的心思就是財富，而周宣已明白告訴過傅天來，他絕不會要他們傅家的錢財，他自己賺的就夠了，要那麼多錢幹嘛，看看他家大姑的兒子喬尼，爲了傅家的財產都幹了些什麼事？

傅天來是那種霸氣逼人、萬人之上的商界霸主，看人自有他的一套水準和眼光，一般人都逃不過他的眼睛，但後來傅天來還是被周宣完完全全折服了，不論他做什麼，用什麼方法，周宣都沒有絲毫動搖，能如此忍受他傅天來的折磨，完全是因爲他愛傅盈。

傅天來又調查了周宣的底細，再加上周宣擁有莫測高深的特異能力，於是乎傅天來立即轉變了對周宣的態度，大大方方的應下了這門親事，從反對變成了最支持的人。

這中間雖然有功利的思想，但也未嘗不是看在周宣對傅盈的真心上。

「我……」傅盈臉上的表情放緩和下來，沉吟了一下又說道：「我們的婚期會如期舉行，該怎麼安排就仍然怎麼安排吧，如果媽再問起這些事，你替我推一下，我沒意見，只是經歷了這麼多事，腦袋有點疼。」

周宣呆了呆，一下子有些反應不過來，傅盈忽然的轉變讓他不太適應，以他對傅盈的瞭解，如果傅盈仍是一年多以前的傅盈，是肯定不會答應這場婚事的，但傅盈怎麼現在又同意了？

難道之前只是穿越時空讓腦子疲勞混亂了？而現在的傅盈又恢復正常了？不過，好像也只有經歷過無數磨難，從災難中走出來的傅盈，才會真正愛上他周宣吧。

傅盈說了這些話後就走下樓梯，周宣本想再問一下什麼，只好閉了口。

一家人和樂融融地在餐廳中坐下來，傅玉海坐了首席的座位，他的輩分最長，當之無愧。

李爲和周瑩也回來了，周瑩幫劉嫂上菜，見到傅盈後就甜甜地叫道：「嫂子。」

傅盈點點頭。周宣家裏人的情況，下飛機後，周宣就對她全部詳細地說過，而李爲卻是蹺著二郎腿很逍遙的樣子。

一見到周宣和傅盈兩個人後，李爲當即涎著臉說道：

「漂亮嫂子，求你件事可以不？」

傅盈詫道：「什麼事？你一個超級大咖，還有什麼事辦不了的？」

「自然是不會要嫂子破財，當然也不會要嫂子幫我搶親了，嘿嘿。」李爲嘿嘿笑著說道，「漂亮嫂子，我知道宣哥一切都聽你的，我現在成了他的妹夫，求他教我魔術他還是不肯。我想，如果是你來勸宣哥，讓他教我，他肯定答應。到時候，你要什麼條件我都答應你。」

周宣又惱又笑，罵道：「你這傢伙，就沒個正經相。」

傅盈卻是回答道：「李爲，這個我可沒辦法答應你，他教不教你是他的自由，或者這也包含了一些隱私，就算我們要結婚了，我也不能完全代表他的。」

李爲頓時哼哼起來，周瑩把一碟菜放到餐桌上後，又衝李爲惱道：

「你老實點行不行？別老是煩著我哥。」

李爲嘿嘿笑道：「你別這樣說啊，他現在也還是我哥呢，弟弟問哥哥要東西，那是天經地義的事！」

李爲的厚臉皮讓周瑩沒有一點辦法，但周宣看得出來，李爲雖然是看起來嬉皮笑臉，但骨子裏對周瑩卻是極端愛護，當即用手指輕輕點了點餐桌，說道：

「嗯，你兩個都在，那也好，我有話要說。」

李爲見周宣忽然正經起來，倒是嚇得把二郎腿也撤了，規規矩矩地坐起來問道：「宣哥，你要說什麼事？」

周宣正色道：「你跟小瑩結婚後，你也就是一家之主了，男人得撐起自己的一個家，你家裏雖說是大家庭，但你也不可能依靠你爸媽和兩個哥哥過一輩子吧，別成天吊兒郎噹的，我把周氏珠寶的股份分給你們和周濤各百分之十，就當是小瑩的嫁妝，你跟小瑩就到珠寶公司上班，好好把公司看好，有你們和周濤跟李麗兩個，我也更放心了。」

李爲這時倒是正正經經應了聲。周宣的性格他知道，這些股份，還有周瑩本身擁有的古玩店的股份，加起來已經過億了，周宣給他是真心實意的給，不是做做樣子。要是他不收或者不要，周宣反會生氣，否則怎麼放心把妹妹交托給他？

周瑩坐下來後，又跟周宣說道：

「哥，你走的這一個星期，店裏出了件事，你的手機也打不通，張健哥很著急，這是我們店第一次出糾紛，恐怕有不好影響，所以他才想跟你商量一下。」

周宣詫道：「什麼事？」

「是這樣的。」周瑩一邊給眾人分放筷子，一邊又對周宣說著，「我們店裏上個月收了幅駱百山的畫，當時是老吳鑑定的，賣畫的那個人，是個四十歲左右的婦女，老吳鑑定後，給了她七十六萬的價格收下了這幅畫，直到上個星期三，張健哥到輝煌拍賣行，又將這幅畫以三百六十六萬的價格拍了出去，扣除傭金和開支，這筆生意淨賺了兩百六十萬。」

「賺了錢不是好事嗎？這會起什麼糾紛？」周宣笑了笑，張健做生意還真有兩手，自己要不是靠了異能，可遠及不上張健對古玩這一行的熟練。

「這只是開頭，事情是這幅畫引起的。」周瑩搖搖頭說道，「關鍵是另一個原因，在畫被拍賣出去的第四天，那個買家把我們店和拍賣行都告上了法院，說是我們賣了假畫給他，要求我們賠償三倍的購買金額。」

周宣腦子裏第一時間就閃出了「敲詐」兩個字來。

對於老吳的經驗和眼力，周宣是絕對信得過的，經過了他的手出錢買下來的，那一定是過得去的，雖說在這一行當中，沒有太肯定的事。

老吳可不是一般的專家能比，他在京城古玩一行的名聲很響，幹了幾十年的考古，又是有名的大學教授，在整個京城，老吳的鑑定水準至少排在前十。

所以周宣基本上斷定老吳的收貨應該沒問題，有問題的是後面一環，也許又是有什麼人看不得他們發財，眼紅嫉妒了。之前出的那些事，大概都與這種情況沾邊掛鉤。

「吃飯吃飯，在家不談公事，這事你叫張健也別管了，我來處理。」周宣當即招呼大家吃飯，在桌子上談公事會影響大家的食欲，再說，這一點錢即使賠了，也沒有什麼大不了的，三倍也只有一千萬，對周宣來說沒什麼大礙。

回到原來的時間裏，周宣也安了心，心腹大患馬樹已經被他暗中除掉了，在這個世界上，恐怕再難有與他抗衡的人了，賺錢嘛，還不是小事一樁。

光是上一次交給張健和老吳他們的微雕，價值就不得了。這種在外人看起來價值連城的微雕，在周宣手中，就如同一塊零錢一般，隨手可以用異能製作出來，要多少有多少。這些微雕帶來的財富，比周宣之前的哪一種古董和玉石都要來得直接。

周宣又向周瑩遞了眼色，讓她不要再說公事，一家人樂陶陶地吃著飯。

吃完飯後，周宣獨自一個人到古玩店去，雖然傅盈親口承認了婚事，但周宣總覺得他跟傅盈沒有以前那麼親密了，似乎兩個人變得有些陌生了。

臨出門時，傅盈叫住了周宣，把手伸出去，說道：

「周宣，你把這兩顆鑽石拿去，讓你們工匠做一對戒指出來好不好？」

傅盈白皙柔嫩的手掌張開，掌心中有兩顆碩大的鑽石，廳裏的自然光線穿透過去，鑽石的表面發出了五顏六色的折射光彩。

周宣怔了怔，這兩顆鑽石如此之大，就是歷史上有記錄的鑽石，都沒這兩顆鑽石的尺寸大，這顯然是從天窗洞底中得到的，可沒見到傅盈從岩石洞壁上挖鑽石啊？

「好，我拿過去讓公司的工匠師傅做，不過，我先挑幾個設計款式回來讓你看看，選好樣式再做，反正也不急於這一時半天的。」

周宣接過鑽石揣進衣袋裏，也沒敢當眾問她什麼時候拿的。這一個星期自己消失後，家裏人還沒追查他原因呢，要是把天窗洞底的事洩露出來，那可不得了，首先老媽就不會饒過他。

好在去天窗洞底的人，也只有他們三個逃出來，魏曉雨和傅盈都不是那種多嘴的人，絕不會把這個秘密說出來，嚇到家裏人。

周瑩對李爲遞了個眼色，然後朝周宣的背影努了努嘴。

李爲笑了笑，舉著手道：「好好好，我跟著一起去，給你哥當車夫，行不？」

周瑩輕輕哼了哼，說道：「那是你應該的，你還好意思說！」

李爲嘿嘿笑著，趕緊逃離出門，開了他的奧迪A4追了上去。

周宣還沒有走出社區，李爲追上他，停了車，偏過身子打開另一邊的車門，探頭叫道：「宣哥，上車吧，我跟你一起去。」

周宣瞧了瞧李爲，笑了笑，也沒有推辭，上了車。

周宣自己的車還沒有到，家裏就只有一輛洪哥送的布加迪威龍，還有一輛是傅盈的奧迪MINI。開那輛布加迪威龍就太顯眼了，而且周宣的技術還不過關，駕照雖然是拿到了，但還想多練練再自己駕駛，等到四S店訂的車到了後，那也差不多練好技術了。

李爲把車開出宏城花園，上了路後才問道：

「宣哥，今天漂亮嫂子好像有些不對勁啊，不知道是怎麼回事？你可得把漂亮嫂子哄好點啊，嫂子對你可是好到了骨子裏了。」

周宣沒好氣地道：「開你的車吧，做好你自己的事就好了。」

李爲張口就要接話，但猛然間又想起，周宣可是他的嫡親大舅子，開不得玩笑，這才硬生生地把到了嘴邊的話又吞回肚裏。

這段時間，李為都是跟著周瑩在古玩店上班，也算是一個正式員工了吧。而且，李為在店裏並沒有別的高幹子弟那般囂張跋扈，跟店裏的小工們都混成一片，成天說說笑笑的，幹事也認真，那些工人也都知道李為是周瑩的未婚夫，是這個店的老闆之一，雖說名義上管理者是張健，但他們都知道，這間古玩店的真正老闆其實是周宣。

原來，周宣一家人都在潘家園這個店裏，後來周濤和周濤的女朋友李麗被調去了珠寶店，而現在李為和周瑩也被調走了，這店裏就只剩下他老爸周蒼松了。

因為周蒼松年紀大了，又沒什麼文化，到珠寶公司顯然不適合，再說，他現在也習慣和喜歡上了古玩店的活兒，每天來店裏都是興致勃勃的，很有一種成就感。

說實在的，以前周宣要開這個店時，他們一家人都是不看好的，因為對古玩這一行一點都不瞭解，投入又不小，一虧那可不是小錢。不過，後來店開起來後，一天比一天接的生意大，賺的錢讓他都不敢想像。

以前在老家種橘子，一年才賺三四萬，可現在呢，隨便一筆生意就要賺上幾百萬，而兒子周宣買回來的一些低價物品，沒想到一轉手竟然就是過千萬，甚至是過億，這讓他完全吃不消，現在每天不待在店裏，他就心裏不踏實。

周宣私下裏還跟爸媽弟妹說起過那些一件就值幾億的微雕，周蒼松頭更大了，兒子的財產，即使是從手指頭縫裏流出來的，也是數都數不過來。

一看到兒子來到店裏，周蒼松便泡了一壺茶，讓他到裡間坐下來。

老吳也跟進來，苦笑著道：「小周，這次不知道是我老吳打眼了，還是別人想敲詐我們，總之是起了糾紛。」

周宣笑笑道：「您老別多想，這件事是小事，所謂金無足赤，人無完人嘛，就算有一次打眼那也很正常，別說這事還沒弄清楚，就是確認打眼了，責任在我們，那就賠他一千萬就是，沒什麼大不了的。吳老爲我們這個店賺的，遠超這個數，怎麼還能在這件小事上計較？」

周蒼松一顆心總算放了下來。老吳是這個店的專業人士，除了周宣，在店裏，就數老吳的貢獻最大。這次的事的確是個麻煩，要虧的話是一千萬，這個數字可是會讓無數小店破產到死的。

這麼大一筆錢，周蒼松不敢肯定兒子會怎麼想，但見到兒子這麼說，這才放心了，兒子賺了那麼多錢，就算賠這一點錢，那也不算什麼。

「吳老，你先說說這件事情的起因經過，我再想想要不要找人幫忙。」周宣讓他們心情鬆懈後，這才平靜地問道。

老吳本身的人脈也很廣，但現在這件事，讓他不好意思出去托關係找人，因爲這關係到他的名聲，一個專家級的鑑定人如果打眼上當了的話，那對他的名聲是個極大的打擊，所以這件事，他並不想宣揚。

周宣也明白這個道理，他只是想把事情弄清楚再做決定。

第二十七章

連環圈套

目前看來，那個叫江玉娥的女人肯定是設下陷阱的人，
只是還不敢肯定趙成志與這個姓江的女人是不是一夥的，
如果說趙成志是與江玉娥是一夥的話，
那就是一個設計好的連環圈套，是一個精心設計的騙局。

周蒼松給他們兩個人一人倒了一杯茶，老吳喝了一口，然後才說道：

「收這件物品，是一個半月前的事了，來賣畫的，是一個叫江玉娥的中年婦女。因爲做我們這一行的都明白，很多是有隱情的，顧及到客人們的隱私問題，所以我們都不太問人家寶貝的來歷問題，當時她把畫給我後，我一眼就認出是當代名畫家駱百山先生的畫，因爲我本人與駱老有交情，認識他的畫，所以我一眼就認出來了，然後再仔細鑑定後，確認是老駱的真跡。這幾年，老駱的名頭很響，他的畫作也很有特色，詩畫相間，氣勢磅礴，前一年，老駱的畫在香港拍到了五十四萬美元的高價，是一幅同樣篇幅的詩畫。」

對於老吳的鑑定技術，周宣自然沒有多話，靜候著老吳繼續說下去。

「小周，你也知道，我們開店做生意，講究的是利潤，古董這一行，自古以來也講究的是現銀買賣，買定離手，真假自負。現在的古玩市場，別看興旺得不得了，但市場裏的物品幾乎是九假一真，甚至更多的是件件贗品，百無一真。」

老吳一邊嘆息著一邊說，現在的文物市場的確如此，上當打眼那都是得自認倒楣了。

「所以，我當時就問那個姓江的婦女要多少錢，要她自己出個價，結果她自己就出了個一百萬的整價，雖說這個價可以當時就買下來，但我們做生意的，講究的是蠅利必爭，她開的價雖然比我想像的要低，但我還是得跟她再討價還價。一番較價後，最後以七十六萬的價格成交的。」

老吳又說道：「那個姓江的婦女明知道這畫值錢，卻開口就只說出一百萬的價錢，說價後又低到七十六萬成交，我怕有什麼問題，又再仔細鑑定了一陣，最後確認後才付給她現金。」

把買畫的過程說了後，老吳皺著眉頭喝了口茶，然後又說道：

「但是那個叫江玉娥的婦女還有一個條件，說因為需要現金急用，才逼不得已賣了這個畫，但是又十分喜歡這幅畫，所以就請了畫師來臨摹一幅複製品，所以她要求我們每天帶畫去她家裏，等到畫好後再帶回來。當然，我們也會緊守住原畫。花了九天，她請的人才做好這幅畫，而這九天當中，我都是緊緊守在那幅畫旁邊的，而且，我過去的時候還帶了你爸一起的。」

說到這裏，周蒼松也趕緊說道：

「是啊是啊，我每天都跟老吳一起去的，畫都是捲好後放在畫筒子裏面的，監視的時候，老吳休息我就看，我休息時老吳就守著，沒出問題啊。」

周宣當即明白了，問題多半就出在這個地方了，不過沒直接問出來，而是說道：

「吳老，那後來又是怎麼發現的？又是跟誰起了糾紛？」

老吳喘了幾口氣，有些不平地道：

「後面就是我們委託輝煌拍賣行拍賣的，因為輝煌拍賣行是我們的老關係，又是熟人，我的東西拿過去都沒有再經專家複鑑，而是直接就拍賣了。在拍賣場中，這幅畫以三百六十六萬的價格，被一個叫趙成志的買家拍下。在拍賣結束後，那個趙成志以銀行轉賬的方式直接轉給了我們全額款項。我覺得這個人似乎根本就不在乎那個畫，而只是為了拍買而拍賣而已。從頭到尾他都對那個畫沒什麼興趣，但最後簽購買合約時，卻是很小心。」

老吳一邊說，一邊眯著眼回憶起當時的情形來。

「在拍賣行，買賣交易後都會簽一個合約，那就是拍賣者與購買者之間的一個合約，即如果是贗品假貨，賣家就得賠付買家一到數倍的購買原價。所以，拍賣行在拍賣每一件物品時都得請專家鑑定物品的真假，而我本來就是他們請的專家之一，是以我的物品就沒再經過複鑑，而簽定的賠付合約上的賠償金額的倍數，一般都是雙方自己協商，賣家如果肯定自己的貨物是真品，那賠付多少都無所謂，而我跟那個趙志成簽的是三倍的賠付金。」

「結果，在拍賣結束的四天後，那個趙成志忽然找到我們古玩店來，說是經專家鑑定了，我們賣給他的畫是一幅贗品。當時我讓他把那幅畫給我看一下，一看就覺得納悶，這幅畫是真的啊，就是原來我鑑定的那幅畫，畫不是假的，所以我就跟他爭辯起來。我們是各執己見，那個趙成志很氣憤，說是要到法院告我們去。我心一橫，要解決這個問題，還是斷了他的心思最好，就跟趙成志說，叫他留下電話號碼，我去請這畫的原作者駱百山老先生來做證明。那個趙成志當時就答應了。要是駱老先生本人來證明這畫是假的，那他也無話可說，認倒楣算了。」

老吳說到這裏，神情忽然就黯淡下來，嘆息著道：

「結果就糟在後面了，駱老先生跟我是老交情，我請他來，他二話不說就答應了，商量了個時間後，我馬上又通知了趙成志，在約定的時間，駱老當著趙成志的面打開畫卷鑑定起來。」

看著老吳的默然表情，周宣就問道：

「駱老怎麼說？」

老吳搖搖頭道：「駱老只看了一下子，就搖頭說，這幅畫不是他畫的。這個我是明白的，每一個畫家或者書法家對自己的作品都會留下一些獨特的暗記，別人是瞧不出來的，作者自己卻是可以一眼就看得出來。」

雖然駱百山跟老吳是老友，但在鑑定自己的作品真偽時卻是一點也不含糊。老吳也絕對相信駱百山說的是真話，若說請他來鑑定別人的畫，那或許還可能打眼走眼，但鑑定他自己的畫，那自然就不必說了。

現在面臨的局面就是，要麼老吳顧及自己的名聲和面子，乖乖地默不吭聲地賠一千萬給趙成志，要麼就是跟趙成志撕破臉打一場官司。但現在，駱百山已經親口說了這畫不是他畫的，是假畫贗品，所以老吳也沒有對駱百山追根問底。

這樣一來，要是打官司的話，老吳幾乎是輸定了，而輸不輸官司還是小事，老吳的名聲可以說就此會毀掉了。

周宣聽完老吳的述說後，沉吟著，老吳的話讓他感覺到這似乎是一個陷阱，想了想就問道：「吳老，那個姓江的女人，你還能找到嗎？」

老吳苦惱地道：「就是這個問題困擾我，趙成志準備起訴我之後，我就想到了要找到那個姓江的女人瞭解一下，但按照之前江女士的住址找過去後，卻是別人家。我一打聽，卻說那房子是租的，之前曾經臨時出租給一個中年女子，只租短期，幾乎是十天不到，租金卻是兩個月的房租。」

把這些疑點聯繫到一起，周宣頓時有些明白了，這完全是一個陷阱。現在最關鍵的是要找到這個姓江的女人，如果找到她，那事情就比較容易解決了。當然，那個女人可能用了假名，要找到她，恐怕很難。

老吳的古董鑑定技術很高，經驗也很豐富，但對這樣的事情就束手無策。在他看來，要想不被外人知道，又要找到這個姓江的陌生女人，幾乎是不可能的，唯一息事寧人的方法，就是賠償趙成志一千萬。

周宣想了想，笑笑道：「吳老，這事你不用擔心，交給我處理吧，我保證讓你滿意。」

說著，周宣又對老吳說道，「吳老，那幅畫呢？是在我們這兒，還是在那個趙成志那兒？」

「當然是在趙成志那兒。」老吳嘆口氣回答著，「趙成志沒有在畫上面做手腳，也肯定沒有換過畫，這點我相信。」

周宣笑笑道：「他當然不會做手腳了，因爲那畫本來就是假的，他自然是不用再費力做手腳了。吳老，我需要當面看看那幅畫，不管用個什麼理由，你能不能安排一下？」

老吳點點頭，沉吟了一下才道：「就跟趙成志說需要再鑑定一下那幅畫，讓他拿過來。」

周宣微微一笑，目前看來，那個叫江玉娥的女人肯定是設下陷阱的人，只是還不敢肯定趙成志與這個姓江的女人是不是一夥的，如果不是一夥的，那就只是江玉娥的個人行爲，老吳只是打眼上了當，也可能是在江玉娥作贗品的時候，偷偷調換了，但如果說趙成志是與江玉娥是一夥的話，那就是一個設計好的連環圈套，是一個精心設計的騙局。

周宣尋思著，從目前看來，趙成志與江玉娥表面上是沒有關係，但趙成志是不是跟江玉娥有聯繫，那還得他在看到那幅畫後才能決定，這就需要他的特殊能力來檢測了。

現在，他需要從那幅畫上探測江玉娥留下的蛛絲馬跡，但如果接觸的人太多，那氣息就會太多太雜，周宣就有可能探測不到，但現在，最有可能的就是從這幅畫上面找線索，這也是賭一把。

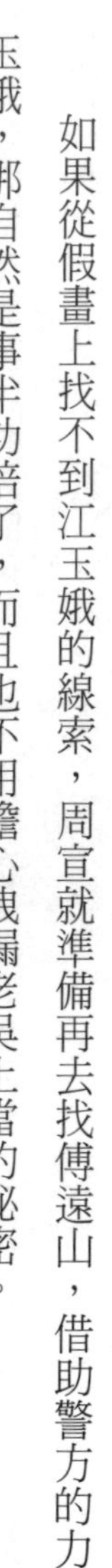

如果從假畫上找不到江玉娥的線索，周宣就準備再去找傅遠山，借助警方的力量去找江玉娥，那自然是事半功倍了，而且也不用擔心洩漏老吳上當的秘密。

這一刻，周宣已經定好了後面要走的幾步，想好後不禁暗自驚訝，自己幾時有了這種細密審慎的思維能力了？

老吳見周宣低頭沉思著，當即拿了手機給趙成志打了個電話。

在電話中，趙成志一聽到老吳的意思，當即應允，說他也不想多耗時間，馬上就會過來，老吳需要什麼，他都極力配合，希望老吳能儘早將賠償款給他。

老吳掛了電話後，對周宣說道：「小周，趙成志說馬上就帶著畫趕過來。」

周宣點點頭，「嗯，我就等他過來。吳老，到時候你就說我是個驗畫的，不用去管趙成志怎麼想，我只要看一下那畫就行了。」

老吳答應著，但心中還是有些疑慮。周宣雖然很多事都奇奇怪怪的，他也猜測不透，但如果說鑑定書畫的功底和經驗，恐怕還是不如他的吧，周宣再看那幅畫，能看出什麼不同？

雖然想不通，老吳先丟開了這個話題，拿出一本存摺遞給了周宣，說道：

「小周，這是你那另外十一件微雕賣出去的錢，一共賣了三十七億。除掉傭金和古玩店百分之十的抽成，還剩下三十一億六千萬。」

「三十一億六千萬？」周宣一聽到老吳說的數字，不禁愣了一下。這倒是真出乎他的意料，他一直沒把這些微雕當回事，前一次雖說是知道這東西值錢，但並沒很在意，到現在老吳把這麼天大一筆現金拿來給他，讓周宣吃了一驚。

任誰也想不到，一間古玩店才做幾個月，總資產就由以前的一千多萬，急劇冒到七億多了！

趙成志半個小時後趕到了周張古玩店中。

這個人三十五六歲的樣子，面白無鬚，一副書生樣子，瞧他的表情，周宣一時還瞧不出來這個人究竟有沒有鬼，可惜自己沒有馬樹的那種讀心術，雖然讀心術遠沒有自己的異能厲害，但在與人交往中，卻是最有用的武器。

把趙成志請到裡間坐下後，趙成志瞄了瞄在座的幾個人，周宣太年輕了，看起來不像主角，可另外又只有兩個老頭，一個看樣子就不像有底子的，另一個是跟自己接洽的老吳，難道是老吳還要檢驗？

趙成志心裏雖然嘀咕著，但二話不說取出畫筒來，打開蓋子，取出了裏面的畫軸。

在長桌子上鋪開，這畫寬約丈二，高約一米二，畫風灑逸，一眼望去，是不錯的作品。

趙成志把畫展開後，望了望老吳，老吳這才向趙成志介紹道：

「趙先生，這位就是我們請來的鑑定師，周先生。」

周宣略微點了點頭，也沒說話，站起身就走到桌子跟前，很自然地伸出手，輕輕貼在畫面上，暗中運起了異能，腦子中當即感應到了一些影像，又把這些影像檢查搜索對比了一下，查找對自己有用的。

趙成志對周宣有些詫異，難道這個年輕人來頭不小？看老吳幾個人對他的表情就知道，這個人似乎有些地位。只是周宣的態度讓趙成志很不爽，話不說屁不放的，一副很懂的架勢，瞧他這樣子，又能看出什麼不同來？

周宣當然明白，趙成志已經認定這是一幅贗品，他所要求的就是儘快得到賠償。

在畫卷上觸摸了一陣，趙成志和老吳都很奇怪，周宣看畫驗畫的手法跟別人完全不同，人家都是用眼來看，而他卻是用手在摸。

周宣幾乎是把整幅畫卷都摸到了，這才縮回了手，沉吟了一下說道：

「趙先生，可以了，我已經鑑定好了。」

趙成志愣了愣後問道：「驗好了？那這畫是真的還是假的？」

「畫肯定是一幅贗品。」周宣當即斬釘截鐵地回答著，隨即話頭一轉，又說道：「不過，要得到確切的檢驗報告，那還得要幾天時間。」

趙成志皺著眉頭道：「怎麼還要幾天？不是作者都來親自鑑定了嗎，難道自己對自己的畫鑑定了還不算數？」

周宣淡淡道：「當然不算，雖然作者親自鑑定的準確度是最高的，但作者本人與你，或者與吳老有沒有關係，這還是問題。鑑於個人的利益關係，作者本身的鑑定言詞並不能作爲證據，這在很多案例中已有過先例，作者的鑑定並不能完全作爲證據。」

趙成志頓時傻了眼，連作者本身的鑑定都不能算數，那自己要幾時才能得到賠償金？不過，剛剛這個周宣並沒有說這幅畫不是贗品，這對他還是有好處的；只是他想不通的是，這個姓周的既然是老吳請來的，怎麼不爲他們自己說話？反直接肯定地說這幅畫是假畫？

趙成志猶豫了一下，又問道：

「那……那你們是什麼意思？究竟是要賠還是不賠？」

周宣笑笑道：「我是給你個意見，作者本人的證詞是不能完全作爲證據的，但有一個鑑定卻是有用的，只是需要幾天時間，用那個方法鑑定的結果，那就沒問題了。」

老吳在一旁是又驚又疑的，他搞不懂周宣是什麼意思，這些話可以說是對他們自己有百害而無一利，周宣這麼幫著趙成志來整自己，是爲了什麼？

趙成志聽了周宣的話，心裏也是疑疑惑惑的，又很想知道周宣說的是什麼法子，遲疑了一下還是問道：

「那……那是什麼方法？」

周宣沒有隱瞞，淡淡道：「筆跡，駱老的畫是字畫一體，畫技不能肯定，但上面的題字書法卻可以通過技術鑑定得出結果。」

趙成志和老吳都是恍然大悟，不過，趙成志的是喜，而老吳的是憂。

周宣說的筆跡的確是一個要害，這也點醒了趙成志，稍微懂一些的人都明白，筆跡鑑定是能作爲法律證據的。畫的鑑定，現代的跟古代的有年份的不同，可以通過紙張的年份、舊跡等等來鑑定，但現代的畫就不好說了，如果老吳這邊一定要堅持，趙成志就算請專家鑑定說是贋品，那也沒有那麼輕鬆就會贏下來，但如果通過筆跡鑑定的話，那就是鐵的證據了。

真是一語點醒夢中人，趙成志笑呵呵地把畫捲起來放進筒裏，然後告辭道：

「我走了，吳老闆，我把筆跡鑑定結果拿到後，再來跟你談吧。」

周宣說得沒錯，趙成志馬上就明白周宣說的還要幾天的原因：做筆跡鑑定是得花幾天時間，因爲這需要權威人士——比如警政機關的技術鑑定科，請他們幫忙鑑定一下才能搞定，到時老吳就再沒有辦法了，只能老老實實地賠三倍金額給他。

趙成志是急不可待地就走了，看來心很急。

等到趙成志離開後，周宣馬上叫了老吳：

「吳老，走，跟我走個地方。」

老吳悶悶不樂地起身，也不知道周宣是什麼意思，竟然幫著外人不幫他。

跟著周宣出了店門，在外面的公路邊，周宣伸手攔了輛計程車，給司機指了個方向說道：「司機，往那邊走，快一點。」

司機把車開起來後，周宣才對老吳笑笑道：

「吳老，生氣了？呵呵，不用擔心，我已經找到了一些線索，我讓趙成志鑑定筆跡，看起來他是贏定了，其實，我只是要他多花兩天時間，有這兩天時間的緩衝，就能得到我們想要的結果了。」

老吳一怔，隨即喜道：「真的？」

話雖然是這麼問，但瞧著周宣微笑淡然的表情，當即明白，周宣肯定是心裏有數了，不過也有些疑惑，周宣是剛剛才聽他說這件事，而且又沒有去調查過，就只見了一下那幅畫，這能有什麼作用？

第二十八章

順水推舟

傅遠山嘿嘿直笑，
心想：周宣早把這對手摸透了，他出手只是順水推舟而已。
像這樣的事，傅遠山倒是願意多辦的，
能不費力氣的破案，沒有哪個治安線上的人不想，
對於他們來說，這些可都是政績。

周宣等車開到紅綠燈處，又指著離了二三米遠的一輛車說道：

「司機，麻煩你幫我跟住前面那白色的豐田車。」

紅燈路口停了十幾輛車，那輛白色的豐田不是在最前面，連號碼都被後面的車擋住了。綠燈剛亮，前面的車緩緩開動。過了十字路口，司機把車開快了起來，因爲前面那輛豐田也開得快了些。

其間，兩輛車的距離更近了些，只有七八米，從豐田車的後車窗看進去，車裏只有一個開車的人，那開車的人在轉彎處一側臉，老吳看得清楚，不禁詫道：

「那……那不是趙成志嗎？」

周宣笑笑不語，老吳怔了一下才道：

「小周，你是想……想在他身上找出破綻？」

周宣笑笑道：「吳老，你當初最早收的畫是真的，那沒有錯，不過，卻是在後面給那個江玉娥掉包了，這個趙成志跟江玉娥是夫妻。」

「他們兩個是夫妻？那……不可能吧？」老吳頓時呆了呆，隨即又說道，「小周，你怎麼知道他們是夫妻的？」

周宣當然沒辦法說出來，只是笑著指著前邊道：

「吳老，別急，等過一會兒就明白了。」

老吳哪能不急，不過周宣這樣說，他也只能按捺住心情等著，司機開著車，一路跟著趙成志的車，而前邊的趙成志一點都沒有發覺，想必也根本就沒有注意這回事。

周宣當然是從那幅畫上面得到的資訊，好在那幅畫觸摸的人很少，在賣給老吳後，就給封存起來，沒有人再觸摸，後來又因爲是老吳的推薦，所以輝煌拍賣行也沒有再鑑定，這也得以讓畫上面的資訊完整的保存下來，否則周宣還是很難得到線索。

不過的確是運氣好，周宣在那幅畫上得到的資訊不僅僅有江玉娥的，還有江玉娥跟趙成志在一起的影像，連他們在床上親暱的影像都有。周宣從中便得知了這兩個人就是一夥的，這件事就是一個設計好的圈套。

周宣要弄清的只是，趙成志和江玉娥背後還有沒有其他人，會不會是他的仇家指派來的。不過，周宣猜想不太可能是仇家派來的，畢竟他在古玩店露面出頭的時間並不多，店裏實際上是張老大在做主，一般人都不知道這個店是周宣的，而周宣那幾個得罪過的人都不知道這回事。

要說對珠寶公司出手的話，還比較像是要整他周宣，再想想這個金額數字，就算在原購買價上的三倍，也只有區區一千萬的數字，要陷害周宣，別說一千萬，就是一億，十億，那也動不了周宣的根本，所以周宣估計著應該不是想來對付他的人。

想來想去，最大的可能，就是兩個騙子跟隨機一樣，無意中選中了他們這家店。

這個騙局還是有些水準，起碼不是不懂這一行的人做得出來的，而老吳上當，則是上在了一開始見到的是真跡，興奮之下又以低價購買了下來，在江玉娥的住處雖說是盯著，但肯定是放鬆了警惕，這才給江玉娥偷換了原畫的機會。後面接著等老吳拿到拍賣行拍賣，然後又讓她的同夥趙成志出面買下假畫，這樣就能以一幅假畫騙取三倍的賠償金，而之前賣畫又得了七十多萬，一共到手一千萬出頭的現金，而真畫卻依然在他們手中，這樣的事誰都想幹。

像這種事，就算報警，警方也不願意受理這樣的案子，因爲是趙成志與老吳古玩店之間的生意糾紛，要麼去法院，要麼私下裏協商。

趙成志在之前又沒有出頭露過面，他做的只是買下假畫，正當的要求賠償，這些也都是合法合理的，老吳要名聲還是要金錢？即使不要名聲，打起官司來，如同周宣所說的，他只要做一個筆跡鑑定，確認這畫是假畫後，他們周張店就肯定是輸定了，得按合約賠人家三倍的價錢

這些都讓周宣從假畫中得到了影像，也活該趙成志和江玉娥倒楣，天大地大的，江玉娥只要消失不露面了，老吳又到哪裡去找她？而且老吳沒有照片，沒有線索，也無從找尋，江玉娥的名字是假的，那間房子也是臨時租的，一下子就跟人間蒸發一樣，根本不可能找得到她。

只是偏偏遇到了周宣這個特殊的人，江玉娥和趙成志的計畫就露出了破綻，當然，這個破綻對於別人來說，並不算是破綻，就是警方來查，沒有線索，沒有相片，沒有真實姓名，沒有地址，又能怎麼查？

這些情況，周宣在腦子中走了一遍，也沒跟老吳講，只是讓他安心。

老吳心裏七上八下的，忐忑不安，眼睛緊盯著趙成志的車，不知道趙成志要到哪裡去，是回家呢，還是要去找專家鑑定筆跡？

趙成志的車最終開進了一棟社區裏，周宣和老吳坐的計程車在進社區大門的時候，保安攔了一下，周宣探頭就道：「我們是七十七棟的。」

那保安當即揮手示意進去，保安看人是看氣勢，你表現得很有氣派或者很兇的樣子，他們是根本不敢攔的，但你的樣子不好，就算你是業主，他也會攔下來。

周宣的異能已經鎖定趙成志的人，在一棟樓下停了車後，周宣當即叫司機停車，付了車錢後，帶著老吳繞到大樓前，找了個隱蔽的地點，周宣把異能凝成束，探測著趙成志的行蹤。

現在，趙成志進了左側的B座上了十一樓，掏出鑰匙開了門，房間裏的女人應該就是江玉娥了。

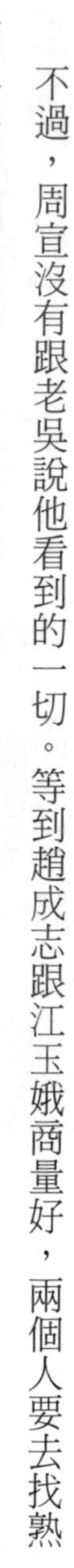

不過，周宣沒有跟老吳說他看到的一切。等到趙成志跟江玉娥商量好，兩個人要去找熟人到公安局鑑定筆跡，並且準備要下樓時，周宣才趕緊對老吳說道：

「吳老，等一下趙成志下樓的時候，你確認一下，跟他一起的女人是不是江玉娥。」

「哦。」老吳應了一聲，只是又想到，他又怎麼知道趙成志要下來了？又怎麼能肯定跟著趙成志下來的還有女人？

老吳雖然是不明白，但卻像是湊巧了一般，趙成志居然真又從大樓裏走了出來，跟他在一起的，也真有一個女人。

不過，老吳眼睛有些老花，隔得遠了也看不清楚那個女人的面容，只能等趙成志和那個女人近些了才看清楚。

還好社區裏的綠化設施很不錯，周宣和老吳躲著的地方是一個一人高的小樹叢，在樹叢縫裏看過去，趙成志和那個女人走近了，趙成志手裏的遙控車鑰匙一按，白色的豐田車叫了一聲，然後打開車門上車。

老吳和周宣與豐田車幾乎只有兩米的距離，中間就只隔著那叢小樹叢。老吳看得仔細，這個女人雖然穿的衣服不同了，但面容正是那個賣畫給他的女人江玉娥。

趙成志把車啟動了，然後開出社區，等車轉過彎後，老吳才急急地道：

「小周，就是江玉娥，就是那個女人。」

這個時候，老吳才確定是真正上了這兩個人的當，他們是一夥的，這完全就是一個騙局。只是趙成志和江玉娥開車走了，他們怎麼跟得上？又沒有車。

老吳跳出來急道：「小周，他們車開得遠了，得趕緊找一輛車跟上去，否則遲了就跟不上了。」

周宣笑呵呵地道：「吳老，不用追他們了，只要確認這兩個人是一夥的，那就好辦了，我讓我朋友來處理這件事，保證不會洩漏半點風聲。」

「可是……可是……不跟著他們，又怎麼知道……」老吳焦慮地說著，周宣馬上打斷了他的話。

「吳老，俗話說，跑得了和尚跑不了廟，既然我們知道了他們的地址，那還用擔心什麼？放心吧，一切由我來搞定。走吧，我們回去。」

出了社區，在行人路上，周宣掏出手機給傅遠山打了個電話。

「老哥，是我。」

「我知道，魏小姐已經跟我說過了，這次的事，你就不用再負責了，我已經派別的人去了，晚上我找個地方，過來我們哥倆喝一杯吧。」傅遠山在電話裏回答著，聽口氣，心情還不錯。

周宣嘿嘿一笑，又道：「老哥，我有件事要請你幫個忙，等會兒有一個叫趙成志的夫妻會找警方的技術鑑定處鑑定一幅畫的筆跡，只是不知道會到哪個分局，你幫我查一下，把人扣下來。這兩個人設局騙了我們古玩店，還要我們賠一千萬呢。」

傅遠山怔了怔，馬上就問道：「有這種事？那好，你放心，只要他們來，不管是在哪個分局，我都可以幫你把人扣下來。」

傅遠山現在升職了，副廳長要分局裏扣人那還不是小事一樁？

周宣又把趙成志的地址告訴傅遠山。傅遠山嘿嘿直笑，心想：周宣早把這對手摸透了，他出手只是順水推舟而已。

其實傅遠山根本就沒問周宣事情的起因後果，即使周宣不說，傅遠山也會給他把這事辦好。周宣把事情說了個清清楚楚，只是讓傅遠山明白，他不會讓傅遠山幫他做沒必要的事。

像這樣的事，傅遠山倒是願意多辦的，能不費力氣的破案，沒有哪個治安線上的人不想，對於他們來說，這些可都是政績。

把這事做得差不多了，周宣準備跟老吳回古玩店，伸手卻在口袋裏摸到兩顆硬物，掏出來一看，原來是傅盈給他的兩顆鑽石。這才又想起了傅盈要他做的事，趕緊對老吳道：

「吳老，我還有事要到珠寶公司去一下。」

老吳點點頭，伸手攔了輛計程車，對周宣說道：

「小周，那我就回店裏了，你去忙吧。」

周宣笑笑揮手，又說道：「吳老，不用擔心，不是你打眼失手，是趙成志和江玉娥設下的陷阱，偷換了畫而已。放心吧，我已經讓我警局的朋友把他們扣下來了，一切都在掌握之中，事好後我給你電話。」

老吳坐車走後，周宣想了想，也攔了輛計程車往市中心的地段去，反正沒事，不如到大賣場瞧一瞧，給傅盈和老媽、妹妹一人買一件珠寶首飾吧。

周宣是準備看看賣場有沒有什麼新款式，如果看到中意的，就把自己這兩顆鑽石加工了。以這兩顆鑽石的品質和體積，如果再請名師設計，成品肯定是要過億的，畢竟，這兩顆鑽石實在是太難得了。

而周宣也不知道傅盈是什麼時候從那岩石壁上取下來的，要知道是這樣的結局，他自己也取個幾顆了。當時他還擔心取了鑽石會有什麼影響，不過想起來，取鑽石應沒有影響，只有取了九星珠才有影響。

市中心最大的一棟商業賣場是國際大廈，平面占地面積就超過了一萬平方，一到七樓都是世界上最有名的百貨公司，三樓就是珠寶賣場。

周宣在國際大廈站口下了車，然後從一樓乘電梯到二樓，二樓是百貨，人多得不得了，轉到後面，又隨著人流上了三樓。

三樓是純粹的珠寶賣場，世界各國的珠寶首飾表類等名店在這裏基本上都有分店，而周宣的周氏珠寶在這兒也有分店。

周宣走下電梯，迎面看到的幾間店面是港資珠寶，跟他倒是一個旗號，姓「周」的，什麼周生生啊，周大福啊，香港的珠寶在國內的佔有率很高，國外的大品牌都沒有到那麼高比例，而國內的珠寶商也沒港商的財大氣粗。

不過在京城來說，周宣的周氏珠寶算是異軍突起，新穎的設計是其次，關鍵是質地優良的翡翠物件太多，像那麼好質地的翡翠，一個店有一兩件鎮店就不錯了，哪像周宣店裏，源源不斷，也不知道是哪裡來的這麼多貨源。

這些人當然不知道是周宣從雲南賭石賭回來的。他這一趟不僅僅給自己弄夠了大半年的充足貨源，而且幾乎把玉石市場的好貨席捲了個乾淨。可以說，周宣讓市場翡翠料傷了元氣，大家再怎麼開，也難以開到好料出來。

要想珠寶公司做好做長久，一是要有充足的貨源，二是要有真材實料，三還要有世界級的設計師，缺一不可。

周宣的公司，目前來說，財力肯定是夠了，不過暫時來講，翡翠貨源也夠了，其他卻是跟別的店相差不大，甚至還要弱一些，比如鑽石飾品類。

這可是沒辦法，因為在國內，又沒有什麼鑽石礦產，而開採出來的鑽石又不像是翡翠那樣隔著毛料，鑽石一開採出來便能用肉眼看到，周宣的異能在此不佔優勢。

要說的話，除非讓他到礦產地探測礦源，以他的異能，說不定還能探測到地底下鑽石的礦脈。

一想到這裏，周宣腦子裏一動：是不是到鑽石產地國去走一趟，到產地國去投資建　條開採線，自己的異能就用來找礦脈？

周宣隨即又趕緊搖了搖頭，摒棄了這個念頭，自己又不缺錢，賺得也夠多了，何必還去冒什麼險，惹什麼事？

這幾回，哪次不是跑到那些地方才惹出了生生死死的事？搞到現在，與傅盈都成了陌生人，還不是哭都沒地方哭去？

周宣的衣著很普通，人又年輕，也沒有女伴跟著，珠寶賣場的職員都認爲不用特別招呼他。

每間店裏的女職員制服都不同，不過，穿著制服倒是很好看，靚麗的頗多，周宣就專門在每間店的鑽石區觀看。

有人看，那些女職員還是會上前招呼的，客氣地問著：「先生，想要什麼款式？」

周宣隨口道：「先看看，先看看。」

看到周宣的樣子就覺得不像是什麼真正的買家，這些女職員最喜歡看到的就是中老年男人帶著漂亮的二奶過來，女人一發嗲，要什麼就買什麼。而這些女職員就瘋狂地給他們推薦鑽戒和翡翠，只有賣這兩類才能賺到更多，抽成也更多。

她們最不喜歡賣的就是黃金首飾一類，現在買金飾類的物件最讓她們瞧不起，因爲現在潮流不同，買黃金首飾的都是暴發戶，很土。

來什麼樣的人，她們就用什麼樣的方式對付，總之是來者不拒。不過，對普通人，她們的態度還是差了很多，勢利二字在她們身上得到了極大的表現。

而周宣看起來也不像是有錢的樣子，卻又偏偏往鑽石的櫃檯去，在每間店面的鑽石櫃檯都停留了一陣，觀看那些款式。

一開始還有女職員招呼問一下，周宣只是看也不問價錢，看來只是滿足一下精神需要，周宣轉過去後，索性沒有人招呼他了。周宣自然是樂得沒有人來招呼他，自個兒看了起來。款式還真不少，不過他都不中意。

再到一間店面的櫃檯邊時，周宣在玻璃櫃檯邊一一瞧過去，有個女職員躬身上前，瞧著櫃子裏的鑽石首飾說道：

「先生，這件兩萬八千八百八，這件三萬六……這一件十二萬六千八……」

周宣隨意點點頭，也沒注意她，其實這個女職員是故意對他這樣說的，對那些買不起又喜歡看的人，她們就故意說價錢，這就足夠把人趕走了。這一類的奢侈品又豈是普通人能消費得起的？

但周宣像不知道一樣，仍舊看著櫃檯裏的首飾，倒是看中了幾件，然後對櫃檯裏的女職員說道：「小姐，可不可以拿出來看一下？」

那女職員鼻子哼了一聲，然後說道：「對不起先生，請讓一讓，這位女士要看這幾款。」

周宣一愣，抬起頭來瞧了瞧，這個櫃檯有三個女孩子，都挺漂亮，中間的一個正對他說著，然後再瞧了瞧身邊，右邊有一個二十多歲的漂亮女子也看著櫃檯裏的首飾。

周宣愣了愣，詫道：「我不是客人嗎？這麼寬的地方，用得著要我走開？」

周宣的話讓旁邊那個漂亮女子也皺了皺眉，把手裏的名牌包放在了櫃檯上，然後指著櫃檯裏的一款項鏈說道：「小姐，這一款，拿出來我看看。」

女職員趕緊笑吟吟打開櫃檯，從下面取出了那一款項鏈，恭恭敬敬地放到那女孩子的面前。

周宣看到這女子要的這一款，就是他剛剛瞧中的一款，準備買來送給妹妹的，自己先說要看的，買東西嘛，總有個先來後到吧，當即惱道：

「你們是做生意的嗎？我先要看這幾款的，你們怎麼能給她看不給我看？」

周宣這話當然不是對看這一款項鏈的女子有什麼氣，而是對珠寶店的女職員不滿。

那女職員淡淡道：「先生，你知道這一款項鏈是什麼概念嗎？義大利名師設計，鑲合了十一顆南非鑽石……」

那女子也瞄了瞄周宣，看他的表情，皺著眉頭好像是很不服氣，就伸了手，指著項鏈問道：「這項鏈多少錢？」

這女子指著項鏈的手白皙光滑，五根手指頭上的指甲五顏六色的，煞是好看。

女店員對這漂亮女子倒是陪了笑臉，趕緊說道：

「小姐，這一款項鏈是要三十六萬八千元。」

這項鏈上雖然鑲著十一顆鑽石，但周宣卻看得出，這些鑽石很小，只是質地還不錯，三十六萬的話，利潤至少就占了十五萬。

不過，周宣自然是不在乎錢的，難得看到幾件自己喜歡的款式，給妹妹和老媽也該送點禮物了，雖然很惱火，還是忍住了，又指著另外兩款說道：

「那把這兩款拿出來我看看。」

那女店員一看，嚇了一跳，那兩款是她們店裏剛從法國空運回來的新貨，超豪華奢侈品，其中一枚鑽戒是兩百六十六萬，而另一套水晶鑽石項鏈價值一百九十八萬，這個男人隨便叫，也不怕嚇到人，看他那樣子，要是碰壞碰傷了，賠得起嗎？就是她們自己上下班收貨，也是千小心萬小心的。

「先生，這不是你能看的，很貴的東西。」那女店員直接這樣回答了周宣，不想再理他，轉而對那個漂亮女顧客道：「小姐，您要這一款嗎？」

那女顧客沉吟了一下，還沒說話，周宣卻是「啪」的一聲，重重一掌拍在玻璃櫃上，把所有人都嚇了一跳，甚至是鄰店的店員和客人都嚇到了，無數雙眼光都瞧了過來。

周宣惱怒地道：「這是什麼話？做生意怎麼能這樣的口氣？」

周宣的惱怒當即引來這店裏的其他店員和領班，都是幾個一米七高的高挑女子，穿著一色的制服，很是亮眼。

領班過來後，當即對周宣問道：「先生，請你注意一下，我們這是做生意的店面，你不能影響我們做生意。」

這個領班也不問青紅皂白，直接就對他說不客氣的話，周宣著實惱了，想了想，又覺得沒必要跟這些勢利女人吵鬧，哼了哼就想走開，抬頭卻見到店面招牌上寫著「周氏珠寶」的字樣，再瞧了瞧店裏面，也是「周氏珠寶」幾個大字。

周宣停了下來，隨手從櫃檯上擺著的名片盒子裏取了一張出來，上面寫的正是「周氏珠寶有限公司國際大廈分店」等等，瞧瞧總公司地址，果然是自己的公司，搞了半天，這個店是自己的。

周宣這一下不走了，如果是別人的店，那他也不想理會，沒必要跟這些女人爭個你高我低的，但是他自己的店可就不同了，得好好管理一下，他的員工怎麼能用這種態度和眼光對待客人？

周宣沉著臉，坐到了一張可以三百六十度旋轉的高凳上，指著那領班和女店員說道：

「把你們經理叫來。」

那領班不急不徐地回答道：「先生，對不起，我們還要做生意，我們不能滿足你的要求。」

周宣冷冷地笑了幾聲，看來這些店員和領班都跟他槓上了，以這樣的態度對待客人，那還真得好好管理一下了。

旁邊的那個漂亮女顧客見女店員對她一直很恭敬，又見周宣跟她爭那件首飾，想了想，當即從皮包裏面取出皮夾來，拿了一張銀行卡，說道：

「我要這條項鏈了，還有……」

她說著，側頭對周宣說道：

「還有先生你，撐面子講狠也不是這樣子，有些東西不是說狠話就可以的，買東西要靠實力，你還是到那個櫃檯上買黃金吧。」

周宣給惱得笑了起來，不過也沒準備跟她發脾氣，以他現在的性情，早過了跟這些普通人爭強的階段。

不過，這個漂亮女顧客也實在太囂張了些，女店員們是這種態度，偏偏又碰到這種顧客，周宣哼了哼，說道：

「小姐，你是在炫耀你的錢嗎？那我也瞧中了這幾件，你要不要全部買下？」

那女子頓時一愣，隨即惱道：「你什麼話？你……」

周宣從衣袋裏取出了皮夾，將信用卡往櫃檯上一扔，說道：

「把這件，那件，還有先前那一件，統統給我包起來，我不是很有錢，但這幾件還能買得起。」

那領班跟幾個女店員頓時都呆了呆，周宣更囂張的態度驚到了她們。

那個漂亮的女客人氣惱已極，惱怒之下，不顧一切地說道：「我買，把這幾件都給我包起來！」然後又對周宣說道：「裝什麼裝，卡裏沒錢吧？你要是能拿出這個錢，我把這些珠寶都送給你。」

第二十九章

富二代

周宣歪著頭盯著這個女子，
看她一身上下都是名牌，光那個手提包就值十幾萬，
保時捷的跑車，也值個兩百來萬吧。
富二代哪知道賺錢的辛苦，不過，跟他鬥富比闊，
恐怕這個嬌嬌女還不夠格吧？

那個領班當即對幾個女店員一使眼色，幾個女店員趕緊開單的開單，刷卡的刷卡，包首飾的包首飾，完全不理會周宣，似乎都相信了那女顧客說的話，在她們看來，周宣只不過是裝樣子演一下戲而已。

周宣呼呼喘了幾口氣，皺著眉頭正想著要怎麼做時，那個女顧客又從包裏拿出一個極漂亮的車鑰匙，擺在周宣面前，冷哼道：

「這個車鑰匙，認得不，保時捷跑車，沒見過吧？那些首飾一共四百多萬，這一輩子你見過這麼多錢嗎？告訴你，這只不過是本姑娘一兩個月的零花錢而已。」

這是哪裡來的白癡女人啊，遇到幾個白目的店員就夠他鬧心的了，沒想到還添了一個有錢人家的無知小姐，富二代哪知道賺錢的辛苦，不過，跟他鬥富比闊，恐怕這個富二代嬌嬌女還不夠格吧？

周宣歪著頭盯著這個女子，看她一身上下都是名牌，光那個手提包就值十幾萬，這個倒是不假，全身上上下下確實能值上五六十萬，保時捷的跑車，也值個兩百來萬吧。

周宣想了想，淡淡道：「小姐，當小三、做二奶，錢也來得不易，這麼花血本跟我炫富啊，說實在的，你還不夠格。最好把你的提款機叫來。」

要是沒把周宣惹到火，他肯定是不會說出這種富攻擊性的話來的。

「你……你說什麼？小三、二奶……提款機？」

那個年輕漂亮的女子臉上都氣得變色了，指著周宣，顫抖著手說著。她肯定到現在還沒被人這麼說過，而且，還是當著這麼多店員和顧客面，這完全就是人格侮辱！

周宣淡淡道：「小姐，有句話叫做『寧為玉碎，不為瓦全』，這樣的話你聽過沒有？」

那女子咬牙切齒地道：「別跟我說那些，你……你今天這樣侮辱我，我絕不會放過你！還有，我有錢怎麼了？你羨慕你嫉妒了？你再怎麼樣，也不能跟我這樣的人比！這地方就不是你這樣的人能來的！」

氣呼呼說完後，那女子掏出手機來打電話，一邊說一邊盯著周宣，這樣子看來是在拉人了。

周宣毫不理會，轉頭瞧著那些店員，冷冷地說道：

「把你們經理叫來，這樣的素質，我看你們也沒必要上這個班了。」

那領班卻是站著不動，不冷不熱地道：「先生，你還是自動離開比較好，如果你再妨礙我們正常營業，我就叫保安來了。」

周宣的確已經嚴重妨礙到她們的正常工作了，不過說到底，還是她們的態度不對，而且到現在還把周宣當成一個沒錢來胡攪蠻纏的人。這是讓周宣不能忍受的最主要原因，要是別的店，周宣反而不打算去爭面子了。

「叫保安？」周宣哼了哼，想了想，反而是靜下來，拉了一張高凳坐了下來。

領班一看周宣是準備跟她們耗上了，當即就要通知保安處。

此時，她背後卻走上一個女子來，二十七八歲的樣子，對眾人擺了擺手。

那領班一見她就低聲說道：「盧經理……」

周宣看得清楚，這個女子胸前的工作牌上清楚寫著「周氏珠寶國際大廈店經理盧燕萍」。到現在，終於出來了一個店裏級別最高的管理者。

「先生，您對我們的員工如果有什麼不滿意的地方，我會妥善處理，但鑑於我們需要營業，我想能不能請您先離開？」

這個經理盧燕萍雖然話說得很委婉，但骨子裏的氣焰，跟那領班和幾個員工的口氣沒什麼區別。

周宣一聲冷哼，說道：「這就是你的工作態度？這是周氏珠寶最重要的店面之一吧，怎麼全是這樣的素質？」

盧燕萍又淡淡道：「我們是什麼樣的素質，恐怕還輪不到先生您來說吧，我們只針對真正的顧客，我們這是賣奢侈品的高檔珠寶店，好比一個鄉下人經過高檔車專賣店，他當然也喜歡那車，但喜歡歸喜歡，這樣的人似乎是沒有發言權的吧？難道因為他不喜歡汽車銷售店的店員，就可以去把人家教訓一通嗎？」

「舌尖嘴利，滿口胡說！」周宣瞧著這個能說會道的經理，淡淡道：「你別小瞧了鄉下人，你說得對，我也只是一個鄉下人，可我這鄉下人還真是一個管得了你的鄉下人。」

「管我？」盧燕萍冷笑了一聲，當即對那個領班吩咐道：「小葉，叫保安來。」

旁邊那生氣的女子有些急，又看了看時間，然後抬頭道：

「等一等，這個人不是不服氣嗎，我就讓他先服服氣。」

說著，又對那盧燕萍和領班小葉使了使眼色。

盧燕萍和小葉當即明白，這個女子剛剛打了電話叫人，估計是有來頭的，心想，讓她來教訓一頓這個人也好，當即都不做聲了。

周宣又哪會不明白，那女子打電話的時候他就聽到了，雖然她聲音壓得很低，但周宣異能在身，耳力眼力的聰慧度遠比普通人要強得多，她打的電話，他早聽得清清楚楚的。

幾個女店員把開好的單據和包好的首飾拿到那女子面前，而最開始跟周宣起衝突的那個女店員也把銀行卡和刷卡憑據拿了過來，銀行卡交還給那女子，憑據讓她簽名。

「小姐，一共是四百一十七萬六千，這是給您打折後的價錢。」那女店員把女子簽好的憑據接過來，隨即又斜斜瞄了周宣一眼，眼神中的輕視和不屑很明顯。

四百多萬，你見過嗎？恐怕是你一輩子都賺不到的數字。確實也是，普通人還真不容易見到這麼一大筆錢，窮其一生，只怕是也賺不到的。

那女子又道：「我買的這三件，四百多萬，你想要嗎？想要的話，給一百萬……不不，給五十萬就賣給你，嘿嘿，你拿得出嗎？拿得出現金，馬上給你。」

想了想後又說道：「看你的樣子也難，算了吧，不說賣給你，只要你能拿出五十萬來給大家看一眼，我這些首飾就送給你，分文不要。」

這完完全全就是蔑視周宣了。

周宣對這女人的挑釁不以爲意，淡淡道：「嗯，或許你能拿出來不少的錢，可這些錢是你自己賺來的嗎？嘿嘿，當然是啦，用肉體賺來的也算。」

那女子一時氣得啞口無言。周宣的話讓她快瘋掉了，恨不得把周宣撕碎了扔到海裏去。

周宣又道：「你要炫富，要跟我比，那也由得你，不過如你所說，拿幾十萬幾百萬的小錢跟個暴發戶似的炫耀，有什麼意思？這樣吧，你買的那三個首飾值四百多萬，我只要拿出幾件東西來，價值不比你的少，你那幾件就算輸給我了。不過我也不要，我會把這些都捐給災區，當你做了回善事。」

那女子眉毛一豎，說道：「那好啊，要是你拿不出來呢？對你又有什麼懲罰？」

「行，條件由你定，你說要怎麼樣就怎麼樣。」周宣淡淡地回答著，由得這女子大開條件。

幾乎是所有人都認定周宣肯定是拿不出什麼值錢的東西，看他這一身打扮，身上的現金可能不會超過兩千塊，估計最值錢的就是手機了吧，要拿出值四百多萬的東西，無疑是不可能的了。

那女子咬著牙，想了想才狠狠地說道：

「要是你拿不出來，你就得跪著爬下去。」

這條件在那女子看來是很符合她的想像了，有錢人哪個不要面子？像這種地方，出了什麼事，不到一個小時就有視頻會出現在網路上了，你要想不出名都還不行。

「行，就按你說的辦。」周宣說完，就從衣袋裏取出傳盈給他的兩顆鑽石，拿出來輕輕放到了櫃檯上，對盧燕萍說道：「你們店裏有做保養和維修的技師吧，叫他驗驗，看看我這東西值多少錢。」

周宣一拿出來，幾個女店員和領班經理以及那個女顧客，都盯在鑽石上面，那女顧客並不很懂，但看到這兩顆鑽石又大又亮，在賣場裏的強燈光照射下，呈菱形的形體折射出五顏六色的光彩。

盧燕萍、領班小葉以及那些女店員可都是見慣了鑽石的人，這兩顆鑽石呈純淨的白色，個頭又如此之大，怕有二十克拉以上，這樣的色澤和體形，如果是真的鑽石，那價值絕對是無法想像的，這個人又如何拿得出？

看他隨手從衣袋裏掏出來的隨便樣子，大概只是玻璃吧。

盧燕萍幾個人還沒說什麼，那個女子倒是先說道：

「哼哼，拿了兩塊玻璃想嚇唬人麼？」

周宣淡淡道：「是玻璃還是鑽石，分辨其實很簡單，鑽石有個最基本的常識，那就是硬度，鑽石是世界上最硬的東西。」

周宣說著，一手拿著一顆鑽石，在玻璃櫃上用力一劃，一聲刺耳的聲音過後，那玻璃櫃就出現了兩條深深的裂痕。

這個櫃檯的玻璃可是厚達二十公分的加厚玻璃，用拳頭用手，隨你怎麼砸也是砸不爛弄不壞的。周宣這兩顆鑽石要是玻璃的話，那肯定是劃不爛玻璃櫃的。

幾個女店員和經理領班都驚得呆了，周宣再把鑽石推到盧燕萍面前，說道：「你再讓你們的技師鑑定一下，看看是真還是假。」

盧燕萍這時心倒是慌亂了一下，被周宣的鑽石嚇到了，趕緊把鑽石小心拿起來，遞給櫃檯裏面那個唯一的男人。

他就是她們店裏的技師，專門負責保養產品和售後維修的。作爲技師，他比她們的經驗和技術要強得多了，尤其對鑽石和翡翠的認知程度很強。

盧燕萍把兩顆鑽石放到工作臺上，這技師一看立刻愣了一下，憑他的經驗和眼光，目測的第一眼就能肯定，這是兩顆天然鑽石，只是又有些不願意相信，這麼大的鑽石可是世所罕見的珍寶，哪有這麼隨便就能拿兩顆出來的，像扣子一般的普通？

這技師也不敢怠慢，趕緊先拿起了一顆鑽石，然後放到強光鏡下仔細檢查，檢查光度，色澤，透明度，硬度，等到幾分鐘過後，那技師才滿臉震驚地把兩顆鑽石小心拿到手中，起身到櫃檯上，又拿了個小錦盒子把鑽石放進去，才舔了舔嘴唇，又詫又羨地說道：

「這……這是鑽石，不論是色澤，透明度，還是體積，這兩顆鑽石都是最上等的，而且是天然鑽石，像這麼大的天然鑽石，質地又是這麼好，每一顆起碼都超過了二十克拉的重量啊，那……那可是無價之寶啊。」

所有的人差不多都被技師的話驚呆了。

盧燕萍和那些女店員都明白，鑽石的價值是按質地和體積來決定的，質地越好，體積越大，價值就會越高，而鑽石的價格可不是大一倍價格就翻一倍，假如一克拉的鑽石賣一百萬的話，二克拉的鑽石也許就是四百萬，五百萬。因爲越大的鑽石就越難得，而且現在，世界上品質好的大鑽石也已經越來越少了。

珠寶跟動植物不一樣，動植物是可以再生再長的，而鑽石跟石油、玉石一樣，就只有那麼多的藏量，越開採也就越少了。

周宣對鑽石的價格並不瞭解，看著眾人吃驚的樣子，就對那技師問道：

「那你說說，這兩顆鑽石能值多少價錢？」

那技師沉吟了一下，然後回答道：

「這兩顆鑽石的價值太高，我不敢確定，在現在的國際市場中，像這麼好這麼大的鑽石，價格本來就是浮動的，不過……」

那技師說著，又指了指櫃檯裏，說道：「不過，我們店裏有一顆三克拉的鑽戒，它的售價是四百六十八萬元人民幣。」

那技師雖然沒說出這兩顆鑽石到底值多少錢，但這兩顆鑽石的體積和重量至少是櫃檯中那鑽戒的十倍左右，別說越大的鑽石價值越不同，就算是按照這鑽戒的價值十倍來計算，那也是四千萬元了，兩顆鑽石那就值八千萬元，當然，真正的價值是肯定不止這個數的。

那女子呆了呆，抬眼瞧了瞧周宣戲謔的眼神，忽地又惱了起來，把幾件首飾裝進了自己包包裹，然後說道：

「現在搶劫和偷盜那麼多，想也想得到，這東西不是一般人能有的，怕是偷的吧。」

周宣對這樣的女人倒真是無話可說了，別看長得有幾分姿色，但骨子裏根本就是一個淺薄低俗的女人，只是不知是個富二代呢，還是被包養的。

周宣當即漫不經心地道：「你要輸不起那也罷了，趕緊消失，記得以後別拿你的狗眼看人，也要記得，你今天已經輸給了鄉下人。」

那女子要走的時候，身子又停了下來，似乎是忍不下這口氣，因爲她確實沒想到，周宣竟然能拿出兩顆這麼貴重的鑽石，即便她今天花了四百多萬，也只不過是買到些碎鑽拼湊的小首飾，而周宣手裏的那巨大鑽石，她根本連見都沒見過。

就在這時，她的手機響了起來，看了看，臉上露出喜色，一接聽就惱道：

「怎麼這麼久才來？我都被人欺負死了，趕緊過來，我在四樓珠寶賣場裏，周氏珠寶分店。」

周宣淡淡一笑，知道這女人的後臺來了，只是不知道是她的什麼人。

而這時，店裏的電話也響了，那叫小葉的領班趕緊進去接了電話，「嗯嗯」應了幾聲，掛了電話後跑過來，附在盧燕萍耳邊，用極低的聲音說道：

「盧經理，趕緊快把這個人打發走吧，公司的周副總和新任的李副總今天巡視旗艦店，馬上就要到我們店了。」

這突如其來的事把盧燕萍也嚇到了，臉色一變，眼前的事要是讓總公司上司看到，那就不好了。來的雖然是兩個副總，但她們誰都明白，現在的周氏珠寶可是周家的，不是前老闆許俊誠的。

許俊誠現在雖然還是現任總經理，但只運作公司發展事務，對人事財務都不沾手，是由周家自己人在管理，來的周副總就是大老闆周宣的親弟弟，而另一個剛上任的李副總，聽說是周宣的親妹夫。

這兩個副總才是周氏珠寶真正的權力中心人物，哪怕是總經理許俊誠，也不敢跟他們起衝突。說到底，許俊誠也只不過是周家的打工仔而已。

不過她們也知道，周副總人很和善，是個很好說話的人。他來這兒好幾次了，這個年輕的周副總很是為她們著想。

想當然可以這樣想，但盧燕萍也明白，哪個老闆願意看到自家店裏出亂子？還是趕緊把這人弄走吧，要是被老闆看到可是不好。

「這位先生，你還是走吧，我們店裏要做生意，不方便。」盧燕萍當即對周宣又說著。這兩顆無價的鑽石讓她們對周宣的看法稍為改變了一些，不管怎麼樣，人家總是有點實力的，說話還是要客氣一點。

盧燕萍這樣想，周宣當然明白原因，剛才領班小葉對她說的悄悄話，周宣都聽得一清二楚。周宣知道是周濤和李為要來了，只是不知道李麗和周瑩會不會一起來，李為現在規矩了很多，為了周瑩，很老實的在做事。

周宣對李為的看法很不錯。李為生在那樣的家庭中，雖然有些玩世不恭，但本性還是很善良，遇到周宣也很服氣。李為這種人，只要服了一個人，那就把他當親爹親老子一樣，但他要是被惹怒了，那他也是連他老子也敢頂撞。

周宣想了想，對盧燕萍道：「等一下我跟你們的副總聊聊。你們的工作態度亟需改正。」

盧燕萍一怔，其他幾個女店員都是直哼哼，這個人臉皮太厚了，轟都轟不走，等一會兒兩位副總就要到了，這不是要她們難堪嗎？

盧燕萍吃驚的是，這個人怎麼知道她們公司的副總要來了？剛剛小葉對她說的話，聲音是極輕的，他不可能聽得到啊。

但周宣死皮賴臉不走，倒是讓她們爲難起來，正在想著要不要把保安叫來，但玻璃櫃上還放著他那兩顆鑽石呢，擁有這麼貴重的物品，她們哪裡敢跟副總們說，周宣不是真正的顧客呢？

看起來，今天她們恐怕真是走眼了。

就在盧燕萍幾個人爲難的時候，跟周宣嘔氣的那個漂亮女子伸手往電梯邊招了招手，叫道：「這邊，在這邊！」

周宣和盧燕萍以及幾個女店員都瞧了過去，只見電梯口那邊急急走過來四五個年輕人，個個看起來都是很囂張的樣子。

周宣一看就知道這些傢伙不是混混，而那家世很不錯的子女，不是富二代就是官二代吧。這種人比混混更難纏，混混只能對付普通人，對付有權有勢的人，混混就只有吃虧的份兒，而這一類的富家子弟，一般人的確都很怕，俗話說打狗還要看主人，在這些富家子弟後面，還站著他們的富爸爸官爸爸呢！

第三十章

班門弄斧

吳蓉蓉聽說周宣就是周氏的大老闆，也不禁又驚又怕。
這個周宣跟李為關係如此不尋常，又與魏海河家關係不淺，
可笑的是，自己居然還跟這個周宣炫富，
那真是魯班門耍大斧，不知天高地厚了。

那女子一邊招手一邊說道：

「建華哥，小川，趕緊過來，真氣人，這人罵得我狗血淋頭，說我是什麼二奶小三，被包養做雞的，氣死人了！」

半跑半走過來的五個年輕人一聽都怒了起來，本來就是來給她出氣的，這時一聽到那女子說的話，更是暴怒，衝過來就朝著周宣奔過來，看樣子上前是要暴打周宣一頓了。

這可不是開玩笑。周宣絕對相信這些傢伙能毫無顧忌地幹出這樣的事來，而盧燕萍和店裏的女店員們則嚇得擠在了一團。

別看這些賣場裏的保全很威風，但那是對普通人，如果是面對高幹富家子弟，他們就變成綿羊了，他們如果動了手，叫誰來都沒有用。

周宣自然無所畏懼，現在他身上的異能如同練了高深武術一般，有足夠把握自保。

那五個人跑上前，不管三七二十一就對周宣圍毆起來。不過剛一伸手，手腳就都像被火燒了一樣發燙，趕緊低頭一瞧，幾個人的衣袖和褲腳竟然都莫名其妙燃燒起來。

五個人頓時驚恐地呼叫起來，一邊叫痛一邊撲打火焰。

周宣是暗中在整治他們，但這可不是簡單地把他們的衣服點燃，還用高溫燒了一下，這樣一來，衣服上的火給撲滅後，他們手腳的疼痛感卻並不能消失，而是鑽心似的疼。

周宣並沒有將他們大面積灼傷，只是用高溫灼燒了幾個點，便如用燃燒的蠟燭和菸頭去燙一樣，這種燒傷沒有明顯的大面積傷痕，但卻疼得要命。

幾個人呼天叫地把火撲滅後，退了好幾步，那個女子驚道：

「怎麼了，怎麼了？」

周宣動都沒有動，盧燕萍和那五個人都看得清楚，只是不知道這火是怎麼點起來的，但無論是怎麼發生的，這筆賬自然是要算到周宣頭上的。

那女子也不知道是怎麼回事，但見幾個人狼狽撲滅了火焰後，又痛又惱地盯著周宣，然後又問道：「是你欺負我們蓉蓉的？活得不耐煩了你！」

周宣理也不理，淡淡道：「無知，幼稚。」

為首那個頓時勃然大怒，揮拳又朝周宣衝了過來，不過，就在這時，斜刺裏竄出一個人來，朝著他就一頓劈頭蓋臉猛打，一邊打一邊喝道：「我叫你瞎了狗眼，我打個瞎了狗眼！」

這一下突起變故，把所有人都搞蒙了，挨打的那個年輕人被莫名其妙襲擊了，被暴打得暈頭轉向，挨了半天的打，還不知道是誰打的。

但旁邊的人卻看得清楚，另外四個人看清了突然冒出來打人的人，一下子也嚇得呆了，不敢上前幫手，那女子也是張口結舌，說不出話來。

挨打的年輕人好不容易才扭脫了被揪的手，脫開來後，才對跟他一起來的那四個人叫道：「小川，你們都傻了啊，看到老子被打都不幫忙？趕緊把這小子打殘了再說！」

「哼哼，好大的口氣，吳建華，你想要把老子打殘？好啊，老子坐在這兒等你，快點！」打他的那人人冷冷地說道，冰冷的聲音讓人害怕。

那個女子這時才驚詫地說：

「三哥，你……你幹嘛打建華哥？」

周宣早知道這個人是李爲，在看到那些人要攻擊他時，李爲遠遠便十萬火急地衝過來了，這些人他都認識，不過不管認不認識，只要他們對周宣動手，那還有什麼好說的？打了人再說。

而這時候，跟著李爲一起過來的，還有六七個周氏珠寶的高層管理，其中還有周濤。李爲眼尖，衝在了最前面，而後面人看到這些人動手要打的，竟然是自己的大老闆周宣，又哪裡還客氣，一窩蜂湧上前，對著這幾個人就是一陣暴打。李爲自然不會阻止。

賣場保全也終於趕過來了。他們在攝影鏡頭裏早監控到了，不過這些人也是人精，他們來只是制止一下事態擴大化，卻不會動手。他們對付普通人才會用野蠻手段，而這些人，顯然是他們不能得罪的，做一下和事佬罷了。

周宣這才說道：「別打了，都停下來。」

周氏珠寶的高級主管們自然是見過周宣，周宣雖然不管公司裏的事，但到總公司的辦公樓次數卻也不少，時不時去走一趟，所以這些高級主管都認識他，也知道這個老闆不僅僅是有錢，背後的關係更是了不得，背景不是一般的深。

周宣一喊，所有的人都停了手，盧燕萍和店裏的女店員們都暗暗吃驚，這些公司高管可都是她們的頂頭上司，平時都要笑臉相迎，拍馬奉承的，但現在，他們在周宣面前，卻又像是她們對這些高管一樣，這個看起來如此普通的年輕人，到底是什麼來頭？

李為這時候才冷冷地對那女子說道：

「吳蓉蓉，吳建華，把你們的眼睛睜大一點，敢對我大哥動手，你們是活得不耐煩了是吧？」

那個叫吳蓉蓉的女子驚詫地道：「三哥，他……他怎麼是你大哥？大哥不是在外省工作嗎？這是哪門子……」

吳蓉蓉是認識李為的大哥的，聽李為說這個人是他大哥，卻是奇怪了，這是他哪門子的大哥？而那個帶頭過來的人叫吳建華，是吳蓉蓉的哥哥，幾個人也是蒙頭捂臉地盯著李為，不知道李為跟這人是什麼關係。

周濤本來是很善良和氣的人，但卻絕對見不得自己親人被欺負，剛到這兒就見到哥哥被這些人圍著要動手，也不由分手就上前動手狠打，這時停了下來，才走到周宣身邊，一邊瞧著一邊關切地問道：

「哥，你沒事吧？」

「我會有什麼事？」周宣笑笑道，「做事像個小孩子一樣，還那麼魯莽。李爲，先過來坐下慢慢說。」

盧燕萍一直在注意著周副總和李副總兩個人，見到周濤對周宣叫哥，又見到周宣對李爲是直呼其名的，這才是真正的大吃了一驚。

周濤這才放了心，然後又皺著眉頭問盧燕萍：

「盧經理，這是怎麼回事？搞得亂七八糟的？」

盧燕萍心裏叫苦不迭，吞吞吐吐地把事情從頭到尾說了一遍，本來她是個能說會道的女子，但現在卻是爲難之極。

雖然盧燕萍說得十分隱晦，把問題掩蓋了些，但基本上還是把事情說清楚了。李爲和周濤不用想也明白是怎麼回事了。事情的起因肯定是周宣要買首飾，但店員不理睬，又加上吳蓉蓉的炫耀，跟周宣便糾纏起來。

盧燕萍把吳蓉蓉跟周宣的鬥氣也說清楚了，這話不得不說啊，因爲周宣就在場，要撒謊也撒不過去。說完後忽然想到，周濤稱呼這個人「哥」，再瞧瞧李爲對周宣的表情，難道這個人竟是大老闆周宣？

因爲她並沒有見過周宣，所以也不敢肯定，但這時心中卻是嘀咕起來，這個人跟周副總和李副總是什麼關係都好，可千萬不要是大老闆周宣就是了。

李爲基本上已清楚是怎麼回事了，眼睛冷冰冰地瞧了瞧盧燕萍，讓盧燕萍心裏不禁打了一個寒顫。

然後，李爲又對著吳建華和吳蓉蓉兄妹兩個嘿嘿冷笑道：

「吳建華，吳蓉蓉，好威風啊，看來你們家賺了不少錢啊，要跟我大哥鬥富，那好，宣哥，你到市政府找海河二叔，讓他這個市委書記看看吳家的氣派，嗯？」

李爲不緊不慢的話，卻是把吳建華和吳蓉蓉嚇了一跳。這個人到底是什麼來頭？怎麼李爲這麼維護他？李爲剛剛說的海河二叔，不用說就是市委書記魏海河了，要惹到這些人，那還不如去死了算了。

吳建華和吳蓉蓉的父親是市財政局長，因爲靠著老子的關係開了間公司，不費力也賺了不少錢，平時他們飛揚跋扈的，高幹子弟比起富二代更神氣，即使是經商，別人也都是自個兒湊上來送錢給他們。他們平日裏聽到看到的都是吹捧拍馬，所以眼睛一直是望到天上的。

只是，雖說他們都是高幹子弟，屬於京城太子幫，但要跟李爲這樣的級別比起來，差了

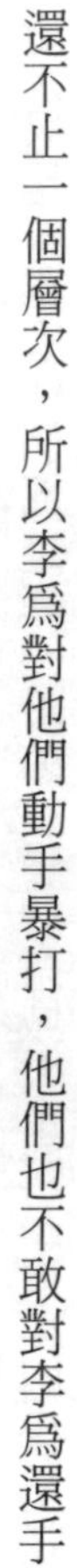

還不止一個層次，所以李爲對他們動手暴打，他們也不敢對李爲還手。

「三哥，肯定是有誤會，我妹妹不懂事，我代她跟三哥的大哥賠個罪，再到京城飯店擺一桌，三哥，你可一定得去啊。」

吳建華雖然挨了打，但卻明白眼前這事的嚴重性，要是李爲這大哥真如李爲說的，這樣去找魏海河的話，那他家就算不死，也得脫一層皮。

吳建華再囂張也知道，要是他老子倒了，那他吳家就什麼也不是了，而李爲是絕對有那個實力弄倒他們的。今天的事要是他們老子知道了，怕得把他兄妹捆了，送到李爲家去賠罪。

李爲哼了哼，又瞧了瞧周宣，這才說道：

「你別問我，要問得問我大哥，真是可笑，吳蓉蓉，我是不管你們怎麼賺的錢，賺多少也不關我的事，但你要跟我大哥較勁，那你就是瞎了眼。你錢多嗎？就說這間周氏珠寶公司吧，總資產就超過三十億了，是我大哥全資，你較個什麼勁？」

吳蓉蓉兄妹和盧燕萍以及店員們都大吃一驚。

原來這個不顯眼的年輕人，真是周氏珠寶的大老闆啊？

盧燕萍叫苦不迭，當真是怕什麼來什麼，這個人還真是周氏的大老闆周宣，這可怎麼辦？原來還想著怎麼在周副總和李副總面前敷衍過去，但現在才發現，無論怎麼掩飾都沒有用了，因爲真正說了算的人，是這個自己一直瞧不上眼的周宣！

而吳家兄妹，尤其是吳蓉蓉，聽說周宣就是周氏的大老闆，也不禁又驚又怕。這個周宣跟李爲關係如此不尋常，看他說的話，又肯定與市魏書記魏海河家關係不淺，隨便哪一家她們家都是吃不消的，更別說惹到兩家。而可笑的是，自己居然還跟這個周宣炫富，那真是魯班門耍大斧，不知天高地厚了。她雖然有幾個錢，但要跟真正的超級巨富比較，那就天差地別了。

當然，就算是巨富，對她們這種官二代的高幹子女還是要給些面子的，但關鍵是，人家不僅僅比她更有錢，背後的權力關係也遠遠超過她的想像，那就不是她敢對抗的了。

吳建華雖然是個紈褲子弟，但關係利害還是分得清，這時便不遺餘力地賠禮道歉起來，只要能挽回局面，什麼都不在乎了。

吳蓉蓉一顆心砰砰直跳，今天是她惹出來的禍事，不知道怎麼收場才好。

周宣一直沒說話，李爲自然也就不會鬆口，吳建華的賠禮和請求，他也不作答應，只拿眼盯著周宣。

吳建華當即明白到，周宣才是關鍵人物，李爲都要唯他馬首是瞻，不禁又驚訝又好奇。看著李爲這種恭敬態度，吳建華心中也奇怪得很，李爲可是有「拼命三郎」的稱號，橫起來連他老子都不敢吭一下，圈子裏的人都是知道的，這個天不怕地不怕的人，從沒見他服過哪個人啊，現在跟這個姓周的到底是什麼關係啊？

像吳建華這種人，平時是囂張慣了的，剛才周氏珠寶的高管們衝上前將他一陣暴打，要在往時，那還不得翻了天。

吳蓉蓉自然是知道闖了禍了，只是不知李爲怎會這麼維護周宣？照理說，周宣就算是這間珠寶公司的老闆吧，那也輪不到李爲這麼出力吧，她哥哥吳建華要打周宣的時候，李爲看到了，就像是自己老子被打了一樣，不要命地撲上來瘋打。

這確實很奇怪。像李爲這樣的高幹子弟，個個都要面子，不管表面說得再怎麼好，但要真動手搏命，他們可絕對不會幹的。這麼看來，周宣的底細就真有些難料了。

另一邊，盧燕萍也心驚膽戰地不敢說話，其他人也還以爲周宣只是周濤和李爲這兩個副總的朋友，哪裡知道他就是周氏珠寶的真正老闆。

李爲到底還是才上任一天，不好對本公司員工說什麼，可周濤就不管了，對盧燕萍冷冷道：「盧經理，請你到總公司財務處去結算工資吧，你被解雇了。」

盧燕萍頓時臉色一白，本來就擔心的事，果然還是發生了。

她做到經理的位置，可是好幾年打拚的結果，雖說出去再找一份類似的工作不難，但要同樣的職位和薪酬，那就絕對是難事了。

不管哪個公司，新人想一步登天都是不可能的事，再出去另換工作，那一切都得從頭再來了。

周氏珠寶雖然規模資金不如幾家港資珠寶公司，但在本土也算得上數一數二的，而且這大半年來換了新老闆過後，業務量急增，實際的營業收入比賣場中的港資和外資大品牌都不差。

像翡翠這一類的首飾物品上，因爲貨源充足和質地優良，銷售量已經遠遠超出了所有同行，而且，翡翠物件的提成又是最高的，所以周氏珠寶員工們的薪資最近幾個月已經超越了那些大公司的薪酬。

盧燕萍才剛剛買下了一間小套房，付了四十萬的頭期款，每個月還要付貸款，起碼得還二十年，要是在這個時候給開除了，對她來說無疑是致命的打擊。換別的工作，收入肯定會大降，現在她的薪水加獎金差不多有一萬五，如果再到別家公司，能拿到五六千就是很好的了，要想跟現在持平，基本上就不可能。

盧燕萍顫抖起來，要想求情告饒，但見周濤冰冷的表情，又開不了口，心裏如一團亂麻。而領班小葉和幾個女店員都不知所措，難道就因爲得罪了副總的朋友，就得被炒掉？

周濤將視線又轉到小葉幾個人身上，哼了哼又說道：

「明天大家都來結算工資吧，明天我會從別的店再抽調員工過來，接手你們的工作。」

小葉幾個人頓時都呆了，平時覺得挺溫和很好說話的周副總，今天是怎麼了？

幾個高管都是明眼人，如果在別的公司，其他董事高管都還有說話的份兒，但像周氏這種家族公司，一切都是老闆一個人說了算，別說這些員工，就是總經理許俊誠，周宣要炒掉也就是一句話的事。

跟著來的就有人事部的經理，當即站出來對周宣說道：

「董事長，這件事我來安排，保證明天國際大廈分店正常營業，不會短缺人手。」

聽了這話，小葉幾個人這才明白，原來她們看不起的這個人，竟然是她們的大老闆周宣周董事長。

現在回想起來，周宣在她們面前確實不是扮豬吃虎，而是真正要買首飾的顧客，只是她們有眼無珠，的確是看走眼了。

周宣擺了擺手，淡淡道：

「算了，我看她們業務能力也還不錯，我也聽說了，國際大廈分店的業績在我們幾十間店面中，排在第三位，成績還是有的。不過，需要對她們進行在職訓練，尤其要加強服務品質。她們現在的服務態度很有問題，而且還自以爲是，這樣會把生意做壞的，不能因爲你覺得客人不會買東西，就擺出一副冷面孔，一旦客人買東西，又是一副面孔，這種服務水準是過不了關的。」

盧燕萍一聽周宣這樣一說，趕緊向周宣和周濤點頭，答應道：

「我馬上就安排，我們今後一定改變態度！董事長請放心，我們一定改正！」

周濤見周宣說話表態了，也就不再多說，本來他的心就很軟，來這邊上任也沒多久，做事一向隨和，只是一見有人對大哥不禮貌，他就氣沖頭頂，什麼都不顧了。

店裏面六七個店員和領班小葉、經理盧燕萍，還有一個技師，個個都驚懼不已。還好周宣這次放過了她們，從剛剛的事看來，周宣雖然說話有些尖酸，做事卻還不是那麼絕情。只是她們沒想過，如果她們一開始對周宣態度好一些，周宣又怎麼會說出那樣的話來？開店就是做生意的，周宣的意思只是要她們知道，以後要禮貌地對待每一個人。

經過了這麼多的事，周宣的心態已經不是一年前的那個鄉下人了，心胸眼界也都寬得多高得多了，這些女孩子勢利歸勢利，但顯然在銷售上還是有能力的，周宣自然沒有必要跟她們鬥個高下，畢竟她們都是在爲自己工作。

周宣不想嚇到她們，便皺了皺眉道：「好好上班吧，該做的事，抽空準備吧。」

「周宣，你怎麼在這裏？」

周宣正準備要走人了，卻忽然聽到有個清脆的女子在叫他，轉頭一看，是個清麗絕俗的倩麗身形，卻是臉蛋清瘦了一圈的魏曉雨。

第三十一章

情債難償

周宣的話很感慨，
他欠了魏曉晴的，現在又更多了魏曉雨的，
而自己深愛著的傅盈卻又變成了陌生人，
雖然現在傅盈答應跟他結婚，但周宣卻清楚地感覺到，
在她的內心深處，周宣並沒有真正進入。

周宣沒想到魏曉雨也會在這個地方出現，怔了怔後才問道：

「曉雨，你怎麼來這兒了？」

魏曉雨卻是咬著唇，盯著他不回答，又嗔又惱的表情讓周宣心裏一跳，忽然知道自己又弄錯了。

「是曉晴啊，好久不見都認錯了！」周宣訕訕地趕緊說道，的確是，好久沒見到魏曉晴了，都有些忘了。

魏曉晴眼圈有些泛紅，從周宣正式拒絕了她之後，她已經很久沒見到周宣了，相思之苦難耐，人也消瘦了一大圈，整日裏跟丟了魂一樣，做什麼都沒勁，沒想到今天在這兒又遇見了周宣。

魏曉晴一時間情難自禁，心如潮湧，只是沒想到，周宣竟然連她的名字都叫錯了。

魏曉晴要比魏曉雨的個性軟了許多，感情上也遠沒有魏曉雨那麼能忍能隱藏，喜歡就是喜歡，不喜歡就是不喜歡。前陣子爺爺安慰她，說是沒有緣分，不能強求，好不容易才忍了這麼久，今天一見周宣，那情思戀意就再也無法遏止了。

「曉晴妹妹，幹嘛這是？」李爲見到是魏曉晴，當即笑嘻嘻地道，「看吧，喜歡什麼，趁現在大老闆在這裏，狠狠敲他一筆，想拿什麼就拿什麼。」

李爲跟魏家的關係非比尋常，自然是能分辨魏曉晴、魏曉雨姐妹倆，僅從表情和氣質就能分辨出來是誰了。

魏曉晴正一腔惱怒沒地方發，見到李為來招惹她，當即惱道：「你給我閉嘴，別惹我。」

李為嚇了一跳，這才發覺魏曉晴紅著眼圈，不知道怎麼傷心了。他這真是掃到颱風尾了，趕緊閉了嘴不開口。怒頭上的魏曉晴可是最好不要去招惹，也不知道她究竟是為什麼生氣。

李為不知道魏曉晴暗戀周宣，要是知道這回事，打死他也不會在這時說出這樣的話來。

周宣很是尷尬地動了動嘴，卻什麼話也說不出來，想了想，訕訕地說道：

「曉晴，你繼續逛吧，我……我還有事，就先走了。」

說完就想溜，魏曉晴卻衝著他道：「站住！我本來是想買點東西的，李為剛才也說了，那我就要首飾吧，你給不給？」

周宣苦著臉，魏曉晴想要珠寶首飾，他能不答應，能不給嗎？

「給給給，你看中什麼就拿什麼，我都給！」

周宣一口應下，魏曉晴的表情才好了些，當即走到櫃檯邊看起來。

六七個店員和小葉，盧燕萍都還在發愣，周宣趕緊咳了一聲。盧燕萍頓時醒悟過來，趕緊對魏曉晴說道：「小姐，請到這邊來，您喜歡哪種類型的飾品？鑽石還是翡翠？」

其他店員也趕緊站到各自的櫃檯處招呼著客人，一開始的鬧事風波基本上算過去了。

魏曉晴並不知道之前還發生了這件事，盧燕萍一招呼她，就毫不客氣地站到鑽石和翡翠櫃檯邊，問道：「你介紹吧，有什麼好的，推薦一下！」

說完，她又補上道：「就挑最好的、最新的、最貴的！」

吳蓉蓉和吳建華早嚇了個半死。魏曉晴對周宣的表情，是又愛又恨又幽怨的表情啊！魏曉晴是什麼人？李爲所說的京城市委書記魏海河，可是魏曉晴的親爸啊！魏家的背景可是吳建華和吳蓉蓉不敢輕易高攀的。魏家的兩位公主平時就孤高冷傲，跟吳蓉蓉這些第二代也只是認識，關係卻不怎麼親近。

魏家的身分特殊不說，人家女兒的相貌也同樣出色，萬裡挑一一般，吳蓉蓉這樣的女子也就只有羨慕嫉妒了。

一開始見李爲對周宣比親老子還要親，他們就已經吃了一驚，懷疑是懷疑，但也不敢肯定，直到現在魏曉晴出現，再看到她對周宣的態度，這才讓吳家兄妹心驚肉跳起來，看樣子周宣八成是哪位大人物的子侄了，否則怎麼可能跟魏曉晴這樣的家庭聯姻？在他們這樣的家庭中，尤其要講門當戶對的。

盧燕萍和小葉兩個人親自上陣，向魏曉晴推薦著店裏最新款和最貴的珠寶首飾。魏曉晴對兩個人的介紹並不感興趣，盧燕萍兩個人儘是介紹精品，樣式都是新穎又漂亮的，但魏曉晴就是瞧不中。

直到盧燕萍拿出一對情侶鑽戒來，魏曉晴才眼睛一亮，當即拿到手中，把女式的那個戴到手上試了試，竟然出奇的合適，就像是爲她定做的一樣。

盧燕萍不禁讚道：「小姐，這鑽戒您戴上可真是絕配了，這款鑽戒是瑞士名師全手工打造，全世界就只有這一對，絕無僅有。」

魏曉晴微微笑了笑，十分滿意，又拿起另一個男式的，不知道大小如何，往左右瞧了瞧，周宣趕緊把眼睛望向另一邊去。

李爲卻是笑嘻嘻地問道：「曉晴妹子，是不是有男朋友了？這倒是奇了，也不知道哪一位英雄好漢有福氣能娶到我曉晴妹妹啊，到時候我去會一會。」

魏曉晴哼了哼，拿著鑽戒對盧燕萍說道：「這一個男式的，不知道大小怎麼辦？」

盧燕萍當即說道：「不要緊的，這鑽戒圈的大小是可以調的，如果不合適，您可以帶您的男朋友到我們店裏來，我們的技師負責給您調到合適的大小。」

「那多麻煩。」魏曉晴嘀咕著，有些不高興。

李爲大咧咧地伸出手指道：「曉晴妹妹，就拿我的手指試一下吧，你曉得的，你李三哥的手指是最完美的男人手指，只要是我合適的，你那男朋友就合適。」

魏曉晴惱道：「切，一邊去，別來煩我。」然後又左右瞧了瞧，指著周宣道：「你，過來幫我試一下。」

周宣心中又是一跳，但又不敢明著不給魏曉晴這個面子，只得苦著臉把鑽戒拿過來，隨手往中指上套了套，然後說道：「太小了，不合適。」

魏曉晴嗔道：「你故意的是不是？無名指！」

周宣只得又取下來，戴到左手無名指上，卻也真是巧了，鑽戒出奇的合適，不大不小，魏曉晴看著自己和周宣戴著這對情侶鑽戒的樣子，一時間不由得癡了。

周宣問道：「行了嗎？」

魏曉晴沒有回答，低頭瞧著手指上的鑽戒，淚珠卻是一顆一顆往下滴落。周宣頓時慌了手腳，這麼多人看著，而且還有弟弟和李爲在場，要是讓他們發現魏曉晴的情緒不正常是因爲他，那可就麻煩了。

「戒指放在這裏了。」周宣趕緊把鑽戒取下來放在櫃檯上，然後悄悄離魏曉晴遠了兩步。

盧燕萍和小葉幾個人自然不知道魏曉晴爲什麼忽然哭了起來，不過，魏曉晴的美麗確實讓她們羨慕，說實話，像她們這些珠寶店員，能應徵到這個大商場來的，幾乎個個都是相貌身材一流的女孩子，但看到魏曉晴的容貌，那她們的漂亮幾乎就不能叫漂亮了。

李爲也是好生奇怪，詫異地問道：「曉晴妹妹，怎麼回事？哪個敢欺負你？跟三哥說，三哥去揍人！」

吳建華在旁邊也湊了湊，說道：「是啊，曉晴，三哥說得好，哪個敢欺負你，我這兒正有幾個人，大傢伙兒去揍一頓，替你出口氣！」

周宣更是話也不說了，這個時候還是少說話爲妙。

吳建華自然是在拍馬屁套交情了，這個時候跟魏曉晴跑個腿示個好，要是讓魏海河知道了，怎麼也是個好意吧。

魏曉晴這才注意到吳建華，隨意點點頭，又瞧見訕訕的吳蓉蓉，詫異地道：

「蓉蓉，你怎麼也在這兒？」

魏曉晴在周宣面前掉掉眼淚倒是沒什麼，但要在這些人面前流露真情，自然是不好意思的，趕緊拭了拭眼淚，又道：「眼裏進沙子了。」

吳蓉蓉不禁好笑，但卻又不敢笑出來，趕緊從包包裏取了一張紙巾遞給魏曉晴，說道：

「是啊，這賣場裏人太多，很多沙子，我也覺得不舒服，正想找個地方休息呢，要不，曉晴，我們到咖啡廳坐一坐？」

魏曉晴只是掩飾，走當然是不想走的，好不容易才見到周宣，又不好直接跑到他家裏去，再說，就算跑去又有什麼用？人家都要結婚了，還有十幾天就是婚期，一想到這個，魏曉晴覺得心裏又是一陣絞痛。

不過這一下倒是忍著了沒再流出眼淚來，停了停才對盧燕萍說道：「好了，小姐，幫我包起來吧。」

盧燕萍大喜，趕緊找了盒子把這兩枚情侶鑽戒裝了起來，然後說道：「您好，這一款的情侶鑽戒打九折後是三十六萬六千元。」

這價錢對於周宣這樣的人來說是不貴的，但卻是普通人無法企及的價位。

周宣見到魏曉晴喜歡這對戒指，當即擺擺手對盧燕萍道：

「報賬的時候算到我頭上，你們自己的提成照舊，把發票單據給魏小姐開好。」

李為在旁邊努努嘴，嘿嘿一笑說道：「曉晴啊，這麼好的機會，你就只開了這個口？要我的話，就朝那幾百萬的款式伸手！」

魏曉晴哼了哼，忽然又問道：「李為，你說的話算數吧？那好，你就去替我出口氣！」

李為頓時摩拳擦掌地道：「算數算數，說吧，人在哪兒？今兒個我班也不上了，妹妹的事我得做主！」

說完，便對周濤說道：「二哥，辛苦你了，今天我早退了，等會兒跟小瑩說一聲，我給妹妹辦點事去！」

周濤擔心地道：「李爲，別出什麼事啊，要不……我也跟著去？」

李爲擺擺手道：「你就不用了，公司不能一個人沒有吧，叫宣哥跟我去……」

周濤一聽有哥哥跟著去，當即就放心了，李爲不靠譜，但他自己的哥哥還能不靠譜嗎？

周宣一聽李爲這小子自作主張地把自己也給帶上了，不禁又好氣又好笑，得罪魏曉晴的人，百分之九十九點九九就是他了，這小子把自己帶過去要教訓哪個？

魏曉晴輕輕瞄了瞄周宣，卻是沒有反對，漫不經心地說道：「那好，你們倆個就一起來吧。」

說著，她把裝鑽戒的盒子裝進包包裏，又將包包提在手上後道：

「開車來沒有？」

周宣自然是沒有車了，李爲也沒開，因爲今天是公司巡視分店，坐的是公司的車子，當即搖了搖頭，對魏曉晴道：

「曉晴，等一下，我打個電話！你說吧，你要教訓的人在哪？有多少人？」

周宣哼哼道：「廢話那麼多！」

魏曉晴恢復了平常的表情，淡淡道：「我有車，就你們倆去就行了。」

吳建華在邊上趕緊說道：「不好吧，我們有車，剛好幾個人都在這裏，一起去吧？」

魏曉晴搖搖頭，說道：「不用了，有他們兩個人就行了。那個人不禁打，再說，人多也

不好，不過還是謝謝你們的好意了，有事會叫你們幫忙的。」

魏曉晴自從戀上周宣後，性格也改變了不少，比以前更隨和更平易近人了一些，要是換了以前，又怎麼可能對吳建華說出這樣的話來？

吳建華臉上滿是失望的表情，旁邊的人看起來都覺得很搞笑，吳建華這幾個人個個鼻青臉腫的，明顯是挨了一頓狠揍，自己的氣不解，還硬要撐著給魏曉晴出氣。

吳蓉蓉想了想，趕緊對魏曉晴道：「曉晴，明天我們那一班同學有聚會，你也來吧，都是同學，難得聚一聚，敘敘舊聊聊天，挺懷舊的。」

周宣這才知道，這個吳蓉蓉還和魏曉晴是同學。

其實吳蓉蓉並不想魏曉晴參加這個同學聚會的，要是魏家姐妹一去，又哪有她出風頭的份兒？不過今天惹出了這件事，還是得把魏曉晴拉著，在私下裏總是好說些，讓魏曉晴給李爲說一說，勸一勸，事情說不定就解決了，現在看起來，好像周宣和李爲沒什麼怒氣了，但誰敢保證以後不再翻臉呢？

李爲跟她和她哥哥吳建華也是多年前就認識的人，她兄妹也絕對沒有得罪李爲的地方，可李爲居然說動手就動手，說翻臉就翻臉，這事看來就不是她想像得那麼容易了，要不是最親近和關係特別好的人，李爲又怎麼會做出這樣的動作來？

而現在魏曉晴又拒絕了要吳建華跟著去，吳蓉蓉心裏就更不放心了，這禍事是她惹出來的，要是不解決掉，她又怎麼能安心？不用說，今天晚上連覺也睡不好了。

周宣有這麼多人看著，也不好多說，而對魏曉晴，他心裏有些歉疚，又比如魏曉雨吧，以前對魏曉雨沒好感，但經歷這幾次後，魏曉雨同樣在他心裏也留下了不能磨滅的烙印。人都是有感情的動物，一起經歷過那麼多生生死死的事，哪能沒有一丁點感情？

對魏家姐妹倆，周宣都很歉然，但感情上的事又沒辦法，只能以其他方式來補償。

周宣明白得很，魏曉晴即使生他的氣，又怎麼會蠻橫地要對他動什麼手腳呢？這一去，無非是流淚與思念的宣洩，不過有李爲在一起，那還是要好得多，魏曉晴應該不會那麼直白了吧？

周宣走的時候，又對周濤和盧燕萍說道：

「今天的事就此不提了，不過我希望，這是一個分水嶺，別人家的公司怎麼樣我不管，但我的公司就一定要按我的方式去做，該怎麼樣，我想你們也明白了。還有，我那兩顆鑽石，盧經理交給公司的設計部做成一對情侶鑽戒，嗯，就這樣吧。」

魏曉晴開的是一輛紅色的賓士CLK280的跑車，是小叔魏海洪送給她的，在國際大廈停車場裏把車開出來後，李爲傻了。

「曉晴，你這車就兩個座位，我們三個人又怎麼坐？」

魏曉晴哼了哼，說道：「讓周宣去不就得了？你去有什麼用？你還真以為是打架啊？我只是很悶，想找個人出出氣，你要去，讓周宣留下那我也不反對，你們自己決定吧。」

李為呆了呆，隨即詫異地道：「咦，我怎麼忘了還有事呢，我媽讓我去接舅舅的！」說著，猛拍了拍自己的腦袋，嘀咕道：「瞧我這記性！」

瞧著李為的做戲，魏曉晴忍不住微微一笑，但馬上又把臉繃緊了起來。

周宣還沒說話，李為就已經跑開了好幾米，邊跑邊說道：「宣哥，急事，我妹妹就交給你了！」

「沒義氣！」周宣沒好氣地說了聲。

魏曉晴咬著牙盯著周宣，也不說話。

周宣只得嘆了口氣，上了車，然後說道：「曉晴，你要到哪兒去？」

魏曉晴一言不發，把車開了起來。上了路後，車速猛地提了起來，到後來越開越快。

周宣都有些吃驚了，趕緊道：「曉晴，開慢點開慢點。」

魏曉晴這時才氣苦地道：「你也怕嗎？你也會怕了？我什麼都不怕，我寧願死了也不想這麼活著。」

周宣只得不說了，魏曉晴這時候情緒很激動，他再說什麼都可能刺激她，最好是什麼都不說。他雖然有異能，但卻不是金剛不壞之身，如果猛烈撞車，他一樣會死，他一樣護不住魏曉晴。

魏曉晴這時忍不住又淚水橫流，咬著牙將車開得飛快，把對周宣的思念和無奈盡情用淚水表露了出來。

出了市區，魏曉晴根本不擇路地往前開去，周宣只好把扶手緊緊抓住。魏曉晴看到周宣不再跟她說話，卻也沒有害怕的表情，咬著牙把車開到懸崖處停了下來，然後伏在方向盤上抽泣不止。

周宣瞧了瞧車外，右邊是山，左邊是懸崖，懸崖下面是很大的一個水庫，在下方，是雄偉的大壩。

魏曉晴抽泣著，肩頭聳動，極是傷心。周宣看著魏曉晴，一開始只覺得她的臉消瘦了很多，現在看來，連身體也單薄了很多，嘆了口氣，伸手輕輕拍了拍魏曉晴的肩。

魏曉晴忽然又抬起頭，一把緊緊摟著周宣嚎啕大哭起來。周宣只能摟著她，輕輕地拍著她的背安慰她。他能感覺得到，魏曉晴的眼淚浸濕了他的肩膀。

好半天魏曉晴才停止了哭泣，只是緊摟著周宣不鬆開。周宣也只能摟著她，呆呆地瞧著車窗外。這裏行人罕至，就連過路的車也沒幾輛。

魏曉晴一動不動的，周宣都懷疑魏曉晴是不是哭累了睡著了，輕輕地把她扶起來，瞧到她臉上時，才看到魏曉晴滿臉淚痕，正睜著眼發呆。

周宣忽然覺得心裏隱隱作痛，倒不是說他愛上了魏曉晴，但這兩姐妹顯然對他生死不棄，可他卻給不了她們任何承諾和安慰。

摸了摸衣袋，沒有紙巾，當即用衣袖輕輕給魏曉晴擦了擦淚水，接著又嘆了口氣，也不知道怎麼去安慰她。

好半天，魏曉晴才低低地問道：「周宣，你剛才害怕嗎？」

周宣淡淡道：「害怕什麼呢，生死有命，怕也是沒有用的。」

魏曉晴望著懸崖下的水庫，臉色越發蒼白起來，跟著連握著方向盤的手也顫抖起來，好一陣子才平靜下來，但兩行淚水又從俏麗的臉蛋上流了下來。

「周宣，你知道嗎，剛剛我想不顧一切地把車開到懸崖下，就這麼去了。」魏曉晴一邊流淚一邊轉頭對周宣說道。

周宣伸手摸了摸魏曉晴的頭髮，嘆息著道：「曉晴，人一生是很無奈的，人生不如意之事十居八九，每個人都有每個人的煩惱，你要開下去，我就坐在車裏頭，跟你一起吧。」

周宣的話很感慨，他欠了魏曉晴的，現在又更多了魏曉雨的，而自己深愛著的傅盈卻又變成了陌生人，雖然現在傅盈答應跟他結婚，但周宣卻清楚地感覺到，傅盈只不過是相信了這件事是事實，在她的內心深處，周宣並沒有真正進入。

這也是周宣最不能忍受的地方。他和傅盈曾經經歷了那樣的生死考驗，但如今卻有如陌生人一般，儘管傅盈已經答應會跟他結婚，但周宣心裏卻沒有一絲喜悅，而且一想到這件事，就心如刀絞一般的疼。

所以剛剛魏曉晴瘋狂開快車，周宣一點也不覺得害怕，甚至有些宣洩的快感，或許在他心裏，覺得不如就此死去了也罷。

魏曉晴用雙手使勁地捶打著周宣的胸口，哭道：

「你怎麼不害怕？你怎麼不阻止我？你怎麼不罵我？要是你做了，我會覺得你可恨，我就會不那麼喜歡你，我會更容易忘了你，可是你現在要我怎麼辦……你這樣只會讓我更想你！」

周宣默默無語，隔了半晌才低聲說道：

「曉晴，我只能說對不起。」

魏曉晴又哭著道：「我怎麼辦呢？我怎麼辦呢？你這個壞人……害了我不說，現在還害了我姐姐，我們魏家跟你有什麼仇，你要這樣來害我們？」

周宣一怔，難道魏曉晴知道了她姐姐魏曉雨的事？

第三十二章
燙手山芋

周宣沉思了半晌，現在九龍鼎在他手中，
似乎是個燙手山芋，不知道要怎麼處理它，又不敢隨便用，
想了想，九龍鼎得好好收藏，之前馬樹偷了晶體的教訓猶在眼前，
他現在可再也承受不了這樣的事故了。

魏曉晴擦了擦淚水，說道：

「我姐姐以爲我不知道呢，可是她說夢話老是念起你的名字……這一次我姐姐回來後，半夜裏醒了便偷偷流淚……周宣，我知道她這次是跟你一起出去的，你對她到底做了什麼？」

周宣想不到竟然有這樣的事情，沉吟了半天才回答道：

「曉晴，我對你姐姐什麼也沒做過，只是我們一起經歷了一件很危險的事，差點都死在那個地方。你相信我嗎？」

「可我就是恨你。」魏曉晴低低地回答著。

好一會兒，魏曉晴才停止了哭泣和抽泣，把包包拿到身前，將剛買的首飾盒打開，取了那枚女式的鑽戒戴在自己手上，然後把盒子蓋上遞給周宣，輕輕說道：

「周宣，這個男戒我就給你了。我只是想讓你知道，你是我心裏唯一的人。不過，我不會給你任何壓力，這枚鑽戒就是我給你的定情物，我會一直戴著它。至於你會怎麼處理你的那一枚，那就是你的事了。」

又發了一陣呆，魏曉晴才默默啓動車子調過頭，然後往回開了去。回去的路上卻是開得慢多了，把周宣送到宏城花園的廣場處就停了車。

周宣下了車，張了張嘴，卻是沒有說出話來。兩人之間這樣的關係，總不好叫她去家裏坐坐吧？乾脆還是什麼都不要說了。

魏曉晴瞧著周宣，咬了咬唇，然後說道：「周宣，你不會反對吧，你結婚的時候我是你的伴娘。」

還沒有等周宣回答，魏曉晴就開著車走了。

周宣悵然半晌，愣了好一陣子才轉身往回走，走了十幾步，卻見到身前有人擋住了去路，抬起頭來，是一張俏麗無比的臉蛋，淡淡的似乎面無表情，卻是傅盈。

「盈盈，你……你怎麼在這兒？」周宣驚詫地問道，說著又轉頭瞧了瞧後面，魏曉晴那紅色的車影還在車流中，並未完全消失。

傅盈淡淡地道：「在屋裏悶得慌，出來走走。你呢，怎麼不讓曉雨到家裏坐坐？」

周宣有些失措，搓搓手，然後說道：「盈盈，回去吧。」

兩人並肩往回走，林蔭路邊是一條人工小河，水很清。

傅盈走了幾步隨口問道：「才一天不見，曉雨好像瘦多了？」

「盈盈，這個不是曉雨。」周宣心想，這件事也瞞不住傅盈，結婚的時候，傅盈終歸是要從魏家出嫁的，到了魏家，又哪能不知道？

「那個是曉雨的孿生妹妹魏曉晴，兩姐妹長得一模一樣，如果不是很熟悉的人，還真難分辨得出來。」

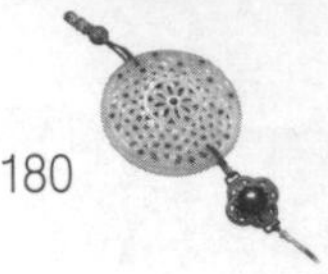

周宣說完後又補了句：「就算是親人或者是熟人，有時候也會弄錯，因爲兩個人實在太相像了。」

傅盈倒是驚詫了一下：「什麼？孿生姐妹？」

停了停，傅盈又問道：「我還真沒有朋友是孿生的，她們真的好像，我都分辨不出來。」

兩人都默默無語地走了一陣，周宣只覺得心裏茫茫然無邊無際一般，傅盈還是傅盈，但卻不是愛他的那個傅盈了，如果在以前，傅盈絕對會爲了魏曉晴的事吃醋，而現在，她居然一言不發。

傅盈其實也很茫然，祖祖的到來，徹底證實了周宣對她說的一切都是事實，雖然太不可思議，但的確是事實，而且這次在天窗洞底，她也能感覺到周宣對她的愛意之深，也能確定周宣是真正對她好的人，但就是不能想像，她要怎麼和這個周宣一起親密生活一輩子。

而周宣跟傅盈的這一層秘密，也只有他和傅盈以及魏曉雨三個人知道，家裏的人和別的朋友沒有誰知道這件事，所以周宣家裏的人都在緊鑼密鼓準備著婚禮，包括魏家，魏海河與魏海洪兩兄弟以及老爺子，都把傅盈當是自己家嫁女兒一般地準備著。

在家裏，金秀梅也讓周宣住到另一間房裏，把最大的一間主臥室騰出來，按極豪華的標準裝修著，客廳裏的大牆上已經掛上了一幅周宣和傅盈的婚紗照。

傅盈的不自然，周宣的心痛，家人的熱心，周宣和傅盈似乎都掉進了這個泥坑中，也越陷越深。

第二天下午，傅遠山打電話過來，說了關於江玉娥和趙成志兩個人的事，昨天他倆還真是到西城分局的技術科來做了鑑定。傅遠山早安排了下去，這兩個人一到，渾然不知已經掉進了天羅地網中。

把兩人一扣留下來，兩個老經驗的刑偵審訊高手就又嚇又哄地把趙成志和江玉娥兩個人嚇得不行，沒花多少功夫就問出了真相。

本來趙成志還硬挺的，但是周宣提供的證據太讓他們驚訝了，似乎是親眼目睹的一般，又讓傅遠山的人一恐嚇，趙成志和江玉娥兩個人一下子就崩潰了。

傅遠山給周宣的電話是報喜訊的，趙成志兩個人直接提交拘留所，然後案子交檢察官立案調查。

周宣再給張老大和老吳打了個電話，把情況說了一遍，老吳這才鬆了一口氣，對周宣更是感激不已，而周宣的神秘感在老吳心裏面就更深了。在他和張老大看來都是無比麻煩的事，一到周宣手中，就如同脫衣穿衣般自然簡單，毫不費力就解決了。

哪怕現在周宣打電話告訴了老吳，老吳都還是想不通，周宣怎麼就那麼肯定趙成志和江玉娥是夫妻或者一夥的呢？

不過，老吳也同時覺得周宣很有魅力，雖然神秘卻又踏實，對員工也從不計較金錢，像現在古玩店給他和幾個員工開的薪水報酬，那已經是遠超其他的店了。當然，這也主要是周張店的收入太驚人，任誰也不可能想像得到，投入一千多萬，才大半年，總資產竟然升到了七億多，達到了無法想像的七十多倍。

而老吳也明白，他的技術雖然是周張店的頂梁柱，但實際上，這絕大部分的盈收都離不開周宣的影子，店裏面的真正收入不超過五百萬元，相比別的店，利潤算很高了，但跟周宣帶來的收入就沒法比了。

開始的那些收入，可以說就是周宣獨自在外面撿漏拿回來的，卻又以上千萬過億的價格賣出去，一進一出，用暴利都不足以形容，而最後這一次，也就是周宣的那十三個翡翠微雕，周張店僅僅收取的傭金就高達三億七千萬。

這些可都是周宣一個人的功勞，但周宣從沒有說一個字，利潤照分給大家，沾利最大的就是張健和老吳。當然，周瑩和周蒼松、周濤以及周宣父子四個人的分成也一樣，按股份分取利潤，老吳作爲技術總管，給的獎金幾可超過一般的公司老總，而這些，他完全可以自己得到這些利潤。

由此就可以說明，周宣並不是一個視錢如命的人，對朋友，對親人，他都是極力愛護，老吳在這段時間基本上摸透了周宣的性格。

周宣很護短，自己的朋友、親人如果被人欺負或者有難處，周宣會不顧一切想方設法來排憂解難，在昨天，老吳一直以爲周宣因爲他虧了一千萬而不高興，但後來老吳細細地回想起來，這才發現周宣每一樣都在維護他，只是所做的事像知道了結果才做的，彷彿有預知先見一般，這是讓老吳最奇怪的地方。

不過，老吳也習慣了周宣的神秘，很多事他沒辦法想得通，但周宣就是能做到。

周宣給老吳打過電話後，又回到自己的房間裏，拿出九龍鼎看著發愣。這九龍鼎只使用過兩次，對於九龍鼎的性能，周宣並沒有完全懂，所以也不敢隨便拿出來試驗，要是再跑到別的時空就更麻煩了，目前傅盈的問題已經讓他頭痛煩惱了。

不過，周宣又想徹底弄清楚九龍鼎的功能，希望能把傅盈的問題輕鬆解決掉，把他那個小鳥依人的盈盈再變回來。

爲了不啓動九龍鼎，周宣把九星珠一顆一顆取出來，然後拿到窗臺邊吸取太陽光的能量。

當九星珠暴露在太陽光下時，周宣就能感覺到九星珠立即瘋狂地吸收太陽光的能量，只是現在是在冬天，又是在下午，陽光的能量不強，不過周宣依然可以覺察到九星珠的恐怖之處。

太陽光射進九星珠裏後，周宣不敢用異探進去試探，但拿一顆到手上，即使不用異能，卻奇怪地能感到幾分。陽光在九星珠裏彷彿一個太陽能轉換器一樣，光射進去，經過九星珠後，就轉化成奇特的能量，這種能量是周宣很熟悉的，因爲他的太陽烈焰能量就跟這個一模一樣。

只是周宣的異能還多了冰氣異能和自己練了多年的內家功夫，這三合一的新異能，就連他自己也搞不懂，以後究竟還會出現些什麼樣的新能力。

不過就目前來說，周宣覺得已經夠讓自己驚喜的了。現在的他，已經把異能當成自己身體裏的一部分，不可分割，無時無刻都不能離開。

周宣試探了一會兒，感覺到九星珠對他的威脅並不大，索性拿了一顆到手上，九星珠能吸收一切的能量並儲存下來，可以說，它就是一個能源吸收器和轉換儲存器，而真正擁有奇異能力的卻還是那九龍鼎，只有啓動九龍鼎後，才能穿越和凍結時間。

兩者是缺一不可。周宣想明白後，小心地把異能運起來探到珠子中，珠子裏的能量當即混和著周宣的能量，把周宣的能量雜質去掉又煉精純，然後才又回到周宣身上。

周宣大喜，這個東西就如同以前的晶體一樣，晶體是純粹的冰氣能量體，但對九龍鼎來說，是不夠的，所以被九龍鼎吸收完能量後就爆炸了，而九星珠卻有所不同，它可以吸收太陽的能量，或者是像岩熔漿一樣的熱能體，所以九星珠的最大特性，就是可以源源不斷地供應九龍珠所需要的任何能量。

九星珠與晶體的區別就在這裏，一個是純粹的儲存體，而另一個卻是吸收和儲存，兩者的高下自然就容易分出來了。

這時，九星珠吸收的能量並不多，因爲太陽偏西，又是冬天，斜射的太陽光不猛烈，與夏天的太陽自然是無法比擬的。

但周宣得到的好處卻是不少，在天窗裏損耗殆盡的異能得到了恢復，但回來後，傅盈讓周宣不能靜下心來，異能的恢復十分緩慢，一天多時間中，周宣只恢復了三分不到的能量，好在現在在九星珠的借助下，周宣在極短時間裏就恢復了十分的異能。

到後來運轉無數次後，周宣的身體經脈容量再次得到提升，但與之前相比，提升的量並不大，因爲人體先天的限制，就如同一個汽球，你可以一點一點吹大，但超過了它的容量和飽和度後，就無法再漲大了，硬撐下去的話，只會爆體了。

周宣自己也感覺得到。於是，在體內的能量充盈後，就停止了再從九星珠裏吸收能量了。

等到太陽落下山頭後，周宣才把九星珠收起來，坐到沙發上。這時候，他可不敢把九星珠全放進九龍鼎中，因爲不知道九龍鼎的操作方法，要是把九星珠放進九龍鼎中，不小心啓動了就麻煩了。

周宣沉思了半晌，現在九龍鼎在他手中，似乎是個燙手山芋，不知道要怎麼處理它，又不敢隨便用，想了想，便給李爲打了個電話，叫他明天買一個大保險箱回來。

九龍鼎得好好收藏起來，在之前，馬樹偷了晶體的教訓猶在眼前，這事自然得防著才好，他現在可是再也承受不了這樣的事故了。

接下來一連幾天，周宣都沒有出門，心裏煩悶，家裏人也沒有要他去辦什麼事，看著日漸臨近的婚期，以及整日發癡的傅盈，周宣更是憂愁煩悶。

似乎是知道周宣要結婚了，店裡的人也都不來煩擾他，傅遠山和魏海洪這些人更是清楚。

到二月初五的早上，周宣實在待不住了，索性收拾了一個包包，準備出門。

金秀梅見到兒子這個樣子，很是詫異，問道：「兒子，你要去哪裡？」

眼看婚期就要到了，周宣這個時候還要出門，金秀梅就慌了。周宣以前哪一次出門不是要七八天甚至是十幾天的？這時要是耽擱十天半個月的，誤了婚期就是大事了

「媽，我在家待著悶得慌，出門玩一下，最多就三天，到廣西一趟。」周宣隨口說出了廣西的地名，說出來後，倒真是想到廣西去一趟，看看天窗，看看現在那兒又是什麼情況。

「不行不行，都什麼時候了，你要悶得慌，就到你洪哥家去，或者是到公司裏去走走。」金秀梅不答應，直接堵住了周宣的念頭。

周宣皺著眉頭猶豫了一下，正要再說時，卻見傅盈對金秀梅說道：

「伯母……我跟周宣一起去，然後一起回來。」

金秀梅一怔，傅盈要一起去，那事情又不同了，有她跟著，想必不會壞事誤事，即使誤了時間，那也是她跟周宣在一起，當旅遊結婚也一樣。

想了想，金秀梅就點了點頭，然後說道：

「有盈盈跟著去那也行，但是一定要三天內回來。」

「會的會的。」周宣趕緊保證著，「我們一定在三天內回來，媽你就放心吧。」

傅盈當即上樓去收拾行李。

看到傅盈上樓後，金秀梅皺著眉頭道：「咦，我好像忘了什麼事，剛剛才想著的，是什麼事呢……一下子就是想不起來了。」

金秀梅急急地想著，但一下子就是想不起來。

周宣也想不出老娘是忘了什麼事，笑笑道：「媽，你慢慢想，我們走了，別急，反正有的是時間。」

這時傅盈也下樓了，提著一個小行李箱，十分簡單，一看就不像是長時間出門的樣了，

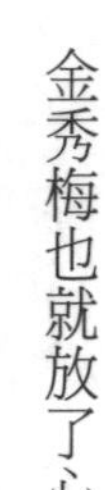

金秀梅也就放了心。

周宣擔心老娘再生事端，趕緊提著自己和傅盈的箱子出了門，在門外叫道：「媽，我們走了。」

傅盈在門口也說了一聲：「伯母，我們走了。」

等到兩個人出了門，金秀梅才猛一拍大腿，恍然大悟，原來她剛剛想的是傅盈對她的稱呼，因爲周宣一打岔就搞忘了，現在傅盈一出門又說了一句，讓她立馬就想了起來。奇怪了，傅盈一直是親熱地叫她爲「媽媽」，現在怎麼叫伯母了？

金秀梅很是奇怪，也納悶不已，想了想，追到門邊，但周宣和傅盈早走得沒影了，當即嘀咕著：媳婦怎麼怪怪的，這兩天好像跟我生疏了，也不怎麼黏著我，以前沒事就帶我出去購物買東西，家裏人的東西差不多都是傅盈買回來的，又漂亮又實用，尤其是自己和周瑩的，傅盈買得特別多。

但這兩天，自兒子周宣回來後，媳婦就悶悶的，一點也沒有以前的活潑，難道是跟兒子鬧彆扭了？

金秀梅越想越是，可兒子這時候又走了，趕緊拿起電話給兒子打電話，不料手機鈴聲卻在茶几上響了起來，抬眼一看，不禁一怔。

周宣和傅盈的手機都扔在這兒了。金秀梅惱了惱，看來是真鬧彆扭了，這一走還不想讓她和家裏人找到！哼哼，等兒子回來了，一定要好好說一說他！

媳婦天遠地遠地來到這兒，對他對家裏人又這麼好，媳婦家條件那麼好，人又長得跟仙女一樣，也沒有嫌棄周家，所以平時就應該讓著她一點，哪一家的千金小姐不是嬌生慣養的？可盈盈從沒把她自己當嬌小姐看待過，這個兒媳婦可是一家人都滿意的。

當然，要說滿意，金秀梅對魏曉雨魏曉晴姐妹也很滿意，無論是身家、相貌，盈盈跟她們姐妹三個人都是一般兒的好，沒得選，無論哪一個，兒子能娶到，都是周家燒高香敬佛外加祖宗先人保佑的，否則，兒子哪裡有這個運氣？

這一大半年來，猶如做夢一般，金秀梅都不敢想，自己一家人怎麼一下子會到了現在這個地步？兒子女兒個個孝順，家裏錢多得數不完，兒子隨手給她每個月的零花錢就是四五百萬，要什麼有什麼，想吃什麼就買什麼，想穿什麼就穿什麼。

從嫁到周家以來，金秀梅從沒想過會發家到現在這樣，以前只想著家裏種的橘子收成好，再賣錢好，蓋兩棟房子讓兩個兒子娶媳婦，可現在呢，實在是不能再想了。

以前來京城的時候，兒子百般勸說，她跟周蒼松夫妻倆死活不肯答應，實在沒辦法了，就想著跟周宣到京城住一段時間，然後隨便找個藉口再回老家去，後來卻沒想到，全家人跟周宣到了京城後，周宣開了古玩店，兒子女兒老伴一起到店裏幫忙，然後兒子又開了珠寶公司、解石廠，夫妻倆一到京城後，就再也沒提起那個「走」字，而後老家的房子又賣了，地也租了，算是給斷了後路，不過夫妻倆也沒怪兒子，反而是默許了。

周宣怕金秀梅攔著他，所以一出門便提了箱子竄到別墅後面的小路，所以金秀梅追到門口時並沒有看到他們。

兩個人搭了車直接到機場。

到南寧的航班還不少，在機場大廳沒等一個小時便上了飛機。兩個小時後，飛機就到了南寧。

周宣在機上跟傅盈沒有說話。到南寧下機後，兩人坐快巴到鳳山，然後在鳳山大酒店開了兩間房。

周宣開房的時候，還特意要櫃臺小姐開了一年前開過的那兩間房，只是那時候跟他一起來的還有魏曉雨。

櫃臺小姐不是一年前的那個了，雖然說是一年前，但對周宣和傅盈來說，這種強烈不能忘懷的感覺，就像是昨天的事一樣。

在房間裏感受了一下，一切跟以前都一模一樣，沒有任何變化。周宣到浴室裏泡了一個澡，努力回憶著往事。

另一個房間中，傅盈呆呆地發了一會兒愣，然後隨手拿起茶几上的玻璃杯。在這間房間中，周宣曾經對她表演過他的異能，把一隻玻璃杯弄出幾個手指洞來，而那個杯子，傅盈記得被她偷偷塞到大床下的角落中。

這時候一想起來，傅盈當即趴下身子到床下面用手探了一下，在裏面的床腳背後果然摸到了一個東西，拿出來一看，還真是那個杯子。

一半截沒了，那是周宣先轉化成黃金後又吞噬掉的，所以少了半截，而剩下的半截杯子上面，五個手指洞依然光滑無比，如同是模具裏倒出來的一般，完全沒有玻璃口的鋒利。

傅盈把五個手指頭塞進去，每個洞孔都比她的手指大，因爲那是周宣的手指大小，於是，她默默感應半天。

傅盈嘆了口氣，又幽幽地想著，到底她跟周宣在美國那天坑洞底中的情形是怎麼樣呢？真是會如周宣所說的那樣嗎？那樣的愛情是她希望並幻想的，但幻想歸幻想，畢竟不是她親身經歷的，沒有親身的經歷，又如何能有切身感受呢？

雖然傅盈沒有周宣說的那一次經歷，但她對周宣說的話卻是完全相信了，心裏有些惆悵，但卻不忍開口拒絕周宣的婚事。

這是一種極爲矛盾的心理，按傅盈的性格，要她勉強的事，那是絕無可能，如同以前爺爺給她介紹的男友，她是絕不喜歡也絕不答應約會，甚至逃到國內來躲避爺爺的安排。

但現在這次卻很奇怪，傅盈都不知道自己怎麼會對周宣說出「我會跟你結婚的」的話來。

傅盈明白，只要她說不願意結婚，周宣絕不會勉強她，也絕不會為難她，但她就是不忍心對周宣說出那句話來。因為傅盈感受得到周宣對她深深的愛意，那種為她可以付出一切的情意，在現在的世界中，除了電影裏，有幾個人能做到為了所愛的人而不顧一切的？

但周宣絕對能做到，傅盈對此深信不疑，所以才不忍心對周宣說出傷害的話來。而且她心裏也隱約有些莫名其妙的念頭，似乎對魏曉雨向周宣流露出的情意感覺很不舒服，雖然表面上一點也沒有顯露，但傅盈卻是暗自心驚：自己是怎麼了？

第三十三章

金字招牌

其實周宣已經用異能探測了一下裏面的情況，
屋子裏面原先的那位百歲老人，
已經換成了另一位才七十來歲的老人。
當然，這個只有周宣知道，解說員是不會說的，
怕砸了這個金字招牌。

周宣在浴室中泡好澡，用浴巾裹了身子出房來，拿起電話撥到酒店總機。

電話通了後，總機小姐溫柔地說道：「您好先生，請問有什麼需要？」

周宣說道：「你好，請幫我查一下鳳山安邦酒店的電話號碼！」

安邦酒店就是安國清投資的產業，也是安國清的秘書安婕工作的地方，周宣想問一下，看看有沒有安婕的消息。

「您好，請稍等。」酒店的總機小姐說了一聲，然後就在電腦資料中查找起來。

鳳山的企業對她們來說並不陌生，因爲凡是鳳山比較有名的大公司、大企業都和他們有聯繫，畢竟安氏的安邦酒店在鳳山是頂尖的酒店之一。

當然，這幾年鳳山發展迅速，因爲國家地質公園的建設，鳳山的旅遊業快速發展，而這也帶動了其他產業的發展，各地以及國際資金的投入，讓鳳山的經濟飛騰了。

周宣並沒有等多久，總機小姐就跟他說了一個電話號碼，周宣趕緊用心記了下來，又念了兩遍，掛了電話後，周宣又考慮了一陣，心想：要不要打這個電話去找安婕呢？

坐著想了半天，周宣還是沒有打出這個電話，只是從包裹取了一枝筆寫下了電話號碼。

坐在沙發上發著愣，門上傳來叮叮的敲門聲，周宣異能傳出去，馬上就探測到是傅盈在敲門。

周宣頓時慌了神，趕緊說道：「等一下！」說著就跳起身來拿衣服，等穿好衣服後才到門口開門。

傅盈看到周宣的表情，又看到周宣濕漉漉的頭髮和穿錯的衣服，忍不住「撲哧」一聲笑了出來，伸著白皙的手，指著周宣的胸口直是笑。

看到傅盈的盈盈笑意和絕美容顏，周宣呆了呆，對傅盈的深深愛意又湧了上來，好一陣子才醒過來，再順著傅盈的手指低頭看了一下，也不禁臉一紅，趕緊背轉過身去。

原來，周宣胸口的鈕扣不整齊地扣著，衣衫下角還露著一部分腹肌，樣子十分好笑。

周宣轉過身後，趕緊把鈕扣解開重新扣上。現在傅盈面前，周宣明顯感到拘謹，要在以前，周宣會戲弄一下傅盈，因爲他很喜歡看到傅盈害羞的表情，而那時的傅盈是多麼的害羞啊，尤其是周宣在外人面前與傅盈親暱的時候，傅盈簡直就嬌羞不已。

傅盈的這種害羞性格，周宣是又愛又好笑，但現在卻沒有了往時那樣的情緒，其實也是周宣沒有了當初的那種感覺。

等到周宣穿好襯衫轉過身來坐下後，傅盈這才止住了笑意，瞧到茶几上那張白紙，也沒在意，停了停後才問道：「我想跟你商量一下，能不能……」

說到這裏，傅盈瞧了瞧周宣，說道：「可不可以找安婕？」

原來傅盈跟他想的一樣。

周宣指著茶几上的紙張道：「我剛剛讓酒店總機的小姐幫我查了安邦酒店的電話號碼，

不過還沒打過去。」

傅盈也猶豫了一下，周宣把紙張拿到手中，說道：「打吧，我來打。」說著就拿起電話，按著紙張上的號碼撥了起來。

周宣明明是不想打這個電話，傅盈也能明白周宣的意思，安國清這一行幾個人下了天窗地下河流後，一個都沒有出來的，如果現在她和周宣忽然出現在安婕面前，那安婕會是什麼反應？她和周宣又該怎麼解釋？

這些都是很難回答的問題，而且周宣無法解釋的是，爲什麼就只有他跟傅盈出來了？其他人呢？

而傅盈想要見到安婕，只不過是想要更多證實一下周宣這奇異能力的真實性，並非絕對要這樣做。可周宣毫不猶豫地就做了，傅盈心裏又是幾分感動。

周宣撥了電話。嘟嘟的聲音中，電話通了，傅盈一下子緊張起來。

周宣把免持按鍵按下，對方的聲音當即清楚傳出來，是個年輕的女子聲音：

「您好，安邦酒店，請問有什麼需要？」

周宣想了想說道：「你好，我想問一下，安婕安小姐還在安邦酒店工作嗎？」

「您說安董啊，她現在是我們安氏集團的董事長，不過現在不在鳳山，到南寧去了，請問您是哪一位?我記錄下來，安董回來後我會彙報上去。」

周宣一怔，問道：「安婕是安氏的董事長了?什麼時候的事情?」

對面安邦酒店的小姐回答道：「是一年前的事了，安董在天窗探險失事後，安董的私人律師處有一份遺囑，將他的所有財產都留給他的女兒安婕小姐。」

周宣和傅盈都對望了一眼，很是詫異：安婕原來是安國清的女兒?以前可萬萬沒有想到過。

周宣定了定神，然後又問道：「那我等安小姐回來後再去找她吧，謝謝你。」

「不客氣，再見。」安邦酒店的服務小姐甜甜地說著。

周宣放下電話後，苦笑道：

「沒想到安婕居然是安國清的女兒，不過我想，一年前安婕應該是不知情的，想必她是私生女吧，要不是，安國清絕對不會讓安婕的身分保密，他不讓外人知道，應該是有些隱情吧。」

現在回想起來，當初安國清對安婕的態度，周宣感覺是不太好也不太壞，安國清不公佈這個消息，顯然是有他的理由。

安婕既然是安國清的女兒，那麼就更不能去找她了，不管怎麼樣，一起下去的八個人就只剩下周宣和傅盈出來，當然還有魏曉雨，但安婕只看到他們兩個，她會怎麼想?

傅盈也是微微搖了搖頭，嘆了口氣，然後道：「算了吧，還是不要跟安婕見面了，怎麼說她也是安國清的女兒，在天窗地下洞裏，安國清的死還是我們造成的，雖說他是死有餘辜，但為人子女，又怎麼會對父母的死不介意呢？」

傅盈自然想得到，如果真跟安婕見了面，她無論如何都要問起在天窗下面的事，會問起她父親，傅盈和周宣都是不願意撒謊的人，即使不說出事實真相，安婕也會懷疑，與其那樣，還不如不見面，省了許多麻煩。

「不見安婕也好，算了，我們到三門海坡心村去看一看吧，來到這兒，我想舊地重遊一下。」

周宣側著頭問著傅盈。來這裏，周宣想看看坡心村在一年後會又是什麼樣的情形，順便去轉轉玩一玩，解解心中的結。

傅盈點點頭，然後道：「你等我一下，我換件衣服就走。」

傅盈走出房間後，周宣馬上穿了毛衣外套，又穿上襪子鞋子，酒店裏有空調，但外面的溫度還是很低，儘管他有異能，能防熱防冷，但卻也不想做得格外出眾，引人注意。

這次自然是沒有專車專人了，傅盈穿了一件紅色的呢子大衣，絕美無比的容色讓酒店的服務員都向她注目。

二人在酒店前攔了計程車包車到三門海旅遊區，司機說要兩百，不計表，周宣點點頭，也沒說話，拉開車門讓傅盈先上車，然後自己也坐了上去。

司機開車後，眼睛盯著他前面的後視鏡，周宣知道他是在偷瞧傅盈，也難怪，像傅盈、魏曉晴、魏曉雨姐妹這樣的女孩子，無論走到哪裡都是人們的視線焦點。

周宣哼了哼，運起異能，將太陽烈焰的勁氣暗中燒烤著後視鏡。

那司機一邊開車，一邊偷偷瞄著傅盈，這個女孩子確實太漂亮了。不過沒瞄幾眼，那後視鏡忽然「砰」的一聲爆碎了，司機頓時嚇了一跳。

好在後視鏡只是碎裂，並不是炸開，那司機嚇了一跳後，隨即又定下神來開車，只是嘴裏嘀咕著什麼，周宣也聽不清楚。

傅盈側頭盯著周宣，目不轉睛的，周宣臉一紅，傅盈肯定知道是他搞的鬼了。用異能使一下手段無所謂，反正傅盈也知道，但傅盈如果覺得周宣是在爲她吃醋的話，就有些難爲情了。關鍵是兩個人現在的關係還沒回到原來的樣子。

傅盈盯著周宣看了一會兒，見周宣受不住了，臉紅地避開了她的眼神，頓時微微一笑，心裏覺得周宣有些可愛起來。

傅盈微微一笑，放過了緊盯周宣的眼神。說實話，她真想如周宣所說，去到她一年後的那個時空，真切感受一下她跟周宣的感情到底是怎麼樣的。

現在雖然說不上對這個男人有愛，但周宣起碼讓她有了好感，也讓她在周宣傷心悲痛的時候不忍心拒絕他，比如說臨近的婚期。

這在以前，傅盈想都不可能會想到自己會這樣。別的事都好說，但對感情的事，她絕不會馬虎。現在，她居然爲了不忍心看到周宣的傷心而同意了婚期，而且這話還是從她嘴裏說出來的。

鳳山到三門海，有專門修建的高速公路，只需要五十多分鐘就到了。

到了三門海往天窗的路口，司機停了一下問道：

「先生，你們是要去遊天窗還是到長壽村？」

周宣想了想，然後擺擺手道：「還是去坡心村吧，看看長壽老人，喝喝長壽水。」

司機當即又開起車來，往坡心村的方向，不過開車的時候又說道：

「兩位，你們是外省來的吧？唉，現在的長壽村是名不符實啊。」

周宣怔了怔，問道：「怎麼名不符實了？」

那司機說道：「去年到今年的一年中，長壽村的老人竟然死了二十多個，當然，老年人死那是正常的，但在長壽村就不正常了，從來沒有哪一年會死這麼多老人，而且經檢查，有的是心臟病，有的是冠心病，反正都是病死而不是老死的，以前長壽村的老人們都是老死的，很少有得病死的，你說奇不奇怪？」

周宣聽得一愣，這應該就是他的問題了，可能是因爲他把九星珠取走了，長壽村水中的九星珠能量分子消失了的緣故吧。

司機按著周宣的吩咐把車開往坡心村，沿途上，周宣和傅盈看著路邊的風景，這跟上一次見到的沒什麼兩樣，而實際的時間應該是隔了一年。

由於來過坡心村，所以也識路，在村口周宣就叫司機停車了，付了車費，然後跟傅盈走路過去。

周宣和傅盈是一樣的想法，想慢慢走過去，一路看看，從心底裏去感受一下以前的記憶。

兩個人一路緩緩前行，遊人依然眾多，還有源源不斷的行人，大袋小袋提著村裏那口井裏出的泉水，長壽水嘛，來這兒的人爲的就是那個。

周宣用異能探測了一下，這些人提著的水裏面，果然沒有了九星珠能量的分子存在，於是，走到了水井處，周宣並沒有要進裏面去。傅盈瞧了瞧遊人，又瞧了瞧周宣，見他沒有要進去的意思，也就站住了。

其實周宣已經用異能探測了一下裏面的情況，水井裏的水一點能量分子都沒有了，而那間屋子裏面原先的那位百歲老人，已經換成了另一位才七十來歲的老人。

當然，這個只有周宣知道。解說員是不會說的，怕砸了這個金字招牌。

說到底，就是井水這一筆收入，已經是村裏一筆極大的經濟來源，而且不用本錢，是賺錢最快最簡單的方式，要是百歲老人都沒有了，而最年長的老人才七十多歲，這長壽村的名聲也就斷了。

周宣嘆了一聲，穿越一趟時空，卻把坡心村的一方風水破壞了，如果不是因爲萬惡的馬樹，那他也不會穿越時空，更不會與傅盈變成現在這個樣子，當然也不會把坡心村的長壽水破壞掉了。

而現在似乎一切都不按套路來了。周宣極是頭疼，不知道要怎麼辦才好，那個九龍鼎雖然在手中，但他卻無論如何也不敢再用，萬一出了更大的問題可就麻煩了。

呆了半天，周宣才嘆息著問傅盈：

「盈盈……你要不要到裏面裝一瓶水？」

傅盈搖了搖頭，說道：「那水都沒什麼用處了，我要它幹嘛？」

周宣想了想，說道：「盈盈，你要喝含有能量分子的水，我能辦得到，而且還會比這水井中的水含量高得多。」

周宣想到的是用異能把水質改善，當然，用異能直接對老人或者是病患進行醫治，也會很有效。

但周宣一個人的能量無論如何都比不上那九顆九星珠的能量，要他製造像坡心村三門海那麼大一條河的能量分子，卻是他難以做到的。

不過，一想到九星珠，周宣又突發奇想：現在九顆九星珠都在他手中，要是他把這九顆九星珠吸收的太陽能量拿去質化大量的水，這樣會不會製造出極大量的長壽水呢？

有這個可能，但周宣又是一個極度怕麻煩的人，目前對他來說，賺的錢已經足夠多了，沒必要再為了錢而去花功夫費心思。

傅盈怔了怔，然後道：「算了，我們回去吧，你能做到這樣的事，那又何必跑到這兒來？」

兩人並肩又往村外走，遊人眾多，不管男女老少，一見到傅盈都忍不住要盯著她看好幾眼，男人們不說話，但小孩子卻是會說出「姐姐好漂亮」的話來。

到了村外，遊人少的地方，傅盈瞧著三門海天窗的方向，感慨地說道：

「真想不到，發生的事就像在昨天一樣……不對不對，其實就是昨天。」

三門海和坡心村這些旅遊地的遊客比往時並沒有減少，周宣破壞的只是坡心村的長壽秘方，而遊人卻是衝著這些旅遊風景而來的，少的只是肉眼看不出來的秘密而已，外在的風景

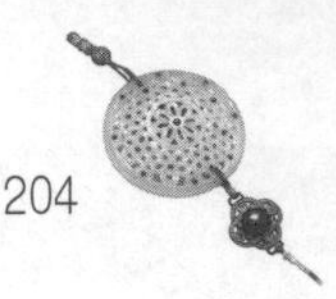

卻沒有半點損壞，三門海的天窗風景，依然還是那麼漂亮。

坡心村的計程車很少，往村外走了好一陣，兩人也沒有攔到一輛空車，路過的車都是載了遊客的，要回鳳山，只能搭乘旅遊公司的巴士了。

往村外又走了一陣，傅盈忽然靠近了周宣。周宣一怔，傅盈的親暱動作讓他有些不習慣，因爲這個傅盈並不是跟他有深厚感情的那個傅盈。

但傅盈隨即低聲說了一句話：「有人跟蹤我們。」周宣一怔，本來想轉頭去看，但硬生生定住了脖子，要是有人跟蹤的話，那他這樣猛然轉頭去看，當然就會被人發覺了。

他運起異能探測到後面三十多米遠的地方，果然發現有兩個陌生男子在跟蹤他和傅盈兩個人。

再與傅盈走了一陣，這兩個人又跟了一陣。他們慢那兩個人也慢，他們快，那兩個人也快，要是周宣和傅盈停下來，那兩個人也停下來，裝作看風景一樣。

周宣肯定了這兩個人真是跟蹤他們的，當即不動聲色，低聲對傅盈說：「到前面拐彎處。」

傅盈其實經驗要遠比周宣多，畢竟周宣以前只是個極普通的人，根本就不會有人來跟蹤他，所以也沒有這方面的經驗，而傅盈就不同了，她是世界上前十大超級富豪家的傳人，注定要在小心中過日子，從小她就處在受保護的環境中長大，也從小就受到了超強的訓練，加上她又練過功夫，身手極強，所以敏感度遠比常人要強，那兩個人沒跟多久，她便發現了。

傅盈低聲應了一聲，兩個人頭也不回慢慢往前走，一副毫不知情的樣子，也沒加快腳步，要是這個時候有異常變動，估計就可能被跟蹤的人發覺到了。

一到拐彎處，周宣和傅盈迅速躲到幾株枝葉茂盛的路邊矮樹後，當即又運起異能探測著，那兩個人迅速奔跑了過來，到了轉彎處後，往前瞧了瞧，見沒有周宣和傅盈兩個人的行蹤，其中一個人詫道：

「奇怪了，明明在的，怎麼轉彎就不見了？我們是跑過來的，他們再快也不可能跑這麼快啊！」

另外一個也在嘀咕著，轉彎後，這邊的路是很直的方向，大約有兩公里的遠近，這麼遠的距離，就算是坐車開得極快，也不可能在視線中消失的。

就在這時，周宣和傅盈從樹後一轉，一前一後攔住了這兩個人的退路。

那兩個男子一呆，先是驚訝，然後馬上又恢復了正常，兩人動了動筋骨，身子如炒豆般響了一陣。動作有如電影中那些武林高手一般，未出手已經先聲奪人了。

傅盈有些意外，這兩個人都不是弱手，顯然是兩個功夫極深的練家子，當即對周宣道：

「你過來，我有話說。」

周宣明白，傅盈是怕他吃虧，便想裝做搞錯的樣子，讓周宣走到她身後，這兩個人由她一個人來對付。

傅盈知道周宣有異能，但異能會傷人，周宣沒練過武，總不能不分青紅皂白就把人轉化吞噬掉吧，如果動手硬拼，只怕會吃大虧，所以才趕緊叫他過來。

周宣淡淡一笑，說道：「你們倆個人，爲什麼跟蹤我們？」

那兩個男子嘿嘿一笑，分開一左一右，向著周宣的那個男子笑道：「攤明了更好，你們是主動跟我們走呢，還是我們抓你們走？」

周宣淡淡道：「是誰派你們來的？」

「少廢話！」那男子喝道，「到了你不就知道了？」說完對另一個男子說道：「老曾，你待著，這兩個就交給我了，你來倒數計時，一分鐘就好。」

這個男子顯然很有自信，當然主要也是看周宣和傅盈兩個人太年輕，傅盈又太漂亮，這樣漂亮的女孩子，通常不可能有半點武力，而周宣十分明顯，完全是個不會武功的人，他說一分鐘解決他們，那還是往大裏說了去。

另一個男人跟他一樣的想法，笑呵呵地抱手站到了一邊。

見到另外一個男人對傅盈不動手，周宣微微笑了起來，向面前這個男人勾了勾手，說道：

「一分鐘嗎？嘿嘿，我跟你賭一把，一分鐘，你倒下。」

傅盈聽到周宣的話便放心了，周宣絕不會做沒有把握的事，想必他有對付他們的辦法了，畢竟他身上有異能。所以就放心地站在原地，盯著他們。

周宣對面的那個男人給周宣的挑釁氣得變了臉色，冷笑道：「好啊，不知道天高地厚，也好，就讓你嘗嘗苦頭！」

說完就閃電般一拳擊出，周宣早將異能佈滿全身，他雖然沒有練過武術，但異能卻讓他的身體敏感度和反應能力遠超過常人。

當這個男子以一拳極快擊出時，周宣的異能已經用太陽烈焰在那男子擊拳的前方佈置了一個圓盤形的護罩體，當然，眼睛是瞧不見的。

這個護置體的溫度高達三百度以上，人一旦掉落進這樣的高溫環境中，不說必死，但受到嚴重的燒傷是肯定的。

說時遲，那時快，那個男子一拳正中周宣那無形的高溫罩體中間，還差了二十釐米的距離就擊到周宣胸口了，但就是差了這二十釐米，那個男子「啊喲」一聲大叫。

慘呼聲中，男子左手抱著右手退開了好幾步，然後低頭瞧著右手背，這一瞧，不禁訝然整隻右手背上，全是冒出的紅水泡，很嚇人的樣子，而這些水泡就跟在烈火高溫中被燒到的情形一般。

另外一個男子和傅盈緊緊地盯著他們兩個，那個男子還在等著數他的同伴對周宣動手的秒數，卻不知道怎麼回事，明明這一拳才打在半空中，並沒有觸到周宣的身體，怎麼會變成這樣子？

第三十四章
屋漏偏逢連夜雨

跑車男惱得不行，掏出手機來撥電話，
但按了好幾下，手機竟沒半點顯示，剛剛買的手機怎麼就不行了？
記得出來的時候還打了一個電話，這才半小時不到啊！
當真是屋漏偏逢連夜雨，禍事竟接二連三地來。

此刻，他同伴的這隻手就好像被火燒了一般，但空氣中沒有半分火苗，連只打火機都沒有掏出來，怎麼一隻手就會被嚴重燒傷了？

那個人當即捨了傅盈，衝到那受傷男子身邊，問道：「怎麼回事？」

那男子強忍住疼痛，沉聲道：「有古怪，我這一拳好像打到了燒鐵的熔爐裏一般，好高的溫度……」

傅盈在後邊總算是明白了，原來周宣已經可以運用異能防護自己了。

傅盈並不清楚周宣的能力，因周宣當時演示給她看的只是冰氣異能，她看到的只是他轉化黃金和吞噬黃金的能力。傅盈根本就沒想到，周宣還有這無形燒傷人的本事，而周宣也沒有告訴過她，自己有能將溫度控制到極高或者極低的程度。

兩個男子都搞不明白，受了傷的這個男子更是驚訝，忍住痛後又緊盯著周宣。

周宣淡淡笑著，毫不在乎地說道：「你的一分鐘，是繼續還是停止？」

周宣這麼說，毫無疑問，剛才那看不見摸不著的烈火陷阱肯定與他有關。

那個男子雖然想不通，但也想得到這事與周宣有關，只是想來想去也不明白周宣是怎麼動的手腳，難道周宣衣袖底下藏了什麼噴火焊燒的工具？

這個或許有點可能，現在有一種小型的打火機，瓶身十分細小，噴火點又如同小起子，甚至如原子筆般大小，這樣大小的工具是完全可以藏到衣袖中或者衣袋中的。

越想越可能是這樣，那個男子當即對沒受傷的男子說道：「老曾，注意，這小子衣袖裏可能藏了高溫焊槍之類的工具，我被高溫燙傷了。」

那個叫老曾的男人哼了哼，臉色陰沉，慢慢逼近了周宣，說道：「把東西拿出來吧，免得我動手讓你吃苦頭。」

周宣淡淡笑道：「那你不妨來試試，我這個人也是不信邪的人，就喜歡吃苦頭。」

那老曾嘿嘿一聲冷笑，心想，既然周宣已經露了形跡，要想再以那暗藏的工具來傷他，那就沒那個可能了。

他眼神如電地盯著周宣，上前卻是背著雙手，然後用腳來了個連環快踢。

這個人的功夫的確不錯，雙腳的連環踢讓周宣看花了眼，跟電影中的特技鏡頭一般。好在周宣的防身之術是異能，異能的感覺不是肉眼可以比擬的，老曾踢得再快，也沒有周宣的念頭快。

在人的所知中，以電和光的速度是最快的了，但光再快也還是沒有人的思想快吧？周宣的異能就是隨著思想動的，念頭思維到處，異能就到了。

傅盈在後邊瞧著也不禁吃了一驚。這個人的腿法已經到了一種極高深的程度，就算是她，也不一定能占到上風。

傅盈擅長的是搏擊，也就是南派所最擅長的分筋錯骨，對於腿功，她也練過，不過練的是跆拳道的踢法，要是與現在這個人相比，那就遜了一籌。

而現在，對面是周宣，一個一點也武功都不會的普通人。傅盈當即閃身逼近過去，那個老曾因爲還防著周宣，有所顧忌，不是十分貼近，所以她要速度快一點，好護住周宣。

其實傅盈想不到，周宣的異能不僅僅可以在空間中佈置起高低溫防護罩，而且可以在任意地方、任意空間搭建，所以，不論對方穿了多厚的防護衣之類的東西，只要身處在周宣的攻擊範圍以內，周宣都可以把溫度加在對手身體的任何地方，甚至可以把溫度任意控制到對手的身體內。

這個叫老曾的男子以極快的腿功踢出，周宣眼看要吃虧了，但卻在一刹那之間，那個老曾的兩條腿忽然間就變成了一雙冰腿，瞬間就失去了知覺，吧嗒一聲摔落在地。

老曾的下場比剛剛那個手被燙傷的男子更狼狽，同樣在沒碰到周宣身體的情況下受了傷，而且更甚一些，摔倒後動了幾下，卻連站都站不起來了。

一個腿功如此厲害的人，竟然一瞬間就失去了行動能力，這讓傅盈和那個男人都不敢相信。

三個人中，也只有老曾自己才感受得到，他的腿跟先前受燙傷的男子不同，他的同伴被高溫燙傷，非常疼痛，而老曾卻是沒有半分疼痛。

這當然是周宣用了冰氣異能，將老曾的一雙腳和部分小腿的血液凍結到了零下的溫度，所以老曾一剎那就失去了知覺，而冰凍過後，人的身體只會感覺到冷。

這兩個跟蹤的男子連周宣的衣服都沒碰到，便雙雙敗下陣來。老曾是癱在地上不能動，站不起身了，而他的同伴卻是右手疼痛難忍，雖然手腳都能動，但卻不敢再對周宣動手了。

因爲兩個人都清楚地盯著周宣，如果說周宣第一次是用了暗藏的噴火高溫工具，那第二次呢？第二次對老曾時，周宣連手都沒抬起來，可老曾卻依然中了招。

而老曾與同伴所受的傷又完全不一樣，這令他們兩個人驚疑不定，連話也不敢說了。

傅盈本來是急著上前爲周宣解圍的，但她還沒到老曾的身邊時，老曾就摔倒在地，爬不起身了，趕緊停住盯著看。

老曾爬了好幾次，每次都是站了一半又摔倒，一雙腳完全不能使用了一般，卻偏偏又不痛，伸了手把褲管扒起來，用手捏著腳腕的皮膚，冰涼一片，一點感覺都沒有，彷彿摸著的是一塊冰塊一樣。

傅盈詫異地看著這兩個男子，一個呼痛不已，一個卻是眉頭都不皺一下，但卻是怎麼也爬不起來。顯然，這個人的一雙腳受了極重的傷。

傅盈不明白了，周宣這一次用的又是什麼異能呢？

周宣這時淡淡道：「兩位，說吧，爲什麼跟蹤我們？」

老曾和他的同伴都是閉嘴不說話，周宣又淡淡道：「你要是不說，我可以讓你們兩個不知不覺中死掉，不會留下半點線索和破綻，我不會碰你們一下的。」

周宣如果在之前這樣說的話，老曾兩個人是絕不會相信的，但現在，周宣的話卻讓他們兩個毫不猶豫相信了。

周宣剛剛那一動不動就讓他們莫名其妙失去了攻擊力的莫測能力，讓老曾兩個人無比驚駭，這種能力已經超出了他們的想像。

老曾雙手撐在地上連連後退，而他的同伴更是心驚，盯著周宣道：

「你……你究竟是什麼人？」

「這話應該是我問你們吧？」周宣冷冰冰地說道，「是你們來跟蹤我們的啊。跟蹤也罷了，還對我們動手！以你們的身手，要是我沒有能力反抗的話，還不是要遭受你們的虐待？」

說著，周宣又嘿嘿嘿冷笑了一聲，道：

「這個世界就是弱肉強食的世界，你們強，那就是由你們說話，我們強，那就調換過來，別的都不用我說了吧？」

老曾兩個人臉上變了色，卻依然是沒有說話。

周宣看他們兩個人還在堅持硬挺，淡淡一笑，伸出左手打了個響指。

老曾和他同伴還沒明白是怎麼回事，就被一陣鑽心的疼痛驚到了，抬眼望向痛處，卻見是左手中指尖那一截給切掉了，鮮血噴灑而出。

誰都沒見到周宣是如何出手的。老曾兩個人的左手中指同時受傷，都說十指連心，這種疼痛可不是老曾同伴那手背燙傷的疼痛感能比的，燙傷是很痛，但現在中指斷掉更痛。

兩個人趕緊撕了袖子襯衫纏住左手的受傷處，鮮血仍然從布條處滲透出來，但好過沒有纏。包好傷處後，兩個人都驚恐萬分。

一開始只覺得周宣神秘，而後老曾受傷後，是覺得周宣可怕，到現在，兩個人的手指斷掉一截後，就開始覺得他恐怖了。

老曾兩個人是武術高手，功夫越是高，他們就越相信世界上有更神秘的高手，而周宣似乎就是那樣的高手。傳說中武術練到極致，是可以快到肉眼都看不到的程度。

而現在，老曾兩個人覺得周宣就是那種高人！周宣的速度已經快到了他們看不見的地步，只是周宣爲什麼能有高溫和低溫兩種不同的能耐，那就不是他們能瞭解的了，他們現在只是知道，周宣是一個他們望塵莫及的絕頂高手。

周宣露了一手後，又冷冰冰地說道：

「我再次問一次，我不保證還會再問下一次，如果你們不說出原因，我也不會弄死你們，但我會把你們弄殘，讓你們瞎一隻眼，斷一條腿，再廢一隻手，這樣的話，估計你們活著也沒有什麼意思了吧？」

周宣這話一說，老曾兩個人才真正變色起來，在這樣的情況下被人弄成殘廢，那這一輩子活著可是比死了更難受啊。

這時，老曾兩個人不僅覺得周宣可怕，更認為他是個惡魔，本來他們自己是兇狠之極的，但跟周宣比起來，他們簡直就變成小蝦米了。

周宣沒有再說話，只是眼神中露出冰冷又毫無感情的神色來，讓老曾兩個人更加心驚肉跳起來。

傅盈也覺得周宣變了，變得不像在海灘公園處認識的那個周宣了。那時的周宣，感性、善良，而且容易原諒人，而現在的周宣似乎變得冷酷多了，對人有了防範心理，也兇狠了些。

其實周宣還是以前的周宣，但他明白，在這個社會當中，對好人和親人是要好些，但對付惡人壞人，必須得狠，如果不狠些，那就是縱容了壞人。

這也是周宣在經過了這麼多次的危險之後才明白到的。對於周宣來講，他最大的弱點就是他對親人和愛人的在乎，如果是他自己，再多的傷害他也能承受，但如果是他愛的人有了危險，周宣就不能忍受了。

周宣剛剛的動作和話語其實只是做出個狠樣子來，他要讓老曾兩個人感覺到害怕，這樣才可以問出對方的底細。

在周宣冰冷的目光下，老曾和他的同伴都打了個寒噤，老曾用手撐著地面又退了幾步，不過再退的時候，老曾的手掌碰到了一團極燙的空氣，那一瞬間，似乎是用手按到了一塊燒得通紅的火炭上。

隨著「啊喲」一聲叫喊，老曾猛地縮回手，把右手縮到面前看了看，右手手心內燙得連皮膚都起泡，爛了一層。

老曾又驚又痛，轉頭看了一眼身後，卻什麼也沒有發現──沒有火焰，沒有火炭，什麼都沒有。再回轉過頭，又正面對著周宣。此時，周宣淡淡的笑容已經讓他膽戰心驚，而他的同伴也終於醒悟到，面前的這個傢伙就是無比神秘的高手。

老曾和他的同伴相互對視了一眼，兩人眼中都是驚恐無比的神色。

短短三秒之後，老曾終於受不了了。

老曾跟他同伴不同，他的同伴雖然受了傷，但只是手上，腳還是好的，還能跑能逃命，而他卻是手腳都受了傷，腳不能站立，用手撐著跑的念頭現在也斷了，右手被燙傷了，要逃都沒機會逃了。

其實，他只要仔細想一下就知道，別說他手腳都受傷了不能動，就是完好無損的，在周宣那神秘莫測的身手下，又如何能逃得掉？

「是有人派我們來跟蹤你的。」老曾終於說了出來，雖然沒有說出是什麼人，但這樣的回答至少是說明他服軟了，害怕了。

周宣偏著頭想了一下，在考慮要不要再追問下去，問問老曾背後到底是什麼人。

但這時候，傅盈倒是先開口了。

「我們不逼問你是什麼人派來的，這樣吧，你現在打電話告訴你的老闆，說明現在的情況，並且告訴他，我們要和他見見面，看看你老闆是什麼意思。如果他不想跟我們見面，那我們馬上就走，也不難爲你們了。」

傅盈這樣說，周宣也不再說什麼，傅盈的意思即使他不喜歡，不同意，他也不會反對。

老曾和他的同伴想了想，低聲嘀咕了幾下，然後點了點頭，只要周宣不再逼迫他們，同不同意其實是老闆的事了。

老曾跟他同伴商議過後，當即掏出手機來，按了一個手機裏的號碼，然後擋著嘴，用極輕的聲音說了幾句話。

傅盈自然是不知道老曾他們背後的主人是誰，不過，周宣卻是聽到了老曾電話裏的聲音。雖然老曾用極輕極輕的聲音說著，但周宣異能在身，只要他想聽想看，在他涉及範圍以內，就沒有什麼能逃得過他的能力。

老曾是在向對方彙報目前所發生的情況，他也沒說謊，把他們兩個受傷的情況和對方的恐怖之處都說了，而對方只說了短短兩個字。

「嗯……好。」

就這麼兩個字。對方是誰，周宣依然不知道，但聲音卻是聽得出來，是個年紀並不算大的女子。

老曾他們兩個人的背後，竟然是一個女子。

周宣也聽到了，這個女子答應見他們。

果然，老曾從耳朵邊拿下手機後，就對周宣和傅盈說道：

「我老闆說要見你們，請稍等。」

傅盈和周宣站到了路邊，老曾也被他的同伴拖到了路邊。

正等待的時候，從鳳山往坡心村的方向開來了一輛黃色的法拉利敞篷跑車，車速本來是很快的，但到了周宣他們近前的時候，車就減速了，甚至開到跟走路一般的速度。

這時可以看清楚，開車的是個年輕男子，看起來很斯文的樣子。那男子一眼就盯上了傅盈，把車速減到很慢，到最後停了下來。

傅盈以爲這個人就是老曾的背後老闆，也盯著這個男子。

那年輕男子一臉張揚，卻又爲傅盈的美麗所驚到，把車停了後，洋洋自得地問道：「小姐，在等車吧？要搭車嗎？」

那男子在說這些話的時候，手掌輕拍在車門上，扮得很瀟灑的樣子，法拉利敞篷跑車，這款車得幾百萬啊。

傅盈一怔，看他這樣子，不大像是老曾他們兩個人的老闆吧？又轉頭瞧了瞧老曾兩人，見他們兩個一句話沒說，對這個男子一點也不在意，當即明白她會錯了意，這個男子並不是他們的老闆，當即也不再理會這個跑車男。

可憐這個跑車男還在向傅盈炫耀他的跑車，若是他知道傅盈是世界超級富豪家族的唯一財產繼承人，不知他又會是什麼表情？

周宣自然知道這個年輕跑車男不是老曾兩個人的老闆，又見這個傢伙還大言不慚地向傅盈炫耀，甚至想把傅盈帶走，完全不把傅盈身邊的他放在眼裏，便淡淡笑了笑。

周宣並不吃醋，因爲他對傅盈的性格是很瞭解的。傅盈對這樣的人，是眼也不會斜一下的。別說是這樣的小白臉，就是學識才能驚人的青年才俊，只要她自己不喜歡的，一樣不給臉。像跑車男這樣淺薄庸俗的男子，那就更不用說了。

周宣看到傅盈皺著眉頭，而那個跑車男還在喋喋不休炫耀著，當即指著那跑車男的車輪胎說道：「你的車輪都沒氣了，還能載人嗎？」

那跑車男鄙夷地說道：「你知道什麼？你懂不懂啊？這麼高級的車，五百多萬哪，只怕你都沒見過吧？我告訴你，這樣的車，那輪胎就算是被刀割開車輪，一樣能開，一樣讓別的車落在後面！」

周宣嘿嘿一笑，說道：「是嗎，我是沒見過這麼貴的車，但你說的只怕也不對吧，你這車真還能開嗎？」

那跑車男惱道：「鄉巴佬，睜大你的眼瞧瞧……」說著，也把頭探出車門外一瞧，只是這一瞧就呆若木雞了。

由不得跑車男不驚呆，他的法拉利跑車輪胎可是極先進的米其林PAX系統，即使輪胎缺氣或者爆破裂，車輪也不會脫離，汽車仍然可以以時速達兩百公里的超高速行駛。

但現在，他卻的的確確看到自己的車輪外輪胎完全斷裂開來，有如利刀切開的一樣，他想不通的是，這種輪胎就是拿刀割也是難以割開的啊。

本想在傅盈這種絕色美女面前顯擺一番，卻沒想到反而是出了洋相。

周宣笑道：「輪胎壞掉了，開不走了吧？」

那跑車男哼道：「我這車高級得很，輪胎就是破掉爛掉，也一樣可以開走。」

「是嗎？」周宣笑笑道，「我不信，在我們鄉下，自行車胎爆了，不補好就不能騎，你這車再好，輪胎壞了還能開？」

跑車男臉都氣綠了，一心顯擺，卻沒想到遇到了周宣這麼個土包子二百五，什麼都不懂，還一個勁兒地瞎起鬨，當即惱道：

「給你看看啊，你那自行車能跟我這高級跑車相比嗎？你自行車多少錢一輛？我這跑車要五百萬，五百萬一輛啊！你想都不敢想！」

說完，那跑車男就按動了電子鑰匙，但車子卻不響，又一連按了好幾下，引擎一聲都不響。跑車男呆了一下，頓時急了，但他顯然是個只懂開車不懂技術的菜鳥，看來看去也不懂是什麼原因。

周宣笑咪咪地站在一邊看著。這當然是他弄出來的惡作劇，將跑車男的跑車輪胎割斷，然後又將車子引擎裏的機心轉化吞噬了一點關鍵部位，雖然是很小的一點，但卻是缺了就不行的關鍵零件，所以跑車男無論如何也發動不了車了。

而且，他根本就檢查不出來，別說他是一個白癡級別的菜鳥，就算是一個高級技師，像這樣的情況也不是一下子就能查出來的，起碼要到修車廠用儀器慢慢檢查才能檢查出來。

傅盈對周宣替她出了一口氣很是高興，笑吟吟瞧著跑車男的車。

跑車男惱得不行，掏出手機來撥電話，但按了好幾下，手機竟沒半點顯示，剛剛買的手機怎麼就不行了？記得出來的時候還打了一個電話，這才半小時不到啊！

當真是屋漏偏逢連夜雨，禍事竟接二連三地來。

這時，從鳳山的高速公路方向又開來了五輛黑色的賓士，因爲到坡心村的路並不是寬敞的大路，寬度只有六米多，跑車男的車正好停在了中間的位置，兩邊剩餘的空間就不夠別的車過路。

三輛賓士車響了一下喇叭，跑車男開不了他的車，一下子急了，回頭惱道：「叫什麼叫，沒看見我車子故障了嗎？」

跑車男囂張的一叫，後面的賓士車當即有人打開車門，下來了六七個穿黑色西服的男子，看起來個個孔武有力。

這七個人一言不發地走到前邊，團團圍住了那個跑車男的車。跑車男見這些男子個個威猛壯實，似乎要打他一般，頓時驚道：

「你們想幹什麼？我老爸是……」

只是還沒等到跑車男說他老爸是什麼人時，那七個黑衣男子一彎腰就把手伸到跑車男的法拉利跑車身下，然後一用力，七個人竟把他這跑車連人帶車給抬了起來。

跑車男驚恐之極，叫道：「你們要幹什麼？你們要幹什麼？」

七個人抬起重達一噸多的跑車來，每個人起碼承受的重量要超過了三百斤，一般人是用全力也抬不起來的，而這三個人抬著車時，顯然還沒到無法承受的地步。

七個人一點也不管在車裏驚恐大叫的跑車男，把車抬著走到路邊，然後扔到了路邊的田地裏。

田地與公路的高度只有一尺不到，一般底盤稍高一點的車都能從田地裏開上公路來，但跑車男的法拉利肯定不行，因爲跑車的底盤極低，只要公路稍有坎坷就沒辦法行駛，給扔到了田地裏，那就只有叫吊車了。而且，因爲發動機和輪胎都壞掉了，吊起來後還要叫拖車。

再豪華的車，只要壞掉了，也變成了廢鐵。一下被扔到田地裏後，囂張顯擺的跑車男發現，自己遇到了比他更囂張的人，驚恐得說不出話來。

現在的關鍵是，他就是想找人，連個電話都打不出去啊，坐在車上，連話都不敢多說一句。

五輛賓士車的司機原地調頭，其中幾個人把老曾和他同伴抬起來放到車裏，又有一個人對周宣和傅盈恭敬地道：

「周先生，傅小姐，請上車。」

說著，指著中間的一輛車，也就是第三輛車。

傅盈頓時明白到，這五輛車才是老曾說的背後主人吧，主人還沒見著，看他的手下們都是些又冷又橫的，可見主人也不是什麼好惹的人。

周宣和傅盈相視一眼，周宣點了點頭，傅盈也就沒再說什麼，周宣的意思是說，他能保證安全，不用擔心。

兩個人一起走到中間的那輛賓士車邊，黑西裝男子當即伸手拉開車門，做了一個請的手勢。

周宣瞧了瞧車裏面，後座上一個人也沒有，車裏只有一個開車的司機，並無其他人，於是先讓傅盈上了車，然後才鑽進車裏。

第三十五章

幕後老板

周宣早已經運起了異能探測到樓上。
在他的異能範圍內，探測到整棟別墅一共有三層，
二樓客廳的豪華大沙發中，坐著一個年輕的女孩子。
周宣吃了一驚，原來這幕後的老闆，竟然是安婕！

周宣早已經運異能探測過這五輛車裏面，不過每輛車裏都沒有女人，顯然老曾的背後老闆並沒有過來，而周宣感覺到：老曾背後的女主人可能是認識他的人，因爲剛才那個男子準確地叫出了他和傅盈的姓，如果不是認識他們的人，又怎麼會知道他姓周，傅盈姓傅呢？

傅盈顯然也想到了這個問題，但不方便跟周宣交談，而周宣也詳細探測了一下這五輛車裏的情況，這五輛車中，除了他和傅盈外，剩下的人包括開車的司機，再加上老曾和他同伴，一共有十三個人。

這些人當中，有兩個人身上有手槍，四個人身上有高壓電棍。周宣不動聲色，這些人顯然跟老曾有一樣的想法，肯定是要把他和傅盈帶到他們老闆那兒去，不論用什麼手段。

這些人也不是員警。周宣探測得到，這些人身上沒有員警的證件，甚至是員警的習慣動作都沒有。

周宣爲了防止出問題，已經預先把那兩個人的手槍子彈通通報廢掉，然後又把另外四支電棍的電池金屬接頭轉化吞噬掉，以免防不勝防的時候受到傷害。畢竟對方人多勢眾，防著一點比較好。只要對方沒有厲害的武器用，那他就能夠對付。不知道對方要把他們帶到哪裡。

其實，周宣很怕再遇到像馬樹那種情況。如果再遇到那樣的人，周宣肯定會處在下風，因爲他必須照顧身邊的親人，而對方卻不會有這樣的顧忌。

五輛車開始向鳳山的方向開去。周宣從車頭的照後鏡中見到，那跑車男一臉敢怒不敢言的表情，等到五輛賓士都開遠了後，這才破口大罵。

周宣聽不到他的聲音，但看得清他的嘴張開大罵的樣子，忍不住微微一笑。像這樣囂張的人遇到這幫人，那才是真正的遇到剋星了，你橫，人家比你更橫，可以毫無顧忌地把跑車男連人帶車扔進田裏，顯然也是有來頭的人。

這五輛車上的這十幾個人，周宣從他們的氣場可以感應到，除了受傷的老曾和他同伴，有六個是跟老曾他們差不多的功夫高手，而另外五個人則只是純粹開車的司機。

要是在以前，周宣只有冰氣異能的時候，他基本對付不了這麼多練過功夫的高手，但現在，他身上的太陽烈焰能量和冰氣異能可以同時拿來對抗任何高手的，而且，他還可以把這兩種能力控制在異能能探測到的範圍以內。

所以，周宣並不害怕，他絕對有把握在同一時間將這十三個人全部用太陽熱能或者冰氣異能解除，而且不用把對方弄到殘廢和死亡的地步。

差不多過了半個小時，到了一個青山綠水的地方，風景極是優美，從建築物的樣式看來，這裏是鳳山開發的別墅群，是有錢人居住的地方。

除了別墅區大門處有保安守著外，裏面倒是四通八達的，到處都是極繁茂的綠化帶，樹

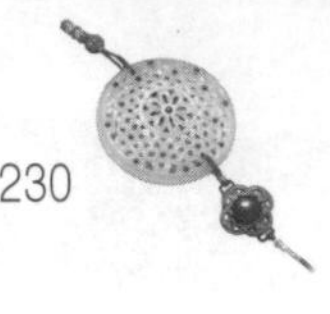

林茂盛，而別墅與別墅之間的間隔也相隔了數百米之遠。這樣的格局，想必價格也是超貴了。

五輛車開到一棟別墅處停下了，給周宣開車的司機趕緊給周宣和傅盈開了車門，然後說道：「周先生，傅小姐，請到二樓客廳，老闆正在等候。」

周宣和傅盈下了車，其他車上的人也都下了車，一起進到別墅中。

客廳很大，至少有一百個平方，客廳裏還有兩個黑衣西裝男子迎接出來。

其他人都在一樓的客廳裏坐下來，周宣和傅盈從樓梯走上去，剩下的人都沒有跟著一起到樓上去，顯然是主人不允許。

這越來越讓傅盈感到迷惑和神秘，不知道這些人的幕後老闆究竟是誰，也不知道他們玩的是什麼把戲。

周宣早已經運起了異能探測到樓上。在他的異能範圍內，探測到整棟別墅一共有三層，每層大約有五百多個平方的空間，除了一樓客廳中有十五個人外，二樓三樓就再也沒有另外的男子了，二樓客廳的豪華大沙發中，坐著一個年輕的女孩子。

周宣這時候吃了一驚，二樓客廳裏的女孩子，竟然是安婕。

原來這幕後的老闆，竟然是安婕！

周宣十分奇怪，安婕認識他們是正常的，但她又怎麼會知道他和傅盈到了鳳山？沒這麼巧的事吧？

當然，傅盈是想不到的，她沒有異能探測。

兩個人從寬大的樓梯上緩緩走上去，但是心情卻不一樣。傅盈是有些緊張和迷惑，因爲不知道老曾他們身後的老闆到底是什麼人，但可以肯定的是，這個人的能量是超強的。

而周宣知道了老曾他們幕後的老闆是安婕之後，心情也平靜了下來，便想著要怎麼跟安婕說，並估計著安婕對他們瞭解多少，會問些什麼。

剛剛走到樓梯的最後一步，傅盈就見到了在沙發中坐著的女孩子。兩人視線一相對，那個女孩子甜甜一笑，站起身笑吟吟地道：

「傅小姐，你比一年前更漂亮了。周先生，想必是抱得美人歸吧？」

傅盈怔了怔，這才瞧清楚這個女孩子是安婕。

這一下的確是很出意料，傅盈吃了一驚，安婕跟一年前的樣子可是大不相同了。

當然，不同的只是氣質和衣著，相貌還是原來的安婕。不過，以前的安婕聰明伶俐，很能讀懂人的思想，周宣那時還覺得她幾乎有馬樹的潛力，但他知道安婕並不是有異能，只是十分聰明。

而現在的安婕，整個人顯露出的是一種富貴逼人的氣息，甚至有頤指氣使高人一等的氣質。

不過，房間裏再奢侈豪華，也不會讓傅盈感到不適，她本身就是在遠比安婕更優越的環境中長大的。

「安婕，是你？」傅盈震驚過後詫問道。

安婕笑笑道：「可不是嗎，就是我，請坐。」

三個人同時坐下後，安婕見周宣的臉上十分平靜，似乎有極淡的微笑，卻沒有一絲的驚訝，心裏也是一驚。難道周宣已經知道是她？應該不可能吧，但周宣的表情顯然是沒有任何驚詫之意的，這不得不令安婕感到奇怪。

安婕終是忍不住對周宣問道：「周先生，看你的表情似乎並不覺得奇怪，是不是早知道在這兒等你們的是我？」

周宣搖搖頭，笑道：「怎麼可能呢，我當然不知道了，只是你安排的人明白地稱呼我和傅盈為『周先生』和『傅小姐』，而我們根本沒見過面，這就說明，他們的幕後老闆肯定是認識我們的。在鳳山這邊，除了安小姐，還有誰會認識我們呢？」

安婕怔了怔，隨即又笑道：「原來如此，周先生當真是大智若愚啊，一年前，周先生給我的印象，與現在可真是大不相同啊。」

「說我大智若愚，呵呵，其實就是說我笨吧。」周宣笑了笑回答著，隨即又問道：

「安小姐，我不明白的是，你應該不知道我們來鳳山吧？但你給我的感覺卻是，我們一到鳳山，或者說是坡心村吧，你就知道了，是吧？」

安婕的笑容漸漸隱了下去，沉思了片刻，然後才說道：

「周先生，說實話，我在三門海所有的地方都設了暗哨，你們到了坡心村，那裏的旅遊公司就有我的人，我給他們所有人都分發了你和傅小姐以及魏小姐三個人的照片，並且嚴令，只要一發現你們的蹤跡就向我報告，我給他們許下的報酬是十萬元現金。」

周宣頓時恍然大悟，顯然是坡心村的人發現了他們，然後趕緊向安婕報告的，但心裏的疑惑卻是更多了，想了想又問道：

「那……你是哪裡來的我們的照片？而且……」

安婕淡淡道：「你更想知道的是，我爲什麼還知道你們還活著吧？後面再告訴你吧。至於你們的照片，我現在就可以回答你，在一年前你們來鳳山探天窗之前，不是到處遊玩過嗎？我就是在那時用手機給你們拍了照的。」

不過，周宣還是不明白，安國清和其他人都死在了天窗洞底下面，而自己三個人能逃出來是因爲九龍鼎的原因，根本就沒從天窗入口處出來，安婕是怎麼知道他們三個還活著的事情？

周宣的疑問，明顯寫在了臉上，而傅盈也極想知道答案。

不過，安婕停了停後卻說道：「周先生，我想跟你單獨談一下，傅小姐，不介意吧？」

說著，一雙妙目緊緊盯著傅盈。

傅盈怔了怔，但隨即淡淡道：「隨便，各人有各人的自由，也不需要我來安排吧。」

「那就好。」安婕對周宣伸手示意道：「周先生，這邊請吧。」

周宣望了望傅盈，傅盈卻是故意側開眼光不看他，裝作不聞不問，一點也不在乎的樣子。

周宣很想知道答案，想了想，還是隨著安婕去了。

安婕帶著周宣走到最裏面的一間房間，把房門打開，先請周宣進去，然後把門關上，又反鎖了起來。

周宣心裏一跳，這個安婕要搞什麼鬼？不過，就算要搞什麼鬼，她畢竟是一個年輕女孩，而自己是一個大男人，似乎自己也不會吃虧吧？

當然，周宣並不害怕安婕用什麼手段，他有異能在身，自然不擔心。而在客廳裏的傅盈也在他的異能範圍以內，即使外面有人要趁他不在的時候對傅盈不利，他也有把握用異能化解掉。

而且傅盈本身還有極強的功夫，安婕的那些手下當中雖有六七個高手，但沒有一個是傅盈的對手，只是若是一起上，傅盈肯定也會輸。

安婕帶周宣進入的房間很大，有一張很大的床，一些女孩子喜歡的彩色傢俱，這裏可能就是安婕自己的房間。

周宣越發感到拘束起來，莫非安婕真想對他怎麼樣？越是這樣想，周宣就越是臉熱心燙起來，進而臉也緋紅一片。

安婕這時才微笑道：「周先生，請坐吧。」

周宣期期艾艾地坐下。安婕詫道：「周先生，你感冒了嗎？怎麼臉那麼紅？」

「哎……咳咳咳……」周宣吞吐支吾，一時間緊張得連連用咳嗽來遮掩著。

安婕盯著周宣看了一會兒，把周宣看得十分慌張不敢面對她，只是躲閃著眼神。

安婕又瞧了瞧房間裏的樣子，忽然醒悟了，不由得臉也是一紅，啐道：「周宣，你腦子裏在想些什麼啊？」

從安婕這話，周宣醒悟到，肯定是他想太多了，安婕帶他來自己的房間，並不是想要跟他做什麼，只不過是想要談一些她認爲秘密的事。可他的誤會卻偏偏被安婕給瞧出來了，這不禁讓周宣很是尷尬。

安婕又嗔道：「原來以爲你是個老實人，現在卻是原形畢露了，原來你又奸滑又齷齪！」

居然會有人說周宣齷齪，這倒是第一次聽見，而且還是一個女孩子。

周宣定了定神，然後把心情靜下來，停了停才說道：

「安小姐，我以前就知道你很聰明，嘿嘿，你是不是會讀人家的腦子思想啊？我想什麼你都能知道。」

「我不是告訴過你嗎，我以前是做秘書的，得瞭解我老板的想法，否則是會被炒魷魚的。」安婕笑笑回答，「你剛剛不是想知道，我是怎麼知道你們還活著的嗎？我現在就告訴你。」

周宣點點頭，示意她說下去。

「一年前，你們下天窗的時候，」安婕淡淡地說著，彷彿是在說別人的事一般，「安董，也就是我父親安排我回公司做事，沒有讓我跟去。守在天窗的那些手下，一連守候了一個星期，直到確定你們都不會再回來後，才撤回來。安董死了，龐大的安氏集團顯然就群龍無首了。」

「那時，我感到非常恐慌，準備離職，重新去找一份工作。然而，安董的私人律師找到了我，交給我一份遺產接收文件。在那份文件中我才知道，原來我是安國清的私生女。

在那份文件中，安國清把他所有的財產都留給了我。那個律師也告訴我，安國清在下天窗之前就已經把這份遺囑交給了他，如果過了七天，他還不能從天窗洞底裏安然返回的話，就把這份文件交給我。同時，律師還交給我一把鑰匙，是我父親安國清房間裏一個秘密保險櫃的鑰匙。」

安婕說著，眼神有些飄浮，似乎在回憶一年前的情景。

「在那個秘密的保險櫃中，我發現了我父親留給我的信，他提到了一件事，和你有關。」

周宣詫然道：「關於我的事情？是什麼事？」

周宣一時間心裏疑惑著，安國清給安婕留下的是什麼？難道安國清料到自己可能會回不來嗎？

安婕偏過頭，瞧著周宣，很有些古怪，然後說道：

「是關於你那個九龍鼎的事情，他交代得很清楚，也說了關於你的一些事情，他說一年前的你，是穿越時空回來的，周宣，你說他說得對嗎？」

周宣瞇起了眼，心裏著實驚疑起來。

這安國清安的是什麼心？一年前那個時候，安婕應該還不知道這些事情，包括天窗裏的秘密，安國清沒有洩露過。

安婕又說道：「周宣，你不用疑心，我不知道你們在天窗底下究竟發生了什麼事，但今天我的線人報告你們出現時，我就知道安國清說的完全是真的，而且我也想到，從天窗底下逃出來的，應該只有你們三個人。對了，還有魏小姐吧？」

周宣沉吟了一下才回答道：「她在外地，這次沒有一起過來。」

安婕點了點頭，說道：「哦，我明白了，你只喜歡這個傅盈吧。」說著，她又嘆了口氣道：「兩個如花似玉的美女啊，哪個都難捨，你真是個……」

周宣估計著，不知道安國清給安婕留下的信中都說了些什麼，說到了什麼程度。看來，現在對她說話也得考慮一下，什麼是能說的，什麼是不能說的了。

「安小姐，我……」周宣沉吟著說道，「我是無意中得到了那個九龍鼎，因爲跟一個對手相遇，所以不小心觸發了九龍鼎，結果就穿越時間到了一年前，也就是認識你們的那個時候。當時，我急於回到原來的時空，但卻不知道怎麼使用九龍鼎，所以才跟你父親安國清合作，事情就是這樣。」

安婕眨了眨眼睛，她雖然沒有傅盈和魏曉雨那般驚人的美貌，但確實也算得上是一個漂亮的女孩子，而且，她身上有一種很讓人驚訝的聰明智慧，周宣一想到她就會想到馬樹，當然，不是說她有馬樹那般邪惡可怕，但她的讀心術可以跟馬樹媲美了。

「我想瞭解一下，你們在天窗地底下究竟發生了什麼事？又爲什麼只有你們三個人活著出來？」安婕想了想，又問道：「你能告訴我這些事嗎？」

周宣咬著唇，想了半晌才回答道：「我可以告訴你，不過你會相信嗎？」

安婕淡淡道：「我會相信，即使你說是安國清對你們出手行兇，並且他在得到了他想要的東西後想對你們殺人滅口，我都能相信，而且，我也可以向你保證，我絕不會說出去。」

周宣從安婕的語氣中感覺到，安婕似乎對她父親安國清並沒有什麼好感，或者，這只是她故意如此表白，迷惑他的？可要是自己真的按實情說了，她就不會找自己報殺父之仇嗎？

「我知道你還是懷疑我。」安婕盯著周宣說道，「我並不強求你現在就跟我說，我可以先告訴你我的事，還有我的想法。」

說到這兒，安婕眼裏露出了強烈的怨恨神色，好半晌才說道：

「我恨安國清。從小我跟我媽相依爲命，受盡了別人的輕視和欺辱，我媽媽在我十四歲的時候就得病去世了，之後，我一個人長大成人。在那期間，安國清通過其他手段給我生活費和學費，但那是我後來才知道的。而我的童年，是在痛苦中度過的。我問過我媽媽，我的爸爸是誰，但她就是不說。我那時恨得要死，我發誓，要是以後知道誰是我爸爸，我一定會報復他，一定會！」

說到後面，安婕幾乎是咬牙切齒了。

「後來我畢業了，安國清把我招到了他的公司，又培養我對集團進行管理。我那時只是想好好工作，並不知道還有這樣的隱情。安國清雖然後來把財產都留給了我，但我不感激他。他這只是以防萬一的做法，而實際上，他只愛他自己。如果他能安然歸來，他還是會過他的逍遙日子，而我，依舊是他的屬下，我還是我，他還是他。」

安婕咬牙切齒地說著，胸口激動得一起一伏的，從這個樣子看來，安婕不知心裏隱藏了多少恨意。

「安國清並沒有妻子，他完全可以把我媽媽接到身邊，讓我擁有正常的家庭，但他卻不肯，甚至眼看著我媽媽痛苦地死去，眼看著我度過了極其痛苦的童年……所以，我永遠都不會原諒他。」

安婕現在說的這些，周宣並不能完全相信，但周宣可以肯定，她對安國清是真的有恨意。在安婕說話的時候，周宣測了測安婕的氣場。

雖然安婕不是練過功夫的人，但普通人一樣有氣場，只是會弱小得多，而安婕在說到安國清的事情時，氣場明顯猛烈增強，表示是真的在生氣，真的很恨。如果是說假話的話，那她的氣場就會跟原來一樣。

安婕並不知道周宣會異能，這是肯定的，因為在下天窗之前，安國清也不知道他會那些奇特的異能，所以，即使安國清對安婕的信中說得再詳細，也不可能說出周宣會異能的事。

周宣考慮了一下，覺得應該對安婕說出他們在天窗下的事，只是考慮著該用什麼話來說。

「周宣，因為安國清在下天窗之前就下了嚴令，所有事情都得嚴守秘密，不得對任何人說起，所以這件事情過後，我也不敢公然對外查詢你們的事情，而且也無從查起。你說，這樣的事，能有人會相信麼？我覺得是沒有。我看了安國清留給我的信後，也同樣懷疑他說的是真是假，起初，可以說我是完全不信的，直到今天遇到了你們。」

周宣這才想到，原來安婕在得到安國清留給她的秘密後，沒有大舉查找他們的下落，原因就在這兒。難怪，這樣的事也確實是難以讓人相信。

周宣這才對安婕說道：

「那好，我告訴你，在下到天窗洞底後，我們千辛萬苦，九死一生才到達了九星珠的藏身之地，但那裏非常凶險。第一個在險境中死掉的是張鴨哥，他掉進了地心熔漿中化為灰燼，屍骨無存；而羅傑和丹尼爾兄弟這三個人，則是被安國清用手槍打死的，之後，他又俘了傅盈來脅迫我。

我拿到了九星珠後，安國清就用九星珠激發啓動了九龍鼎。九龍鼎啓動後，洪水熔漿同時爆發，地底成了煉獄，也就在那個時候，我趁安國清不注意，在九龍鼎奇蹟般啓動的時候，偷襲了他。

最後，借助九龍鼎逃出來的人就只有我們三個人。我們回去的時間就是一月二十那一天，所以對我們來說，其實與你分別才幾天，並不是你所經歷過的一年。」

安婕聽了，整個呆怔住了，雖然今天她一直在想著這個問題，也一直有心理準備，但真正聽到這個秘密時，還是令她震驚不已。

第三十六章

美人計

周宣忽然間恍然大悟。

安婕對他的九龍鼎根本就沒死心，她用錢收買不到，那就用美色了。

周宣可以肯定，安婕對他就是在用美人計，只要他被安婕誘惑，

九龍鼎一易手，那天下還不是她的天下了？

好半晌，安婕才恢復清醒，想了想，又對周宣說道：

「周宣，我還告訴你另一件事，也是安國清留給我的秘密任務，那就是，他要我從你手裏得到那個九龍鼎，信裏也詳細寫明了使用九龍鼎的方法，你想要知道他要我給他辦什麼事嗎？」

周宣心裏一驚，忽然冷汗流了下來，大驚道：

「安……安國清想要你用九龍鼎把他從天窗地底救出來？」

安婕盯著周宣，神情很是古怪，但還是微微點了點頭，對周宣的話表示了默認。

在理論上，用九龍鼎把安國清從天窗地底的險境中救出來，那是可行的，但如果這樣的話，又將會引出什麼樣的後果呢？

他、傅盈以及魏曉雨三個人呢，會死掉還是會消失掉？

無論怎麼樣，只要安國清能夠活轉過來，那就會天下大亂。

還好，現在九龍鼎還在周宣自己手中，但他只是將九龍鼎鎖在了家裏的保險櫃中，保險櫃也不是絕對能保險的，上次的晶體事件已經給周宣一次教訓，而現在，如果安婕派人到京城去盜取九龍鼎，家裏就只有老娘弟妹幾個普通人在，又哪裡會擋得了安婕派的高手的入侵？

不過，安婕可能並不知道他住的地方，因爲安婕在今天之前還並不知道他們還活著，安國清對她留下來的信件只是讓她懷疑，她卻並不相信。要是早知道會這樣，周宣就不會來鳳山了。

周宣現在最迫切想要做的事，就是把九龍鼎給毀掉，不管九龍鼎有多大的能力和多大的誘惑力，周宣都不想再留下它。

安婕冷冷一笑，又說道：

「周宣，你不用擔心，也不用驚訝，我也明白，安國清留給我財產，若不是逼不得已，就是又一個陰謀。他只是想讓我繼續幫他做事，以財產和親生父親的誘惑，讓我對他效忠，其實，他只是把我當成了他的一顆棋子而已。只要我把他救回來，那現在所有的一切，就會又回到他的掌控之中。」

周宣想不到安婕對安國清的恨意竟這麼深，也想不到安國清會陰險到如此深的地步，說諸葛亮算無遺策，這安國清只怕也是毫不遜色，死後還能想出挽救自己性命的計策招數來。

這確實行得通，但安婕卻並不能讓周宣完全相信。

想了想，周宣決定向安婕說出安國清的另一個秘密，不知安婕知不知道。

「安小姐，安國清還有一個秘密，我不確定你知不知道。安國清之所以不把你們母女接來，可能是因爲他不相信你們，更怕你們會壞了他的事，因爲，他一心一意想的只有一件事……」

說到這裏，周宣一個字一個字地說道：

「他想要的是，永遠長生不老。」

安婕訝然道：「什麼？長生不老？」

看到安婕這個表情，周宣的異能探測到，她的氣場確實發生了變化，這也可以說明，安婕的確是驚嚇到了，而不是裝的。這也證明，安婕對安國清的真實意圖並不清楚，至少是不知道安國清費盡心血，最終的目的是什麼。

周宣點點頭，然後說道：

「安小姐，不知道你曉不曉得，安國清在九龍鼎啓動的那一刻，向我們透露了一個他最大的秘密：九龍鼎是兩百年前，一個叫劉子傑的人從第六天窗洞底裏得到的，而那個劉子傑啓動了九龍鼎後，穿越時空來到了現代，也就是二十多年前，這時，劉子傑的名字已經改成了安國清。」

安婕頓時張圓了嘴，驚訝得合不攏嘴來。

好半天，安婕才結結巴巴地問道：

「你……你……你說的是……故事，是……是笑話吧？」

周宣嘆了口氣，瞧著安婕沒有再說話。

安婕胸口起起伏伏地直喘大氣，好一會兒才說道：「難怪……難怪……」說了兩聲難怪之後，又恨恨地說道：「真是的，在安國清的房間中，我看到一個寫著『劉子傑』的牌子，還有一幅清朝人的畫像，畫像上題名就是劉子傑，而那個畫像上的人跟安國清極為相像，我一直還以為是他的祖先。」

想了一陣，安婕拍了一下手掌，又說道：

「是了，安國清的心腸真是狠毒，我只是他安排的一顆小棋子而已，哼哼……」

安婕冷笑了幾聲，眼神裏儘是狠毒。

周宣看到她這個眼神也不禁顫了一下，這個安婕與一年前那個安婕相比，變化真是大啊。

安婕低著頭想了一陣，對周宣說道：

「周宣，你說那九龍鼎真能讓安國清活著回來？」

「理論上是可以，但九龍鼎的秘密我也不清楚，一旦操作失誤，那危險可就很大了。」

周宣不想對安婕說清楚，這個安國清太危險，而且，現在那個九龍鼎還在京城的家中，一旦暴露了，說不定會給家人帶來危險。

安婕想了想，然後對周宣說道：

「周宣，可不可以把九龍鼎給我？」

周宣呆了呆，沒料到安婕會直接對他說出這句話來。

他當然是不能給的，但在安婕面前，最好還是婉轉些，不能搞得太僵，不招惹安婕為最好。他異能再厲害，也不可能現在就飛回京城吧，更不可能對家人做到百分百的保護，防不勝防啊。

「周宣，你也別擔心，我要九龍鼎絕不是要救安國清，我只是要斷絕他的後路。」安婕狠狠地說道，「周宣，你開個價吧，多少我都給，這個九龍鼎，我要當著你的面毀掉它。我必須要讓安國清永生永世都不能再回來。」

周宣一愣，原來安婕是這個想法？不過，周宣還是不能全信，探測氣場畢竟不準確，比不得馬樹的讀心術。

安婕繼續說著，對周宣伸了一根手指頭，「一億人民幣，把九龍鼎給我。」

安婕說一億的時候，似乎是信心爆滿，看她的意思，周宣應該無法拒絕這個價錢吧？一億啊，有多少人能在有生之年見到這麼多錢？

周宣安下心來，安婕對他說這個價錢，那就表明安婕對他的底細並不瞭解，要是知道的話，以安婕的聰明，是肯定不會說出這樣的話來的。在周宣面前，用一億人民幣就想來收買他，想想都可笑。

不過，這樣周宣倒是放心了。安婕不知道他的底細，那就對他的家人沒有什麼危險，而且，她也應該不知道他在京城的家。

安婕苦大仇深，對安國清的恨意無法形容，卻又一下子獲得了安國清數十上百億人民幣的家產，那種心態不是一般人能了解的。

「對不起，安小姐，九龍鼎，我不能交給你。」周宣想了想，明確告訴了安婕。

安婕詫道：「怎麼？你還嫌錢少了麼？你聽清楚了嗎？我說的是一億，一億，一億人民幣呀！」

「我知道，我聽清楚了。」周宣緩緩搖頭，然後又說道：「這不是錢的問題，是我自己的問題，多少錢也不會賣，這個東西我也想毀掉，留在世界上太危險了。」

安婕瞇起了眼睛，盯著周宣，這會兒她倒真是有些猜測不透面前的這個男人了，他到底是個什麼人？連一億的人民幣，這麼龐大的價錢數目他都不動心？

安婕不相信，咬了咬牙，又說道：「好，我給你兩億，可以吧？」

看來安婕把錢當成是萬能的了。到這時，周宣可以相信安婕應該不是要救活安國清了。以安婕的個性，得到這麼龐大的財產後，又怎麼會輕易把這個金錢帝國交還給安國清呢？

這是毫無疑問的，安婕絕不可能會做出這樣的事來，只是周宣也不相信，她拿到九龍鼎會就這麼毀掉。她那種金錢至上的人，怎麼可能把花了大價錢換回來的東西隨手毀掉呢，估計是用九龍鼎來獲取更大的財富吧。

但周宣更明白，他有異能在身，都還沒能弄明白九龍鼎的全部秘密，就更別說安婕這個普通女孩子了。要是她得到九龍鼎，又胡亂啓動了九龍鼎，天知道會把這個世界變成什麼樣子。當然，以安婕的理性，讓九龍鼎從神器變成禍水，也是不太可能的事情。但是，就怕安婕貪財心切，把九龍鼎賣給居心叵測的人，那就危險了。

想到這裏，周宣突然感到害怕了，像安婕這樣瘋狂的女子，又有錢又有勢力，如果她不顧一切想要得到九龍鼎，可以想像，安婕會做出什麼樣的行動來。

周宣害怕的不是他自己受害，而是他的家人，以及他關心和所愛的人。

安婕聽到周宣斬釘截鐵地說要把九龍鼎毀掉，當即呆了呆，又道：

「周宣，安國清是我們兩個人的敵人吧，你怕他，我恨他，我們何不斷了他的後路呢？我給你錢，你又沒有危險，這樣的事你爲什麼不答應？」

安婕說的這些話，更讓周宣相信，安婕在得到九龍鼎後不是要把它毀掉，而是要把它掌控在自己手中，這樣想來，這個九龍鼎更不能交給她了。

周宣淡淡道：「安小姐，你不用再說了，九龍鼎我會親手毀掉的，你相信我。這個東西留在世上，只會讓你我都受到更大的傷害，如果只是爲了錢的話，安小姐，你目前得到的財產，已經足夠你生活幾十輩子都用不完了。如果是爲了報復安國清，那我毀掉九龍鼎也算是幫了你。我可以肯定地告訴你，我會毀掉九龍鼎，安國清也不可能再活著回來的。」

安婕臉上略有失望的表情，不過，她仍然不相信周宣說的是真話，她覺得，他不同意，可能還是對價錢不滿意。雖然她覺得周宣有獅子大開口的意思，但她也明白，握有九龍鼎，其實就是握有世界上最巨大的財富，會成爲這個世界上最有權和最有錢的人。

安婕還沒有用過九龍鼎，就想到了這個問題，而周宣可是使用過的人，又怎麼可能想不到這一點？

握有九龍鼎，那就意味著，可以永無止境地反覆穿越時空和把握未來，這其實在某種意義上，就可以實現長生不老的願望了。這樣的寶貝如果用財富來形容，那的確是無價之寶了。

安婕心裏估計著，不過，得不到九龍鼎著實又不甘心。她手下老曾那幾個人的功夫，她可是見識過的，那麼厲害的幾個人在周宣手中，竟然莫名其妙就給弄成傷殘，毫無還手之力，看來周宣不僅不是普通人，而且還是個功夫高手。

安婕在周宣和傅盈來這別墅前，已經想好了對付周宣的諸多計策，但實施的幾條都是她認爲極有把握的，卻是沒有半分效用。

錢，給到兩億，周宣居然還不爲所動，看來這個男人的心思太深沉了，一開始她就把他想得淺了些。

「周宣，如果是錢的問題，我覺得還可以再商量，要不，你說個數字？」安婕一雙妙目盈盈地盯著周宣，這一次，她倒是沒有再說出給多少錢的話，等周宣自己先說出那個數字吧，看看他到底有多大的胃口，看看這個男人的心機到底有多深。

說實話，安婕的美貌雖然略為不如傅盈和魏曉雨魏曉晴姐妹，但也算得上是百裏挑一的美女，做一些扭捏誘惑的動作表情，對男人還是有殺傷力的。不過，她面對的是周宣。

「安小姐，實在不好意思，我想我們的談話就此結束了吧。」周宣不想再說，說多了，安婕或許會有更多誤會，還是現在就拒絕她最好。

安婕見周宣表情很堅決，根本不像是要再敲她一筆錢的意思，倒真是奇怪了，難道他真不想要錢？

安婕想了想，忽然又說道：「周宣，好吧，我們不談錢的事了，談錢傷感情，我問你一個問題……」

周宣瞧安婕忽然轉變了話題，不禁詫道：「你要問什麼問題？」

想必安婕問的問題也不是那麼好回答的，不過周宣打定了主意，能說的就說，不能說的堅決不說，這個安婕，別看她是個女孩子，可卻是他認識的女孩中，心機最深、手段最毒的一個女孩子，絲毫不亞於男人，所以不得不防著。

安婕卻是笑了笑，說道：「你不要那麼緊張嘛，我只是問一下。」說到這裏，安婕對周宣眨了眨眼，笑吟吟展示了一下自己的身材，然後說道：「周宣，你覺得我漂亮嗎？」

周宣哪裡會想到，安婕會突然問他這麼一個問題，一時間想到的各種各樣的答案都跟安婕的這句問話搭不上半分關係，倒是呆了一呆。

瞧著安婕充滿誘惑的面孔，粉紅活力的嘴唇，讓人流鼻血的身材，周宣不得不承認，她確實是一個尤物。

安婕見到周宣的表情又呆又怔，以為他被自己的美貌傾倒了，又故意扭了扭身子，問道：「怎麼？我很醜嗎？」

周宣趕緊搖搖頭道：「不是，安小姐很漂亮。」

這話卻是周宣隨口說出來的，並不是真心實意。他只是想不到，安婕以金錢誘惑他的時候，怎麼會忽然又問起這麼不搭邊的話來？

安婕卻是沒注意到周宣的表情，笑吟吟地道：「周宣，如果我說我喜歡你，你會怎麼想？」

「什麼？」周宣一怔，隨即很狼狽敗退，連連紅著臉退了幾步，搖著手道：「安小姐，別開玩笑了，這玩笑可開不得。」

安婕以為周宣是自卑心在作祟，她如今可是身價百億的女富豪，又年輕又漂亮，可不是那些身家再高，卻已是七老八十的老頭子富豪可比的。這一年多以來，安婕面對了無數追求者，以她的聰明，對男人的心態早已摸得很透徹。

靠近她的男人們被她的美貌吸引只是其次，最讓他們最瘋狂的，卻是她的財富。

所以，安婕這時以爲，周宣也是被她的財富嚇到了，與之前兩億的價錢相比，她一百多億的身家財產可是遠超過了那個數字，如果跟她結婚，那就不是兩億的小數目了。

「你看我像開玩笑嗎？」安婕淡淡笑著，然後問著周宣，「我是說真的，我喜歡你，周宣。」

周宣呆了呆，忽然間恍然大悟。原來安婕對他的九龍鼎根本就沒死心，以她這種心態，肯定是不達目的不死心的人，用錢收買不到的，那就用美色了。

周宣可以肯定，安婕對他就是在用美人計，只要他答應，或者被安婕誘惑，九龍鼎一易手，那天下還不是她的天下了？

想到這裏，周宣心平靜氣下來，呵呵一笑，淡淡道：「安小姐，你可真會開玩笑。」

安婕惱怒地嗔道：「你怎麼老是說我開玩笑？我說了，我是認真的。」

周宣擺擺手，淡淡道：「安小姐，我得走了，盈盈還在外邊等我，有機會再聊吧。」

說著，周宣起身準備出房間，卻見安婕惱怒地一叉腰。

「周宣，你到底想要怎麼樣？」安婕有些激動地說著，「你想想看，如果你跟我結合，我們是不是可以縱橫這天地間？世間的所有財富都可以由我們控制，你想想啊？」

「沒什麼好想的。」周宣淡淡地回答著安婕，「我想你誤會了，你以為拿到九龍鼎就可以把握世界了？以我的經驗，即使你回到過去的時間裏，一切也都已經改變了，不再是你所知道的那個世界了。你想要的不會實現的。我明白你的想法，所以我只能很遺憾地告訴你，那是不實際的。」

說了這些話，周宣咳了咳，又道：「而且我還告訴你，你想像不到穿越時空會給你帶來什麼。以我的兩次經驗來看，那只會帶給你無數的麻煩和痛苦，沒有一絲好處。再說了，如果真如你想像的那樣，我又何必要跟你合作？我自己一個人獨享豈不是更好？」

安婕被周宣的話頓時噎了一下。說得也是，周宣如果明白她的想法，那他何不自己一個人幹了？九龍鼎在他手中，如果能得到無法想像的財富，那金錢美女又豈不是想要多少就有多少？

就說現在吧，周宣身邊的美女就有傅盈和魏曉雨這兩位，無論是氣質還是美貌，都是只比她強而不會比她弱的，任誰都只會選那兩個，而不會選她安婕的。

安婕覺得，她唯一可以在傅盈和魏曉雨面前逞強的，就是她的金錢了，當然，這是因為安婕萬萬沒想到，就算是她引以為傲的金錢，她也遠沒有傅盈的身家更深厚，權力更不能與魏曉雨相比了。

周宣不再猶豫地對安婕說道：「安小姐，我就先告辭了。」

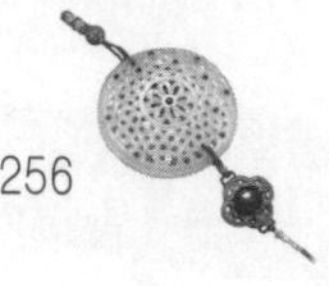

安婕伸手一攔，狠狠地說道：「周宣，我跟你好說歹說你都不理會，俗話說，識時務者為俊傑，我最後跟你說吧，你要麼跟我合作，一同共用這世界的財富，要麼與我為敵，從現在開始，只要你一踏出這個房間的門口，我就不會客氣了。」

周宣盯著安婕，半晌才搖了搖頭，嘆道：

「安小姐，你真可憐，如果你只是為了金錢的話，我勸你還是守著你現在的財富吧。保持現狀，起碼你還可以安安穩穩過一輩子。一旦拿到了九龍鼎，你可能連自己都保不住啦。不說了，咱們就此別過吧。」

安婕真是氣惱得很，無論她怎麼說，周宣都不為所動，看來這個男人是死心塌地想獨吞這個九龍鼎了。於是，安婕冷冷道：「周宣，這可是你逼我的。」說著，伸手把牆壁上的一個按鈕按了下去。

周宣趕緊用異能探測了一下，安婕一按那按鈕，樓底下的警鈴就響了起來，那些保鏢和手下當即掏出手槍、電擊棍等武器，一窩蜂往樓上衝來。

周宣二話不說，甚至表情都沒露出半分不妥來，冰氣異能運出，把樓底下那十三個手下的腳都凍結起來，十三個人「啊喲啊喲」地叫著，紛紛從樓梯上滾落下去。

而安婕這些房間裝修太好，隔音也做得極好，所以她一點都聽不到樓梯上的響動。不過，周宣卻聽得到，他就是不用異能探測也聽得到。

傅盈在客廳中也聽到了響動，當即起身到樓梯口探看，然後又向客廳這邊的房間走道觀看，不知道周宣跟安婕在談什麼，去的時間可不短了。

忽然間，傅盈莫名其妙的心裏突然悸動了一下：周宣跟安婕在房間裏做什麼呢？孤男寡女的，獨處一室，還能幹什麼？

一想到這裏，傅盈又暗自一驚：自己是怎麼了？難道她真的對周宣有了感覺嗎？自己這是不是在吃醋？否則，心裏爲什麼會有不舒服的感覺？

不過，肯定是有什麼問題出現了。否則安婕的那些手下不會平白無故衝上來，而又紛紛摔倒滾落下去，顯然又是周宣做的手腳。

看來，是周宣出事了。

第三十七章

本能反應

一個人，無論你身手再怎麼厲害，也是快不過子彈的，
而傅盈在危險的環境中，第一個想到的是自己怎麼對付，
而不是想著周宣是不是能運用異能控制局面。
這也許是身體的本能反應。

一想到這裏，傅盈再也不遲疑，趕緊扭身衝向客廳裏邊的房間，只是走道中左右都是房間，如同酒店一樣，卻不知道周宣和安婕在哪一間房。

傅盈迅速地一間間挨著次序闖開，直到最後一間，也就是靠最外邊的那間房門打開後，才見到安婕正氣惱地盯著周宣，而周宣則一副冷淡的表情。

兩個人倒是衣著完好，床上也整潔乾淨，一看就知道沒有發生什麼，否則要在這麼短的時間裏把弄亂的床單被子整理好，那還是做不到的。

傅盈看得十分仔細，又見安婕對周宣一臉的怒色，想來也不可能有什麼見不得人的勾當。

一想到這「勾當」這兩個字，傅盈頓時臉又紅了紅，自己怎麼會想到這兩個骯髒的字眼呢？

周宣哼了哼，對安婕說道：「安小姐，請讓一讓，我要出去。」

安婕要想說什麼再挽留的話也說不出口了，因爲傅盈來了。周宣就是再傻，也不會在這當口被她打動誘惑到吧？再說，周宣從頭到尾似乎都沒被她打動和誘惑到。

傅盈忽然一把推開了安婕攔在周宣面前的身子，伸手把周宣拉著就往外走。

這個安婕，顯然沒安好心，雖然不知道這麼長的時間裏她跟周宣到底都談了些什麼，但傅盈以一個女人的敏感，還是能察覺出異樣來的。

安婕的顏面似乎給丟了個乾淨，看到傅盈推開她拖著周宣往外走，才想到樓下的手下們怎麼還沒來拿下傅盈，便惱怒地叫道：

「站住，你們兩個！」

傅盈理也不理她，拉著周宣一直往外走。

「再不停下，我就開槍了！」安婕忽然從腰間掏出了一支手槍來，指著周宣叫道。

傅盈一怔，轉身瞧了瞧，見安婕手裏還真是拿著一支亮銀色的手槍，瞧安婕臉上咬牙切齒的表情，心裏頓時緊張起來。

周宣也沒料到安婕居然會有手槍，一開始沒注意到她身上，當然，只要安婕沒有先開槍，周宣立刻就可以將她的手槍變成玩具了。

周宣想也不想的就用異能轉化了安婕手槍子彈裏的彈藥，先把危險解除了再說。

傅盈的緊張，周宣自然是感覺到了，一個人，無論你身手再怎麼厲害，也是快不過子彈的，而傅盈在危險的環境中，第一個想到的是自己怎麼對付，而不是想著周宣是不是能運用異能控制局面。這也許是身體的本能反應。

周宣冷冷哼了哼，然後對安婕說道：「安小姐，希望你做回原來的自己吧，不要迷失太深了。」

說完，趕緊拉著傅盈的手就往客廳方向走去。

安婕臉上變得蒼白起來，胸口起伏著，喘了幾口氣後，狠狠一咬牙，扣動了扳機，槍口對著的是周宣的腿部，她想先把周宣留下再說。不過，手指扣動過後，手槍卻沒有響。

安婕怔了怔，眼看著周宣兩個人已經快步走出走道進入客廳了，立即又連連扣了好幾下，手槍的撞針連連直響，但就是沒有子彈射出來。

安婕氣惱之極地把手槍一扔，緊追出去，見周宣和傅盈正在下樓梯，當即追了過去，心裏卻想著，自己花了那麼多錢養的手下，怎麼關鍵時刻都攔不下兩個人來？

只是，安婕從樓梯上急急追下去，卻見客廳中，十幾個手下都倒在地上，沒有一個人能站得起來，更別談要把周宣和傅盈留下來了。

安婕惱怒已極，跳到客廳裏，從一個手下手中搶過了槍，拿起來對著傅盈就連連扣動扳機。

這些手槍都裝有消音器，而附近的別墅也隔得很遠，根本不用擔心別人會發現。但可惜的是，這些手下的武器早在周宣他們剛到的時候，就已經被解決了，所以安婕雖然拿到了手槍，卻依然是扣不響的。

安婕一肚子的怒氣顯然是衝著傅盈來的，因爲難堪，也因爲她覺得周宣的不合作絕大部分原因是爲了傅盈。安婕心裏恨恨地想著，看不出周宣其貌不揚的樣子，卻是一個爲了紅顏而搏命的傢伙。

傅盈一直注意著安婕，畢竟誰都會害怕手槍。當安婕扣動扳機開槍的時候，傅盈趕緊拖起周宣往旁邊閃開，卻見安婕並沒有將子彈射出來，怔了怔，又瞧了瞧周宣，見他一臉的淡然，成竹在胸的樣子，這才明白到，原來這一切都在周宣異能的掌控之中，自己是白擔心了。

不過，周宣心裏暖暖的，傅盈現在的動作，顯然是在關心他，擔心他，這是好事。就算不能讓傅盈回到最初那個深愛他的樣子，但只要傅盈能再次愛上自己，那一樣也可以。

否則的話，那九龍鼎如此變幻莫測，若是再啓動了，天知道會出現什麼樣的結果。前次歷歷在目，若是沒能讓傅盈回到原來的時空中，卻又把她弄到不知什麼地方，那就是天大的悲劇了。無論怎麼想，周宣都不敢再啓動那九龍鼎了。如今最緊要的事，莫過於趕緊回到京城，把那九龍鼎毀掉。

傅盈撬開了停在別墅門口的車，當即發動了車，對周宣道：「周宣，趕緊上車。」

周宣更不多話，趕緊上車把門一關。傅盈駕著車，瞬間怒吼著竄了出去。

周宣在倒後鏡裏看到，衝到別墅門口的安婕惱怒到了極點。周宣心想，這個女人顯然已經瘋了，不可理喻，還是趕緊離開鳳山吧，別跟她再發生衝突了。

把車開出別墅區上了公路後，傅盈才對周宣說道：「我們是直接從機場走，還是從別的

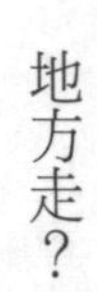

地方走？」

周宣想了想，然後回答道：「從別的地方走吧，先離開鳳山。安婕在這邊肯定有極大勢力，給她查到我們的去處，我怕給家人帶來危險和麻煩。我雖然不怕她，但明槍易躲，暗箭難防啊，家裏人可沒有咱們這樣的能力。」

傅盈點點頭，駛上與鄰市相交的公路口時，把車頭調了一下，然後往鄰市開去。好在車好路也好，四個小時後就到了鄰市。到機場時，傅盈把賓士車隨便找了個地方停下扔了，然後兩人一起到機場大廳購票。

到京城的航班比到其他城市的自然要多，周宣兩個人到的時間剛剛好，還有半小時就有一班飛機。

六點十分上機，八點半就到了京城。兩人在機場乘快巴返回市裡，到家的時候差不多快十點了。

金秀梅和劉嫂兩個人還在看電視，而周瑩和周濤兩兄妹已經睡了。最近的工作很忙，因此早就睡了。

只有周蒼松沒回來。他通常是一個星期回來兩三天，有一半的時間都在古玩店裏待著。如今周瑩和周濤兩兄妹又都給周宣調到了珠寶公司，古玩店實際上就只有他一個人在那兒守著了，怎麼說也是周家的產業，他得照看著。

金秀梅和劉嫂是家裏最閒的人了。金秀梅就不必說了，劉嫂雖然要做飯拖地，但周家人都很善良，家務事都會一起幫忙做，對她也從來不挑剔。

除了金秀梅一個人外，其他人都是吃個簡單的早餐和晚餐，中飯也不回來吃，有時甚至早晚餐都不在家吃。所以劉嫂其實也是不怎麼忙的。周家人又好，也把她當自家人看待，報酬還要高出她的同行們一大截，劉嫂對周家自然也很盡責。

晚上，她基本上是陪著金秀梅看電視到十點半，晚一點就是到十一點，然後就去睡覺了。

周宣和傅盈回來的時候將近十點鐘，金秀梅一喜，只是有些詫異，連忙問道：「兒子，盈盈，你們今天早上才走，怎麼晚上就回來了?是不是沒去啊？」

周宣搖搖頭，說道：「就隨便逛了逛，劉嫂，我跟盈盈還沒吃飯，你隨便做點什麼都可以，我先到樓上沖個澡。」

傅盈看著周宣上了樓，本來想跟著上樓再跟他商量一下，但周宣說了上樓是沖澡，她就不好意思再跟上去了。

周宣當然不是爲了洗澡，而是急急地到自己房間裏，到保險櫃前按下密碼打開保險櫃，看到九龍鼎和九顆九星珠都靜靜地躺在裏面，這才長長地舒了一口氣。

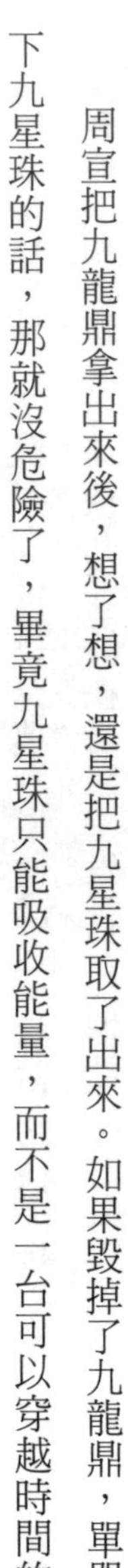

周宣把九龍鼎拿出來後，想了想，還是把九星珠取了出來。如果毀掉了九龍鼎，單單留下九星珠的話，那就沒危險了，畢竟九星珠只能吸收能量，而不是一台可以穿越時間的機器。

而最關鍵的是，九星珠對周宣來說是有極大作用的，因爲九星珠不僅僅能吸收能量，而且還是一個超級儲存器，九星珠能儲存的能量，遠超過以前的冰氣晶體。

周宣把九龍鼎取出後，把九星珠留在了保險櫃裏。畢竟，九龍鼎沒有了九星珠，那也只是一個純粹的觀賞物罷了。

周宣自然也不用擔心九龍鼎會啓動，因爲不管是什麼能量，都只有通過九星珠才能傳到九龍鼎的啓動機器裏，而啓動九龍鼎是需要極龐大能量的，如果周宣用異能來催動，那也只能讓九龍鼎有凍結時間的能力。

對周宣本人來說，他的異能到了現在的程度，已經是相當龐大了，但對九龍鼎來說，他那點異能，只是九牛一毛，杯水車薪而已。

所以，只毀掉九龍鼎而保留九星珠，是十分有必要的。因爲對於其他人來說，九龍珠是沒有半分作用的，但對於周宣的異能來說，九星珠裏存儲的太陽烈焰能量，可是他體內異能最龐大的天然源泉。

周宣把九龍鼎拿到手中，運起異能試了一下，還是不能轉化九龍鼎，又運起太陽烈焰的超高溫能量，把溫度都升到自己都害怕的高度以後，又把這股高溫能量落到九龍鼎上。

九龍鼎表面上似乎閃出了一縷藍色火焰。這要是一塊生鐵，估計早都能熔化了，但那九龍鼎依然是完好無損的。

周宣摸了摸頭，想了想，拿起九龍鼎狠狠砸在地板上，砰砰聲中，九龍鼎彈起來又掉落到地板上，再撿起來瞧了瞧，那九龍鼎還是好好的，當真是火燒不爛，砸也砸不爛啊，周宣倒是有些無計可施了。

這九龍鼎重量極輕，按這個重量來看，應該不是金屬，但卻是砸不爛燒不壞，這又不可能是非金屬才能抗得住的，這九龍鼎到底是什麼樣的物質做成的呢？又要如何才能毀掉它呢？

拿在手中瞧了半天，異能也探測不出來它是什麼物質。

周宣凝神想了半晌，九龍鼎這麼能抗高溫，即使把它丟進熔爐中也不見得能熔化，而且在超高溫的熔爐中，還怕那種熱能激發九龍鼎。該怎麼辦呢？

一想到異能，周宣忽然又想到，自己一直都是在用太陽烈焰的高溫能力，爲什麼不用自己超低溫的冰氣異能試試呢？

反正無計可施，周宣就把冰氣異能運到九龍鼎上，把溫度降到了最低點。這個低溫甚至遠超地球氣候所能達到的最低溫，九龍鼎表層上明顯滲出了一層白花花的寒冰來。

周宣再一雙手握著九龍鼎，高高舉起，然後用盡全力狠狠砸到了地板上。

只聽砰的一聲巨響，地板上一陣如珠落玉盤的聲音。再看九龍鼎，已經碎裂成無以計數的小顆粒，一顆顆散落在房間的地板上，到處都是。

而碎裂的九龍鼎顆粒上，顆顆都如同寒冰碎裂的樣子，全有冰霜的痕跡。

周宣心裏一喜，終於能弄毀九龍鼎了！

然後，他又趕緊蹲下身子，把九龍鼎的碎顆粒一顆一顆撿起來，在玻璃桌上放了一大堆。

周宣撿完後，又瞧著這一堆顆粒，運起異能探測了一下，依然探測不出這是什麼材質，用高溫依然無法燒毀掉，看來還得再想法子，或許就把這些碎顆粒掩埋掉吧。

這麼想著，周宣也不敢隨便就當垃圾扔了，他不敢保證，一旦把這些碎顆粒黏合在一起後，這九龍鼎能不能正常使用，所以，現在唯一的辦法，就是讓別人永遠也不可能把這些碎顆粒聚集到一起。

周宣想了想，找了個黑色的塑膠袋，把九龍鼎的碎顆粒裝了起來，然後把它鎖進了保險櫃中，等到想到了扔的方法再拿出來。

差不多十一點的時候，劉嫂做了一點粥，還有幾碟冷菜，周宣和傅盈隨便吃了一點。因爲吃了點東西，金秀梅就陪著傅盈在客廳裏聊天看電視，到十二點才睡。

而周宣不管那麼多，吃完就去睡了。不過，他心裏還是在想著九龍鼎的事，畢竟安婕事件給周宣留下的印象太深刻了。

周宣心裏一直在想，若是在國外，比如在索馬里之類的地方，他一定會毫不猶豫地把安婕從這個世界上除掉，因爲她的確太可怕了。現在，周宣心狠了很多，只要對他和他的家人形成威脅的人，他都絕不能容忍。

其實，安婕也想不到，世界上竟有那麼神奇的事，所以她一直沒有真正花時費力去查周宣這些人，而現在，安婕已經發現了周宣他們的驚人之處，憑著安國清那樣的老奸巨猾，都死在了天窗底下，而周宣他們三個竟然都好端端地活了下來，這本身就說明了很多問題。

雖然安婕沒有真正見過九龍鼎的神奇威力，但想也想得到，只有掌控了九龍鼎的人，才是這個世界的主人。或許正是因爲看到了這一點，安婕才會不顧自尊地對周宣財色利誘，而更可怕的是，周宣竟然完全不動心，這樣的人，才是安婕真正害怕的。無論如何，安婕都要對周宣一查到底，在安婕看來，這世界上現在最重要的事情，無非就是盯著這個周宣。當然，以她的財力物力，要盯到周宣並不難。

要說周宣如果只是自己一個人的話，他肯定不會害怕，因爲安婕要對付他是沒那麼容易的，但對付他的家人可就很容易了。周宣不可能時時刻刻都守在家人身邊，一旦被安婕盯上，或許只要一轉身，悲劇就發生了。

也就是擔心這一點，所以周宣才覺得爲難和害怕，心裏頭也老是覺得有個東西壓著一般，怎麼也放鬆不下來。

這幾天都沒好好休息，按理說很疲累，應該很容易睡著，但周宣躺在床上半天也睡不著覺，腦子裏總是閃爍著安婕的影子。

而周宣心裏更煩的是，傅盈也不是原來的傅盈了，也沒有辦法把她弄回曾經的那個時空裏，要是再使用九龍鼎，周宣根本就不知道會搞出什麼樣的後果，只有一點能估計到，那就是，絕不可能是按著他想像的方向發展的。

與其弄出更多不可知的事情來，倒還不如現在就這麼看著傅盈在他面前好好活著，總比掉進其他空間，不知死活的好。

不過，就算周宣還想把傅盈帶到原來的空間，也已經沒辦法了，因爲周宣剛剛已經把九龍鼎給毀掉了。

輾轉反側了半晚上，周宣實在睡不著，就找了一本古董鑑定書來看，這一次倒是沒花多久就睡著了。

早上醒來後，周宣看到窗簾上紅紅的一片，顯然是初升的太陽光照射在窗簾上的緣故，因為是冬天的太陽，所以並不感覺到熱。

周宣伸了個懶腰，然後坐起身來，看了看時鐘，才六點五十分，還早，但卻是睡不著了，乾脆起身洗漱過後下了樓。

樓底下只有劉嫂起來做早餐，其他人都還沒起身，在睡覺。

金秀梅和傅盈昨晚聊得晚，而周瑩和周濤兩兄妹因為上班辛苦，所以也還沒起床。

周宣向劉嫂打了個招呼，說道：「劉嫂，我出去走一走，你們別等我，如果我回來了就一起吃，如果沒回來，你們照吃就行了。」

周宣說完就出了門，走出宏城花園，漫無目的往大街上走。

還太早，周宣走沒幾步，迎面一個穿著淡紅色冬裝的高挑女子走過來，兩人視線一相對，不禁都是一愣，同時說道：

「是你？」

這個女子竟然是魏曉雨。

這次肯定沒有搞錯，她額邊髮絲處沒有那一粒極細微的痣，所以周宣肯定，她不是魏曉晴，而是魏曉雨。

以前周宣對魏曉雨有先入為主的想法，因為魏曉雨隨時都是一身筆挺的軍裝，而且表情從來都是不苟言笑，很刻板的樣子。一個漂亮到極點的女孩子總是那副表情，自然不會有太

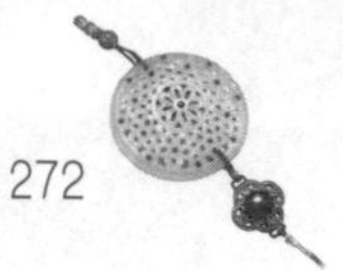

多人敢靠近。

但魏曉雨這段時間跟著周宣後，卻改變了很多，一點也沒有以往的脾氣了，所以，即使是周宣也上過好幾次當，如今要真分得清楚，那只有靠他的異能來探測額角的那顆小痣了。

沒想到會在這兒遇到，兩人都愣了一下，隨即臉紅了一下，有些不自然起來。

魏曉雨說道：「我……我……我是閒著沒事，來逛逛街。」

但她再閒著沒事，也不可能一大早跑到離家那麼遠的地方來逛吧？而且還是走路。按照她行走的這個方向，再走一分鐘便是宏城花園了，再進去就是周宣家的別墅。

這難道不能說明點什麼？

事實上，周宣猜得沒錯。魏曉雨自回來後，對周宣的思念之情便一發不可收拾，雖然面對傅盈的時候裝得那麼大方，但實際上卻是強忍著的，因為她知道周宣不會背叛傅盈，無論她怎麼樣，周宣都不會對她動情。

在這一點上，魏曉雨看得很清楚。

周宣是個重感情厚道的人，她越是耍橫、玩大小姐脾氣，就越會讓周宣厭惡，如果對周宣好一些，處處順著他，凡事都為他著想，那周宣只會覺得對不起她，也會對她越來越好。

儘管周宣不會丟開傅盈跟她好，但能得到喜歡的人的歉疚，心裏也會好受一些，這麼愛他，總不能跟他做仇人吧。

其實最讓魏曉雨難受的是，妹妹曉晴竟然看出了她的心事，好在姐妹倆算是同病相憐，要是周宣真喜歡自己，並跟自己在一起的話，那妹妹或許就會恨她一生了。

回來的這幾天，魏曉雨是坐立不安，心裏雖然想著不要去招惹周宣，好好成全他跟傅盈，但想著他的婚期日益臨近，一顆心便如被火燒一般。

昨晚她一整夜失眠，今天早上天沒亮就起床出了家門，漫無目的在大街上閒逛，只是不知不覺間竟然就走到了周宣的住處。如果不是在這兒遇到周宣，只怕會走到宏城花園裏面去。

兩人四目相對了一會兒，周宣看到，魏曉雨一雙眼泛著血絲，臉無血色，渾然沒有了她以往那冷傲和高不可攀的冰山形象，轉而卻是一副飽受相思之苦的幽怨女子，漂亮之極的容顏中儘是淒涼的神色。

一個絕頂的美女爲情傷到如此，說實話，周宣也覺得對不起她，尤其是在魏曉雨轉變了性格之後，多愁善感又明事理，爲了他幾乎可以說能拋棄一切，這讓周宣壓力無比巨大，讓他承受不起。

同樣的，魏曉晴幾乎跟魏曉雨是同樣的想法，能爲周宣做出一切犧牲，而周宣卻無能爲力。畢竟他跟傅盈有著生死相依的感情，而且相處得越久，感情越是深厚，他也就越覺得不能對不起傅盈。

目前，周宣最傷心的，就是傅盈回不到她原來的時空中了，也就是說，他所面對的不再是那個對他百分之百的傅盈，然而，雖然難過，但周宣卻怎麼也不能離開傅盈。

第三十八章

命懸一線

如果動手術馬上救治，還有百分之二三十的救活機會，
雖然危險，但也好過按照老爺子的話去做。
如果按照老爺子的意思行事，
那周宣可就一絲生還的機會都沒有了，必死無疑。
魏海洪也有些猶豫了。

魏曉雨瞧著周宣發怔的表情，緩緩轉身，一言不發地朝著回去的方向走去。

周宣看著魏曉雨孤單的身影，忽然覺得眼淚都快掉出來了。

魏曉雨腦子裏空空的，已經看不到四下的環境，只是麻木地朝公路對面走去。這兒並不是人行道，沒有斑馬線，甚至連紅綠燈都沒有，往來的車輛川流不息。

周宣呆了呆，看到最靠邊的一輛小車尖銳地剎車，然後拐了一下才繞過魏曉雨向前，車窗裏似乎還傳出一句罵聲。

周宣差點驚得冷汗都流了出來，慌忙不顧一切往前衝過去，嘴裏大叫道：

「曉雨，小心！」

這時候的魏曉雨哪裡聽得到他的喊聲？腦子裏渾渾噩噩的什麼也想不起，也感覺不到外界的危險，心底裏只有一個聲音：「趕緊離開周宣。」如果不離開周宣，魏曉雨覺得自己會忍不住抱著他痛哭，甚至會苦苦哀求他不要扔下自己。

周宣雖然有超強的異能，但卻沒有飛行能力，急奔的速度也比普通人好不了多少，只是在急切的爆發力下，周宣還是比平時快了一些，加上魏曉雨離他的距離並不遠，所以十幾個大步便跑到魏曉雨身後。

此刻，眼見一輛車飛馳而來，周宣一伸手便將魏曉雨抓住，然後拖著她，把她猛力推到公路邊上的行人道上，但也就在這時，「砰」的一聲悶響，周宣自己卻被車撞到飛了起來。

在被撞的那一刹那，周宣飛到半空，然後落在地上。

這一連串的情形，魏曉雨坐在地上瞧得清清楚楚的。

隨著吧嗒一聲響，周宣摔落在地，口鼻中儘是鮮血噴薄而出，紅了一大片，人摔在地上後就一動不動了。

魏曉雨瞧得一清二楚，只是腦子中還沒有反應過來，但她卻注意到，周宣雖然不能動彈，但一雙眼還在尋找她，直到看著她安然無恙地坐在公路邊上，疲憊的眼睛才閉上了。

魏曉雨在這一刹那才回過神來，心裏有如被利刀狠狠地刺了進去，痛入心肺。這感覺讓她抽搐起來，趕緊翻起身跑過去，把周宣扶起來，挪到人行道上，幾乎就要哭出來道：

「周宣……你醒醒，你別……嚇我……」

周宣卻是再也睜不開眼來，嘴裏鼻裏的鮮血依然淌個不停。

而那撞人的小車也停了下來，車主下車來察看周宣的傷勢。不過明眼人都看得出來，這麼猛烈的撞擊，可以說是半條命沒了，能不死才是怪事。

行人把這兒圍了起來。魏曉雨是嚇傻了，受傷的人她見得多了，死人也見得多了，從沒在意過，但眼前她抱著的這個人，卻是她最愛的人，心裏無論如何都覺得不能相信，只是叫著周宣快醒來，渾然顧不到別的事。

旁邊圍觀之中有一個人出聲叫道：「小姐，你不能再搖他了，受傷過重的人最好是讓他身體平躺，馬上打電話叫一一九吧。」

魏曉雨馬上醒悟過來，伸手在身上衣袋中一摸，卻沒帶手機出來，急忙又伸手對那行人說道：「先生，能不能把你的手機借我用一下？」

那人二話不說，立即掏出手機遞給她，平時裏，遇到這樣的美女求助那是不會拒絕的，更別說眼下出了這麼大的事，別的忙幫不到，這一丁點小事絕對是沒有問題的。

魏曉雨首先撥打了一一九，把地點和車禍的事故簡單說了一遍，然後又趕緊給魏海洪打了個電話，說道：「小叔，你趕緊過來，宏城廣場往東一百多米的公路處，周宣出……出車禍了……」

魏海洪顯然嚇了一跳，急急地問道：「什麼……？車禍？怎麼樣了？」

魏曉雨在小叔面前頓時崩潰了，一下子哭出聲來，抽泣地說道：

「我……我不知道，小叔……周宣全身都是血，我……我不知道他是不是還……還活著……」

聽到魏曉雨的話，魏海洪立即知道事態嚴重了，趕緊說道：「曉雨，你留在原處看著他，別動，我馬上過來。」

魏海洪這時候正在床上，老婆聽到周宣出車禍了，也嚇得坐起身來，不過她的問話，魏海洪完全沒聽見。

魏海洪三兩下就穿了衣服走出房門，妻子薛華張了張嘴，最終還是沒叫他。魏海洪顯然完全亂了方寸，穿了鞋的腳上都沒穿襪子，身上衣服的鈕扣也有兩顆扣歪了位置，看起來很慌亂。

魏海洪看了看表，才七點不到。這麼早的時間，他要是沒有特殊的事情，一般是不會起床的，不過老爺子卻是起得早，這時候正在客廳裏坐著看早報，王嫂也起床了，在廚房裏忙著做早餐。

一看到魏海洪這麼早下樓來，老爺子有些詫異，把報紙放到一邊，問道：「老三，急急忙忙的什麼事？」

魏海洪當即說道：「爸，您趕緊打個電話讓總政的醫生護師過來，周宣出車禍了，聽說很嚴重。」

老爺子一怔，隨即猛地一下站起身來，問道：「是……真的？」

魏海洪點點頭，又往外走，邊走邊道：「爸，在宏城廣場往東一百米處，曉雨在那兒，跟周宣在一起，是她通知我的。事情很嚴重，您打電話讓醫師趕到那兒，我先過去。」

老爺子手一擺，沉聲道：「我跟你一起過去。」說著，拿了魏海洪的手機就打電話。

在門外，阿昌也起得早，正在院子中練拳，看到魏海洪和老爺子都走了出來，趕緊收手恭敬地說道：「老長官，洪哥。」

魏海洪一擺手，急道：「阿昌，趕緊把車開出來，我們要到宏城廣場，周宣出車禍了。」

一看到兩人的表情，阿昌就知道事態嚴重，平時跟周宣的關係也不錯，於是幾個大步就跑到車庫那邊開車。

因爲有老爺子在一起，阿昌開的車是一輛黑色的奧迪A6，開到別墅大門處，剛一停下，還沒等他下車來給老爺子開門，魏海洪一把就拉開了車門，老爺子鑽進車裏，然後他自己也坐上了車，把車門狠狠一下關上，說道：「阿昌，開快一些。」

這時已經不用魏海洪催促了，阿昌凝神開著車，速度很快，但沒有達到他開車的極限，畢竟車上還坐著老爺子，老爺子這麼高的歲數，可禁不起顛簸。

不過，阿昌並不知道，老爺子和老李兩個人經常被周宣用異能激發身體機能，改變過體質，雖說年歲都已極高，但實際上，真正的體能只界於六十至七十之間，對他們來說，自己的身體還很年輕，能活動得開。

而周宣用異能直接給他們醫治調理，實際上遠比坡心村的長壽水要有用得多。在長壽村中，那些老人因爲九星珠能量分子的激發，已能活到過百歲的高齡，老爺子和老李這樣直接得到周宣異能激發身體機能的人，自然是遠遠高於坡心村長壽井水中得到的能量。

當然，人體機能是有一個極限的，無論你怎麼激發轉變，也不能超過那個極限，也就是說，不管是坡心村的長壽井水，還是周宣的異能，都只能讓老人活到過百的高齡，而不能達到超乎想像的地步。

但是，老爺子和老李現在卻都是體力充沛，遠不像一般的老人病病殃殃的。兩位老人都明白，這都全靠周宣給他們的內力。以前他們是不相信這些的，覺得這些都是虛無飄渺的傳說，但現在，他們卻是徹底相信了。

就是這樣的一個奇人，難道他也會死？會因車禍而死？

老爺子在車上一直緊皺著眉頭，想著周宣到底會是什麼樣子，會傷到什麼情形。

魏海洪的別墅離宏城廣場並不遠，同處西城區，阿昌的車又開得極快，差不多六七分鐘便到了，遠遠便看到前面的行人道上圍滿了人，而圍滿人的公路邊上，一輛黑色的小車就斜停在路邊。

顯然，這裏就是事發現場了。

阿昌把車開到近前處靠邊停下，趕緊下車。另一邊，魏海洪和老爺子也急急下車，往人群中擠進去。

魏海洪一邊擠一邊喝道：「讓開讓開！」圍觀的人群都給魏海洪嚇到了，趕緊讓開了一

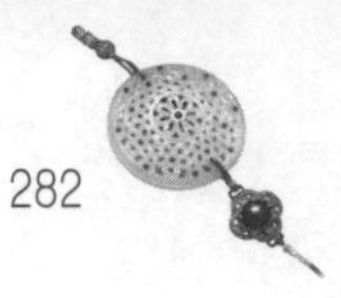

條道。

魏海洪、老爺子和阿昌三個人進到人群裏面，魏曉雨正坐在地上抱著周宣，兩人一臉一身都是鮮血。

看到這個樣子，老爺子只覺得身子一顫，幾乎便暈過去，魏海洪趕緊扶住了老爺子，低聲道：「爸，您小心些。」

老爺子也給阿昌扶住了，定了定神，然後才掙扎著推開兩人的手，沉聲道：「別管我，先救周宣和曉雨，哪一個都不准出事。」

老爺子不得不擔心啊，周宣和魏曉雨的樣子如此嚇人，但魏曉雨還能動還能說話，只是身上的血跡也太嚇人。

魏曉雨看到老爺子和魏海洪都趕到了，這才顫顫地叫了一聲：「爺爺，小叔……」然後就是止不住地哭泣。

老爺子當即說道：「曉雨，別哭，說說是怎麼回事？」

魏曉雨抽抽泣泣地把起因事故說了一下，老爺子和魏海洪當即明白是怎麼回事了，而旁邊那個撞人的司機也趕緊說道：

「不關我事啊，是他們自己撞上來的……」

魏海洪衝著他厲聲喝道：「你給我閉嘴！」

那人嚇得趕緊閉了嘴。車禍這樣的事，不管是什麼原因，責任在誰，開車的那一方始終要理屈三分，一個是車，一個是人，人怎麼能跟鋼鐵比？

平時再橫，現在也不敢再多說什麼了，對方目前人也多，而撞人的司機就一個人，看樣子來的這些人並不簡單，開來的是一輛奧迪，雖然算不上特別豪華，但在京城中，無數深居簡出的高級官員都是乘用奧迪的車，奧迪車也算是國內的官車了，可別惹到那些不能惹的人。

這個司機眼光確實不錯，能想到魏海洪和老爺子的來歷不簡單，也算得他好運，雖然出車禍了，但攤在他身上的責任並沒有多少，老爺子和魏海洪都是明事之人，自然不會在他身上糾纏。

現在只求周宣能平安，醫療費什麼的根本就不用去想。

老爺子和魏海洪也放心了些，魏曉雨沒有事，只是受了驚嚇，而她身上手上臉上的血跡都是周宣的，不是她的，受傷的只有周宣一個人。

魏海洪左右瞧了瞧，伸手在周宣鼻端下探了探，因為手抖，並沒有試到周宣有沒有鼻息，於是又伸到周宣脖子上的動脈處，才感覺到周宣還有脈息在跳動，當即說道：

「曉雨，你把周宣輕輕放平到地上，他身上的傷太重，不能隨便亂動，亂動只會增加他的傷勢，等救護車過來吧。」

魏海洪明白，在這個時候，多動一下周宣，或許就會讓他喪命，只能把他平穩地放到地上，等專業的醫護人員過來救治。

魏曉雨小心翼翼地把周宣平放到地上，然後拭了拭淚，卻是把手上的血跡擦到了臉蛋上，一張雪白的臉蛋沾了無數的鮮紅血跡。

「小叔，爺爺，我……」魏曉雨幾乎是沒有自制能力了，又是流淚又是抽泣地對兩人說著，「我要怎麼辦？我……我怎麼辦？」

「別擔心。」魏海洪低沉地勸著她，然後又拿出手機來打電話。

魏曉雨又焦急地道：「救護車怎麼還不到？我打了很久電話了。」

就在一分多鐘後，倒是開來了一輛救護車。在人群中只聽到聲音，因為圍觀的人群擋住了視線。

救護車一停，下來的人便急叫道：「大家讓一讓，讓一讓。」一聽到這聲音，老爺子馬上知道是總政醫院的醫師到了，那是他的特別醫師秦醫生的聲音。

老爺子的電話果然管用，儘管比魏曉雨的求救電話晚打很久，但卻是先到了。

秦醫生一看到老爺子，當即知道這個受傷的人不簡單，趕緊叫了護士和其他醫生一起幫忙，把周宣平穩地抬到救護車上。

老爺子吩咐阿昌把車開著，跟在救護車後面，他自己則和魏曉雨、魏海洪三個人坐上了救護車，跟醫生和周宣一起。

一般來說，醫生是不允許別人跟在救護車上面的，但老爺子這一家人可不是尋常人，自然不必按尋常的規定辦事。

魏海洪在上車之前，拿手機把肇事車輛和那司機的相貌一一拍下來，然後說道：「你自己先報案等候處理，我辦完事再回來找你。」

那司機咧了咧嘴，終是沒有反駁，畢竟人家親人受了這麼重的傷，心急也是情有可原的，換了誰都會是這樣的反應。

秦醫生是醫學博士，級別很高，否則也不會是老爺子和其他高層的專屬醫生了。在車上，秦醫生要護士給他一把剪刀，然後就喀嚓地把周宣的衣服剪掉，讓他露出胸部來。

周宣在把魏曉雨推開的那一刹那，是正面受到那小車猛力的衝撞，腿和手都被撞斷，胸口的肋骨也斷了七八條，在秦醫生把他的衣服剪開後，可以看得到，胸口斷掉的肋骨已經把皮膚高高頂了起來。

秦醫生用手輕輕摸著，好一會兒才對老爺子說道：

「老爺子，這位先生的傷勢很重，肋骨斷了九條，因爲還沒有照X光，我不能肯定斷掉的骨頭有沒有插到心臟，而胸腔裏有沒有積血也還不清楚，這些都要到醫院檢查後才能知道。目前，這位先生的意識還沒有恢復。」

就是因爲意識還沒有恢復，要是意識恢復了，老爺子就能問周宣自己了，畢竟他自己本身就是治傷療傷的能手，超過了這世界上的任何醫生，也超過了世界上任何能達到的醫療技術。只是現在，周宣卻是昏迷不醒，什麼意識都沒有。

如果周宣就此不能醒過來，那就一切都沒得說了。

老爺子想了想，然後對秦醫生說道：

「秦醫生，你想辦法把他救醒，儘快讓他神智清醒，傷勢可以暫時不理會，只要他醒過來都好說，這可以辦到嗎？」

秦醫生怔了一下，不知道老爺子這話是什麼意思，眼前這個年輕人的傷勢極重，能不能救過來都是未知數，但若說還未治傷就直接用藥物刺激他醒來，這可是一件極爲危險的事。

通常這種情況，只有在確定傷者不能救治的危急情況下才會使用，而且，也只有十分特殊的情況下才行，比如說警方需要瞭解案情之類的。但眼前這個人，顯然不是重刑犯吧？

看老爺子一家人的表情就知道，這個年輕人在他們心目中的分量極重，但老爺子爲什麼會這麼要求？這無疑會加劇這傷者的傷勢，也許就在他清醒的那一刻，便是他死去之時。

但魏海洪和魏曉雨似乎都對老爺子的話沒有異議。秦醫生倒是很奇怪，特別是魏曉雨，那痛不欲生的表情最爲明顯，難道這個年輕人是老爺子的孫女婿？

救護車拉響了警笛，一路向前飛速奔馳著。車裏面，秦醫生只能給周宣打點滴維持著身體機能，而不能進行救治，要等到回醫院後才能進行手術。

好在救護車一路無阻，以最快的速度趕回了總政醫院急診室。

一到醫院，秦醫生就趕緊吩咐護士召集外科醫師集合，討論病案，而周宣則被推進去做全身掃瞄。這時候，老爺子和魏海洪、魏曉雨三個人只能在辦公室中焦急地等候。

初步檢查出來後，秦醫生與幾個技術最好的醫生到投影室召開了緊急會議，並把老爺了一家人都請到一起，讓他們也聽聽意見。

在投影室中，秦醫生把X光片用投影機放出來。寬大的銀幕上，現出了周宣的X光片。周宣的手骨和腿骨有多處骨折，並且碎裂，胸腔處的圖片就是一塊塊的黑影，老爺子和魏海洪都看不懂。魏曉雨還好一點，她是職業軍人，在訓練中，對醫護傷勢有基本的常識，勉強看得出，黑塊是汙血，幾條雜亂的亮痕是肋骨斷裂，它們似乎是刺在了內臟的邊緣。

秦醫生和另外三個醫生的面色都很凝重，一點也不輕鬆，看得出來，周宣的傷情很不樂觀。

秦醫生把X光片定格到胸腔處，然後說道：

「大家都看清楚了？傷者的全身骨節多處碎裂，手部和腿部除外。而胸腔的傷勢最爲嚴重，胸腔處一共斷裂了九條肋骨，其中有三條刺向了心臟，兩條接近邊緣，只要一不小心就會插進心臟中，而另一條已經插在了肺葉裏。胸腔內大面積積血，可以這樣說，傷者必須要馬上動手術，而且，這個手術的成功率可能也只有百分之三十，因爲胸腔內的傷勢最重，而且插傷處還有一條動脈血管，傷者失血極爲嚴重。」

秦醫生這樣解說，其實主要是說給老爺子聽，他擔心傷者救不過來，老爺子會有什麼反應。現在話說到這兒了，最好由老爺子自己拿主意。如果像他在路上說的那樣就可怕了，要是用藥物刺激周宣讓他清醒過來，傷勢絕對會發作，任他有仙人的醫術也回天無力，何況他還不是神仙。

秦醫生又吩咐旁邊的女護士：「小張，你讓全院的護士都驗血，把B型血的人都找出來，用活體血輸到他身上要比冷凍庫的血效果好得多，當然，要自願的。」

魏曉雨當即說道：「我是B型血，先輸我的，不用驗了。」

老爺子想了想，一張臉沉得可怕，好一陣子才絕然說道：

「秦醫生，先不動手術，但可以準備著，給周宣輸血，同時，請你用一切辦法把他救醒，我不管你用什麼辦法，只要你把他救醒。」

秦醫生心裏一沉，老爺子這個話讓他搞不清楚，這個傷者跟他們關係不同尋常，但老爺子爲什麼非要把他刺激醒呢？如果只是刺激醒過來，傷勢只會更加嚴重，按現在的情況看，只怕剎那間就會傷勢發作死去，任憑神仙也救不得他了。

但老爺子神情十分決然，擺擺手，不容秦醫生再反駁。

秦醫生與幾名醫生互望了一眼，幾個人眼中都是憂慮的表情，這樣做無疑是加劇了周宣的傷勢。這時候不敢打強心針，因爲心臟肺葉上受到了刺穿，心臟的活動力加大，傷勢也就會越重，心臟內的血液也會更快流失，胸腔內的積血也會更多，這樣把周宣刺激醒轉，那最多也就幾句話的時間了。

秦醫生想了想，又看著魏海洪和魏曉雨，這意思很明顯，是希望他們兩個人能勸勸老爺子，這樣做太危險了。

如果動手術馬上救治，還有百分之二三十的救活機會，雖然危險，但也好過按照老爺子的話去做。如果按照老爺子的意思行事，那周宣可就一絲生還的機會都沒有了，必死無疑。

魏海洪也有些猶豫了。

魏曉雨想了想，忽然說道：

「秦醫生，就按我爺爺說的辦，把周宣救醒再說。」

按照秦醫生剛剛說明的傷情來看，周宣已經是到了生死邊緣的最危險關頭，做手術的話，九死一生，那還不如把周宣刺激醒轉。因爲魏曉雨切身感受過周宣的異能，她相信，周

宣的療傷治傷能力，遠遠超過醫院所能想像的程度。

與其把生命交給比周宣自己要遜色得多的醫生，還不如把他救醒了，讓他自己給自己療傷，或許這才是最好的辦法。

所以，魏曉雨也覺得，現在最急切的不是給周宣動手術治傷，而是把他救醒。要是他在昏迷中支持不住而死去，那才是最壞的結果。

秦醫生本希望魏曉雨和魏海洪能勸勸老爺子，讓他們給周宣動手術，按正常的程序來醫治，卻沒想到魏曉雨也是和老爺子一樣的想法。

從路上到醫院，一路上只見到魏曉雨痛不欲生的表情，似乎她要拿自己的命來換回周宣的命，她也不會有半分猶豫，但爲什麼此時她卻也跟老爺子一般的想法？難道她是害怕周宣救不回來，要跟他說最後幾句話？

秦醫生又望著魏海洪，魏海洪這時也想起，以前他心口中了一槍，要不是周宣救他，他早已經死了，這才猛地想起來，周宣療傷的本事很高，也明白老爺子和魏曉雨是怎樣的想法了。

想了想，魏海洪也咬咬牙，說道：

「好，秦醫生，就盡一切努力，先讓他醒過來再說。」

秦醫生怔了怔，然後艱難地說道：「這個……是不是再……」

老爺子急急地道：「不容多想，時間怕來不及了，他等不得再拖延，秦醫生，趕緊把他救醒，無論什麼辦法。」

他說完又加了一句：「無論有什麼後果，都不用你們承擔。」

聽到老爺子這樣說，秦醫生這才鬆了一口氣。只要老爺子不會怪罪他們，那就好說。

在醫生看來，只要稍有醫術常識的都知道這樣救治的後果是什麼，所以，如果按照老爺子的說法辦，周宣出了問題，那也怪不得他們。而且，就算動手術，手術成功的可能性也極微，也罷，那就按老爺子說得辦，讓這個傷者跟他們說說最後的離別之話吧。

秦醫生想到這裏，當即揮揮手，說道：「就按老爺子說的辦吧，馬上行動。」說完，又對魏曉雨說道：「魏小姐，請你到消毒室準備一下，準備輸血。」

魏曉雨趕緊跟護士過去準備，消毒後，換了醫療服到手術室中，這時，周宣已經給推到手術臺上。看著周宣失血而蒼白的臉，一雙眼緊緊閉著，口鼻邊的血跡都被簡單處理過，但還看得出凝固的乾血塊。他就那樣一動不動的，像是一個死人。

魏曉雨忍不住淚水滾落，顫抖著把手伸出來。護士用酒精在她胳膊上先消了毒，然後把針頭插進血管中，鮮血一下子湧了出來，從塑膠管中迸流而出，流向另一端。

另一頭，護士又把針頭扎進周宣的胳膊中，魏曉雨身上的血液就緩緩流到了周宣的身體中。

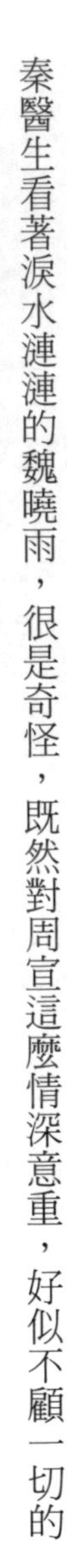

秦醫生看著淚水漣漣的魏曉雨，很是奇怪，既然對周宣這麼情深意重，好似不顧一切的樣子，那她爲什麼還要贊同老爺子的意見？

不懂歸不懂，但她跟老爺子、魏海洪都不反對，他也只能執行。

秦醫嘆了一聲，不過，在口罩的遮擋下，也看不到他的表情。

「開始吧，打強心針。」

因爲周宣胸腔中肋骨斷裂，不能使用電擊，打強心針能刺激周宣，也許他很快就能清醒，但後果就是，周宣的心臟會大出血，從而引發死亡。

因爲老爺子一家人的執著要求，秦醫生也不再多說，護士把強心針準備好，然後交給秦醫生。秦醫生接過針管，輕輕按了一下，藥水從長長的針尖上冒了出來，一滴一滴地滴落，另一邊推車上躺著的魏曉雨見到這麼長的針頭，心頭一陣悸動。

眼看著秦醫生把針頭對準周宣的胸口心臟處用力刺了下去，十多釐米長的針頭幾乎全部沒入了周宣的肌膚中。

也就在這個時候，周宣全身一顫，接著，身子動彈了幾下。

秦醫生低沉地道：「固定他的身體。」

因爲不是手術，所以一開始並沒有固定周宣的身體，如果是手術的話，那就會先把他的身體手腳固定起來，以防影響手術。

周宣身子一動，幾個醫生稍稍用力按住了他的身子，並沒有將他用皮帶固定起來，因爲周宣手腳骨節都是斷裂的。

在手術室外的玻璃窗上看著的老爺子和魏海洪都緊張無比，他們只能等待，再著急也沒有用，現在，他們只希望周宣能夠醒過來。

就在這時候，周宣慢慢睜開眼來。最先看到的是幾個戴著白口罩的醫生，只看到一雙雙的眼睛，然後是頂上那亮得耀眼的強光燈，這時腦子中才反應過來：他是在醫院中，似乎還是在手術臺上。

恍惚了一下，才回憶起，自己是爲了救魏曉雨而被車撞了。接下來才感覺到周身劇痛，似乎要動一下都很爲難，喉嚨中也很難受，咳了兩下，但咳出來的卻全是鮮血。

按照胸腔積血和失血的情況來看，周宣的生命，也就在頃刻間了。

秦醫生嘆息了一下，然後說道：「我們出去吧，讓老爺子他們進來，跟傷者做最後的道別吧。」

秦醫生同幾個醫生一起走出了手術室，現在，手術室中就只剩下周宣和魏曉雨兩個人了。

魏曉雨盯著周宣，淚水迷糊，抽泣著道：

「周宣，對不起，對不起……」

周宣想搖搖頭，但頭卻很痛，轉不了。

而這時，老爺子和魏海洪阿昌三個人也走了進來。

老爺子低沉地對周宣說道：

「周宣，你不能死，也不會死，現在一切都要靠你自己了，知道嗎？我非要把你救醒，就是要讓你自己救自己！你這個傷勢，也只有你自己才能救得了你自己，明白嗎？」

魏海洪眼圈也濕了，低聲道：「兄弟，別讓大家都惦著你，趕緊好起來吧。」

周宣艱難地笑了笑，只是這一笑比哭還難受，嘴也動不了，想說話也說不出來。

這時，他趕緊運了運異能。好在左手腕裏的異能還在，身體受傷雖重，但異能卻沒有損耗。

周宣趕緊運起異能，先透視了一下自己的傷勢，這一檢測，倒是把他自己也嚇了一跳：除了手腳多處骨折斷裂外，胸腔受傷最爲嚴重。對於普通人來說，這樣的傷足以致命了，但好在周宣不是普通人。

他先運起異能把胸腔內的血止住，不讓血液再流失，然後把胸腔內的汙血塊清理，轉化再吞噬掉，清理乾淨胸腔後，再又把手腳的傷勢也努力恢復著。

周宣運起異能恢復起自己的傷勢，速度是常人不能想像的。比用異能給別人治傷還要快很多。

當然，這些傷勢都是周宣身體內部的情形，無論是好還是壞，外人也瞧不出來，哪怕就在面前的老爺子和魏海洪幾個人，也是半點都瞧不出來的。

手腳的斷裂處活血生肌，手稍微能動了，周宣再運盡全力，把手上斷骨也恢復起來，在異能全力運行之下，斷骨處竟然按原樣連合到了一起，雖然不能用大力，但卻能動彈了，能用一點點小力氣了。

周宣再把雙手伸到胸口處，別人看起來，好像是他在撫摸胸口的痛處一般，其實周宣是在用手把斷裂的肋骨擠合到原位。異能的探測比什麼透視儀器都要好用，隨時都可以清楚地看著自己的傷處，而且一點失誤也沒有，所以，周宣幾乎是以最正確的方法把斷骨接到了原位上。

接著，周宣再用異能把斷骨處慢慢恢復起來，骨髓生精，鮮血再植，心臟也緩緩地有力起來。

周宣把這一切都做好後，這才鬆了一口氣，這條命算是撿回來了。要是醫生不按照老爺子的吩咐，直接給他動手術，或許他就會真的死在這手術臺上了。

在異能的全力施爲下，身體的疼痛也沒有那麼強烈了。周宣又側了側頭，瞧著還在哭泣的魏曉雨，努力做了個笑臉，輕聲說道：

「曉雨，你哭什麼？我又不會死！我也不想死啊！要想哭的話，就把眼淚存個幾十年，等我老死了再來哭吧。」

看到周宣能開玩笑了，老爺子和魏海洪都鬆了口氣。

第三十九章

世界末日

魏曉雨坐在床邊瞧著周宣，突然柔腸百轉。
眼看周宣和傅盈的婚期已經很近了，
一想到這事，心裏便如刀絞一般。
現在，她只願那世界末日趕快來臨吧，
讓所有的煩惱都隨著這世界末日一起消失吧。

魏曉雨呆了呆，把淚水止住，然後緊緊盯著周宣。見周宣正微微活動著手，一雙眼睛笑意盈盈地瞧著她，雖然不清楚他現在是什麼情形，但應該是沒有生命危險了。

周宣用力撐了一下，竟然就坐起身來，把手背上的輸血管扯落，對魏曉雨說道：「不用給我輸血了，趕緊把針管扯掉！」

要是周宣沒扯落針頭，魏曉雨還會勸他，讓他多輸點血，但他已經扯掉了，說什麼也沒有用了，便趕緊把自己手背上的針頭取掉，用手背上貼著的膠布按著針口處，不讓血再流出來。

老爺子用手扶著周宣，仔細瞧了起來。他一會兒摸摸他的額頭脖子，一會兒又在心口處試試心跳，確信周宣是沒有問題了，這才欣然點點頭。還好，他這一步算是走對了。

在場的人，除了阿昌不知道外，魏曉雨，魏海洪和老爺子三個人都是知道周宣的能力的。當然，他們也只知道一小點，至於周宣目前擁有的這些稀奇古怪的能力，他們是不知情的。

因為阿昌也在場，所以周宣並不想多說，只是向老爺子和魏海洪微微一笑。笑容中的意思大家都心照不宣。雖然阿昌也不算是外人，但周宣還是不想有太多人知道。

輕輕活動了一下，感覺了一下身體的適應度，周宣才低聲道：「老爺子，洪哥，帶我回你家的別墅好不好？」

周宣不想待在醫院裏，而且多待一會兒，他的傷勢就好得更多一些，讓醫院的醫生見到會覺得太不可思議，反而容易節外生枝。而出院的話，也不好回自己家裏，要是家人和傅盈知道了又會擔心，不如在洪哥家裏多待一陣，把傷勢恢復到能自由行動的時候再出門，這樣最好。

老爺子和魏海洪自然明白周宣的意思，當即應了下來。老爺子出了手術室，吩咐秦醫生安排一個護士拉一輛擔架過來，把周宣用擔架送到樓下。

此刻，秦醫生和幾個醫生正在走道中交談，都在猜測著周宣的傷勢，見到老爺子出來吩咐，都以爲周宣已經過世了，要用擔架推遺體而已，但瞧老爺子的眼神中倒不見有多少悲傷之色，反而跟之前來的時候的那種陰沉大不相同。

秦醫生不敢遲疑，趕緊安排護士到手術室中把周宣推出來。只是，護士和魏曉雨一起把周宣推出來後，秦醫生幾個人卻見到周宣睜著眼瞧著他們，看樣子，周宣並不像是剛從那個重傷患者，反倒像個普通人，不禁大感驚訝！

照理說，周宣這時候應該心臟爆血，傷勢發作，到了回天無力的地步了啊，怎麼還像是半點事都沒有的樣子？

秦醫生幾個人直發著呆，直直地瞧著魏曉雨和護士推著周宣經過面前。直到老爺子和魏海洪，阿昌三個人經過，才看到老爺子在向他們點頭，以示謝意。

看到這幾個人消失在樓道轉彎處後，秦醫生才清醒過來：這到底是怎麼回事？難道他們剛剛都檢測錯了？那個傷者根本就沒受到那麼重的傷？

在醫院樓下，阿昌把車開了過來，幾個人一起把周宣小心抬到車後座上，然後謝了護士，讓她把擔架推回去。

魏海洪坐了副駕座，阿昌開車，老爺子和周宣魏曉雨坐後排。車子後座十分寬大，三個人坐後面也不覺得擠。

等到阿昌把車開出醫院後，魏曉雨這才仔細地盯著周宣檢查起來，看他是不是真正沒有危險了。

周宣微笑著安慰著她：「我沒事，就是要休養一些時間。」

周宣也不敢再刺激魏曉雨，這時回想起魏曉雨那時的行爲，還一陣陣害怕，還好自己離她很近，要是她出了事，可就要愧疚一生了。雖然自己不能給她幸福，不能給她承諾，但卻不忍心看著她受到傷害。

有些事大家都想問，都想說，但卻不方便，於是都沉默下來。

阿昌把車開回別墅後，停下車，趕緊下車來扶周宣。

周宣擺擺手道：「我沒事，那些醫生都太過緊張了，我只是受了點輕傷，都是沾了老爺子的光，受到了特別待遇，呵呵呵。」

聽到周宣輕鬆地說笑，行動也確實不像受了重傷，加上在秦醫生會診的時候他並不在場，阿昌不知道周宣受傷的真正情況，所以也就放心地去做自己的事了。

在客廳裏坐下來後，家裏再沒有其他人了。魏海洪的妻子薛華上班去了，只有王嫂還在收拾著樓上的房間，老爺子的警衛在別墅前跟阿昌說著話，幫著給花草澆水。

這時，老爺子注意地看著周宣，好一會兒才問道：

「周宣，你身體真沒事了嗎？」

「沒事，只是需要再花點時間恢復一下。」周宣伸了伸手，活動著身子，然後又回答著，「內臟的傷要花多點時間，不過都沒有危險了。還好老爺子堅持，我這傷要是按著秦醫生的手術程序來做，只怕等不到我醒，就會死在手術臺上了。」

老爺子點點頭，這一注確實是賭對了，只是眼見周宣如此驚人的恢復速度，不禁也是駭然。誰敢相信，這個周宣在幾十分鐘前還是奄奄一息的重傷患者？

以周宣的恢復速度，如果要到完全正常的樣子，起碼還得要幾個小時，畢竟他的傷勢太重，否則，以周宣的異能程度，普通的傷早就恢復了。

眼見周宣沒事了，魏曉雨這才鬆了口氣。

老爺子見周宣的臉上疲態盡顯，雖然他能力超強，但經過如此重的傷勢，顯然還是極損耗精力，於是說道：「曉雨，你扶周宣到樓上休息吧，我跟你小叔聊一會兒。讓王嫂到外面買點菜回來，做好飯再叫小周下來，現在讓他多休息是最好。」

周宣自然也是這個意思，自己打早就出了門，還是得趕緊把傷勢恢復好才能回家，否則家裏人也會擔心。再說，自己現在與傅盈的關係很尷尬，傅盈在他們家裏並不自在，加上她祖祖又在，自己也得多陪陪，讓她跟她祖祖都安心。

魏曉雨輕輕應了一聲，然後扶著周宣到樓上去。

等周宣和魏曉雨都上了樓以後，老爺子長長嘆息了一聲，說道：

「老三，冤孽啊，我們魏家與周宣的關係真難說得清，我們魏家三代就這兩個女孩子，卻全都與周宣扯上了關係，我這個老頭子能不痛心嗎？」

魏海洪也是嘆了口氣，無可奈何。

魏曉雨和魏曉晴這兩個侄女，自小便是魏家的掌上明珠，加之又生得如此美麗，那更是當寶貝一樣，也養成了一副心比天高的驕傲性格，沒把男人瞧在眼裏。

而魏家也是這樣想的，女孩子出眾，眼光高那也是好的，但不曾想的是，這姐妹倆卻最終都喜歡上了同一個人。

喜歡周宣也就罷了，偏偏周宣又是心有所屬，這讓老爺子覺得十分難受。

一開始，老爺子是想著要把曉晴許配給周宣，讓周宣徹底成爲魏家人，但周宣卻拒絕了。老爺子自然也不會生氣，相反還倒欣賞周宣的堅定，爲人如此才是能信任的人，只是感嘆魏曉晴與周宣有緣無分，如果與周宣相識在先，那肯定就是另一個結果了。

無緣也罷了，卻偏偏魏曉雨又喜歡上了周宣！這姐妹倆都喜歡這個進不了魏家門的周宣，那可真不是一件令人高興的事。

這種事，就算老爺子這樣的人也覺得無可奈何。那些家族間的聯姻，周宣根本就不在乎，他講究的是一個信義，即使孫女這邊，老爺子完全能做得了主，但關鍵是周宣那邊他做不了主。

魏曉雨把周宣扶到三樓。

周宣依舊選了他以前來時住過的那間房，旁邊就是魏曉晴住過的房間，好久都沒來魏海洪這兒住了，現在看到舊時的房間，不禁感慨起來。

房間裏收拾得整整齊齊規規矩矩的，顯然是沒有別人來住過，而魏海洪家中除了周宣和魏曉雨姐妹，以及魏海河的兒子來住過外，是沒有別的外人會來住的。

那些警衛住的全都是底層的房間，二樓是魏海洪夫妻和老爺子的房間，三樓就是魏家家人過來時住的客房，再也沒有其他人來住了。

周宣是第一個住進去的外人。想想以前，最早來這兒的時候，就是跟魏曉雨一起的，在樓頂上，他與魏曉晴一起看過星星，聊過天，如今時間只過了一年，卻是物是人非了。

魏曉雨把周宣扶到床上躺好，又給他蓋上被子，然後柔聲問道：「周宣，你要喝水嗎？」

要在以前，周宣剛認識魏曉雨的時候，絕不相信她會有這樣的一面，但時間久了瞭解到，魏曉雨和魏曉晴姐妹其實都是一樣的心地善良，只不過魏曉雨自小就把自己訓練得更堅強一些，但一碰到心愛的男人，就完全變樣了。

如今，她遇到了周宣，並且死心塌地喜歡上他，爲了周宣，魏曉雨可以說把自己的性格完完全全地再改變一次。

要是讓以前認識魏曉雨的人再見到她，人家一定會以爲她是魏曉晴，而不是魏曉雨。在其他人眼裏，魏曉雨是一個無論受多重的傷，多大的委屈，都絕不會掉一滴眼淚，只會狠狠用拳頭把委屈和傷害報復回來的人，所以，認識她的人都害怕她。雖然她那麼美麗，卻不敢有人親近。

只有在周宣身上，魏曉雨才發現自己女性的一面，才覺得自己跟別的女孩子一樣溫柔，有眼淚，有感情，直到現在，她才覺得自己是一個真真正正的女人。

只有在周宣面前，魏曉雨才覺得自己軟弱，是個需要保護的柔弱女孩子，也只有周宣才能給她這種感覺。

魏曉雨給周宣倒了杯水端到床邊，扶起周宣喝了一點點。周宣苦笑道：「曉雨，我沒那麼柔弱，你不用這樣來服侍我。」

魏曉雨一聲不吭，倔倔地等周宣再喝了口水，把杯子放到桌上，坐到床邊瞧著周宣的臉。看到周宣臉上仍然還有絲絲血跡凝成的乾塊，趕緊用盆裝了一點溫水，拿了毛巾，把毛巾濕了水後，在周宣臉上細細擦拭，直到把血塊完全清洗掉。

周宣很無奈，想也阻止不了她，於是乾脆讓她弄著。

魏曉雨把毛巾濕透熱水後，將毛巾上的水份擰乾，用熱氣騰騰的毛巾給周宣把臉上擦乾淨，直到他臉上再沒有半點存留的血跡後，這才住了手，把水端到洗手間裏倒掉。這才又坐回床邊。

周宣躺著，給魏曉雨這樣瞧著，自然是渾身不自在。雖然之前與她在莫蔭山地底中有過幾天幾夜的相處，又在坡心村的天窗地底中生死相伴，那時一切都很自然，但現在卻又是另一種心態了。雖然人還是同樣的人，但現在只要一看見魏曉雨，周宣就會想到傅盈。

魏曉雨靜坐了一會兒，然後才低低地說道：「周宣，要是你今天出了事，有什麼好歹，我就不活了。」

周宣心中頓時一跳，魏曉雨的這個話可是讓他害怕的。以前她隱隱也有些情意表露，但周宣明白，那時候是在危險的環境中，任誰都想不到自己還能活著離開，所以就任由她表露情意。但回來後可就不同了，就算再有感情，周宣也不想自己惹得到處情絲交纏，這樣不僅會傷害到別人，更會傷害到自己。

「曉雨，你可別嚇我。」周宣趕緊回答著，「我不會有事的，你別擔心。」

魏曉雨嘆息了一聲，過了良久才幽幽道：

「周宣，只要你好好的，我就沒關係。我知道你不會與傅盈分開，我也不會來糾纏你，強求你的，你放心吧。」

過了一會兒，魏曉雨又說道：

「還有，周宣，我希望你對我妹妹好一點，我妹妹也很可憐，我們一家人看著她都很傷心，她一天比一天消瘦，她在爲你傷心，我妹妹跟我不一樣，她……她沒那麼堅強。」

「曉晴……曉晴也是一個好女孩。」周宣想起魏曉晴來，那個任性卻又善良多情的女孩子……自己怎麼會招惹到她們兩姐妹呢？

或許，這一切都是命運吧。

魏曉雨將被子給周宣蓋好，輕輕道：

「你好好休息吧，別再想那麼多了，該來的始終會來，不會來的，你要它來它也不會來，一切聽天由命吧。」

周宣微微閉上了眼睛，運起異能，恢復起身上的傷勢來。

魏曉雨卻以為周宣睡著了，坐在床邊瞧著周宣，突然柔腸百轉。眼看周宣和傅盈的婚期已經很近了，一想到這事，心裏便如刀絞一般，現在，她只願那世界末日趕快來臨吧，讓所有的煩惱都隨著這世界末日一起消失吧。

周宣雖然受了極重的傷，但異能確實是有任何人都想像不到的神奇能力，那麼重的傷，沒過多久就可以跟一個正常人一樣，能走能動，除了使重力還需要休養一些時日外，身體的機能基本上都恢復了，這要是讓秦醫生他們知道，那一定會讓他們驚到傻眼。

周宣把異能運起來恢復傷勢，表面上看起來好像在睡覺一樣。魏曉雨雖然沒受傷，但今天受到的驚嚇過度，又擔心周宣，諸事勞累，直到看著周宣沒有大危險以後，這才大大鬆了口氣。

心情一放鬆，魏曉雨忍不住疲勞盡顯，坐了一會兒，就斜靠在周宣的旁邊昏昏迷迷睡著了。周宣也沒有注意她，只是運著異能恢復傷勢，也在迷迷糊糊中睡了過去。

第四十章

萬裡挑一

老爺子看到老李父子跟周宣一團和氣的樣子，心裏嘆了一聲，
又瞧著魏曉晴、魏曉雨兩姐妹的表情，又有些傷心。
可憐自己的兩個孫女都是萬裡挑一的美人，
卻在感情上諸事不順，好生不暢快。

也不知道過了多久，周宣動了動，覺得身子疲軟，受的傷還是太重，儘管恢復得不錯，但與沒有受傷的時候相比，身體的體能還是差了很多。

昏昏暗暗的，周宣只覺得懷裏十分柔軟，摟著的東西挺舒服，又有股沁入心肺的幽香，忍不住再用力摟緊了些。

不過，周宣在摟緊的時候，懷中之物卻也是動了動。周宣血氣方剛，自然有了身體反應，懷中之物更是扭動不已。

周宣舒服地摟著懷中物，男人的生理反應讓懷中物「嚶嚀」一聲，周宣忽然間驚出了一身冷汗。

就這麼嚇了一下，周宣立即醒了過來，猛然睜開眼，卻見對面一張臉蛋嬌羞得紅霞一片，這才發現，他摟著的竟然是魏曉雨。

魏曉雨其實是迷迷糊糊睡著了，覺得身上冷，就把被子扯了一些蓋到身上，而周宣睡著後，不知不覺中就把她摟到了懷中。男人跟女人在一起，自然就有天生的吸引力，哪怕兩人都毫不知情。

不過，就在周宣不知不覺中把魏曉雨摟在懷裏時，魏曉雨就醒了，但見到周宣並沒有清醒，又對她做出這種舉動，羞紅了臉卻沒有掙扎，因爲怕把周宣驚醒，而且周宣摟得十分緊，又哪裡掙得脫。

而後，周宣身上的男子氣息和生理反應盡顯，讓魏曉雨更是嬌羞不已，等到周宣醒過來睜開眼後，兩個人頓時都驚得差點叫了起來。

周宣趕緊把被子拉起蒙住了頭，然後就往床下爬，由於沒看清楚，「啊喲」一聲栽到床下。

魏曉雨嚇了一跳，趕緊爬起來把周宣拉起來，揭開蓋住他的被子，急問道：

「你沒事吧？沒傷到吧？身上還疼嗎？」

周宣自然是沒事，身上雖然軟，但卻沒有半分的疼痛感，趕緊站起身來，把被子放到床上。

魏曉雨趕緊到洗手間整理了一下蓬亂的頭髮，順便洗了一下臉後，從鏡子中瞧著自己，一張臉蛋如花朵兒一般綻開，美麗不可方物。

想起剛剛的情形，魏曉雨不禁臉上發燙，只覺得羞不可抑。以前在莫蔭山的地底中，她也曾與周宣有過這麼近的接觸，但那時哪有這樣的念頭，而剛剛周宣摟著她，卻是有了男人的反應，那才是最羞的事情。

魏曉雨洗了臉出來後，周宣看了看手表，已經是下午一點多了，這一覺睡了竟然有五六個小時，從總政醫院回來的時候，才九點多不到十點。

周宣訕訕地說道：「曉雨，我們……我們下去吧。」

魏曉雨卻是低了頭，好一陣子才說道：「你先下去，我過一會兒再下來。」

周宣怔了怔，隨即又恍然大悟，魏曉雨是女孩子，在床上跟周宣相互摟著睡了幾個小時，要是一起下去，自然會擔心別人懷疑。

當下話也不敢再說，周宣狼狽地一個人先下樓去，他的傷勢已完全好了，不過臉上卻有如火燙一般。

想起剛剛摟著魏曉雨覺得舒服的時候，還狠狠用了幾下力氣，那會兒魏曉雨應是醒著的吧？這事不想還好，一想就覺得臊得慌。

到了客廳裏，老爺子和魏海洪都在，老李和李雷也在，還有另一個讓周宣驚訝的人，那就是魏曉晴。

老爺子瞧著周宣，擔心地問道：

「周宣，好些了嗎？我看你臉紅紅的，是不是傷勢還沒好？」

周宣趕緊搖頭，回答道：

「我沒事，沒事，李老，李……李叔……」

一看到李雷，周宣的稱呼就有些尷尬，以前李雷跟他稱兄道弟的，但現在可不能那麼叫了，畢竟他兒子李為是自己妹夫，再跟李雷那樣叫就不倫不類了，結巴了好一陣子，才迸出了個李叔出來。

老李也關心地問道：「小周，聽老魏哥說你出了車禍，我可是飯也吃不好，坐也坐不下了，趕緊跟李雷過來看你，怎麼樣了？」

周宣趕緊回答道：「沒事沒事，已經好得差不多了。」

李雷也靠近了些，拍拍他的肩膀說道：「好了就好，好了就好，兄弟，你可把我跟老爺子嚇壞了，魏叔說起的時候可是很嚇人的，說你受的傷可不輕！」

老李哼了哼道：「李雷，你是長輩，做長輩就有個長輩的樣子，小周是晚輩，你這一通亂說什麼？」

李雷頓時訕訕地不好意思起來，以前跟周宣叫慣了，一下子還不好改口，嘿嘿自嘲地笑了笑後，又道：「少年叔侄當弟兄，不怕不怕……」

瞧著周宣也是一臉尷尬的表情，又瞧著老爸的表情，立時就閉了嘴，不再說話。

周宣又瞧見一邊坐著冰著一張臉蛋的魏曉晴，當下微笑道：

「曉晴，你幾時來的？」

魏曉晴眼圈紅紅的，似乎就要哭出來了。

這時候魏曉雨也下樓來了，挨個把眾人請安似地叫了一遍，然後又瞧見魏曉晴，詫道：

「曉晴，你也來了？」

老爺子笑笑道：「曉晴來了兩個小時多了，一早就到樓上去瞧過小周，不過他還在睡覺，也就沒吵醒他。後來王嫂煲好了粥，曉晴又上樓去叫他，小周還沒醒，曉晴也就沒叫醒他。可下樓後也不知道怎麼的，氣鼓鼓的到現在還在生氣呢。」

周宣和魏曉雨頓時都是「啊喲」一聲。

旁邊幾個人都驚道：「怎麼啦？還有哪裡不舒服？」

卻見周宣紅著臉連連道：「沒……沒有……沒事……」

到這時，周宣終於明白魏曉晴爲什麼生氣和不高興了，她肯定是在樓上看到自己跟魏曉雨摟抱著睡到了一起。

而魏曉雨則臉紅著，也是羞得不得了。她當然明白，妹妹上樓看到了什麼。

當然，其他人自然是不知道這件事的，也不可能想像得到。

李雷對周宣說道：「兄……周……小周……」

李雷很艱難地憋出了「小周」兩個字來，然後才道：

「我可得好好謝謝你啊，李爲那個王八蛋現在可是大變樣了，以前老爺子啊，我啊，好話說盡了一籮筐，要他找個正經工作，可他就是不幹，後來我們也就罷了，只要他不惹事，安安分分的，我們也心滿意足了，哪想得到，現在他可是正正經經地上起班來，而且很用心，這都是你的功勞啊！」

「哪裡哪裡……李……李叔，其實是你們都誤會李爲了。」周宣笑笑回答著，「李爲其實是一個很細心很上進的人，表面上看他有些玩世不恭，但實際上他卻不是這樣的，這可能也是平時你們對他管教太嚴的緣故吧。」

李爲確實是這樣一個人，你要是順著他，對他好，他也對你好；你如果要跟他硬來，那他也是個牛脾氣，只會一樣跟你對頂，是個吃軟不吃硬的人。

老爺子看到老李父子跟周宣一團和氣的樣子，心裏嘆了一聲，又瞧著魏曉晴、魏曉雨兩姐妹的表情，又有些傷心。可憐自己的兩個孫女都是萬裡挑一的美人，卻在感情上諸事不順，好生不暢快。

王嫂擺了菜粥，老爺子、魏海洪以及老李父子都是吃過飯的，不再吃了，也就魏曉雨陪著周宣在喝粥。今天，魏曉雨跟周宣一樣，都是起了個大早就出去了，接著就發生了車禍，一直到現在都還沒吃喝過半點東西。

兩人坐下後，見到魏曉晴也氣鼓鼓地從客廳走過來，到餐桌邊坐下。

魏曉雨默不作聲地盛了三碗粥。王嫂熬粥熬得很好，燕窩加麥片，甜而不膩，菜也是清淡的，最適合生病或者大病初癒的人吃。

因爲跟周宣抱在一起睡覺的事，所以魏曉雨一直不敢怎麼說話，妹妹曉晴肯定是百分之百見到了，否則她不會是這種表情。

周宣是真的餓了，狼吞虎嚥喝了幾碗粥，而魏曉雨雖然也餓了，但卻著實沒胃口，一點也不想吃，扒拉了幾下，又瞧著妹妹曉晴，見她咬著唇，想了想才問道：

「曉晴，你恨姐姐嗎？」

魏曉晴見到姐姐這副幽怨的表情，又哪裡恨得起來？說到底，姐妹倆都是可憐人，都是一樣的心情。先前上樓瞧見的情形，想來也知道不是周宣故意的，只不過是姐姐在旁邊服侍他，累了躺著的時候就擠到了一起，因爲姐姐一雙鞋子都沒有脫掉，哪能看不明白？

不過，周宣確實感到有些愧意。還好只有魏曉晴一個人知道這件事。別看魏曉晴現在氣呼呼的，但她卻是絕對不會傷害姐姐的，肯定不會把事情說出去的。

請續看《淘寶黃金手II》卷三　情海巨濤

【附錄】

兩岸主要古玩市場．市集地址

台灣古玩市場．市集地址

台北市建國假日玉市：北市仁愛路、濟南路及建國南路高架橋下

台北市光華假日玉市：新生北路與八德路口

台北市三普古董商場：台北市新生南路一段十四號

台北市大都會珠寶古董商場：台北市中山區松江路二九一號B1

新竹市東門市場：新竹市東區中正路一〇六號

台中市立文化中心周遭：英才路、美村路、林森路、公益路、金山路和民生路等地段

台中市第五期重劃區：大隆路、精明一街、精明二街、東興路和大業路等地段

彰化：彰鹿路

高雄市：廣州街、廈門街、七賢三街、中正路、大豐路等

大陸古玩市場．市集地址

北京古玩城：北京市朝陽區東三環南路廿一號

北京潘家園舊貨市場：北京市朝陽區華威里十八號

上海國際收藏品市場：上海市江西中路四五七號

天津古物市場：天津市南開區東馬路水閣大街三十號

天津古玩城：天津市南開區古文化街

重慶市綜合類收藏品市場：重慶市渝中區較場口八二號

廣東省深圳市古玩城：廣東省深圳市樂園路十三號

廣東省深圳華之萃古玩世界：廣東省深圳市紅嶺路荔景大廈

江蘇省南京夫子廟市場：江蘇省南京市夫子廟東市

江蘇省南京金陵收藏品市場：江蘇省南京市清涼山公園

浙江省杭州市民間收藏品交易市場：浙江省杭州市湖墅南路

浙江省紹興市古玩市場：浙江省紹興市紹興府河街四一號

福建省白鷺洲古玩城：福建省廈門市湖濱中路

福建省泉州市塗門街古玩市場：福建省泉州市狀元街、文化街及鐘樓附近

河南省洛陽市西工古玩市場：河南省洛陽市洛陽中州路

河南省洛陽市潞澤文物古玩市場：河南省洛陽市九都東路一三三號

湖北省武昌市古玩城：湖北省武昌市東湖中南路

四川省成都市文物古玩市場：四川省成都市青華路三六號

遼寧省大連市古玩城：遼寧省大連市港灣街一號

遼寧省瀋陽市古玩城：遼寧省瀋陽市瀋陽故宮附近

黑龍江省哈爾濱市馬家街古玩市場：黑龍江省哈爾濱市南崗區馬家街西頭

吉林省長春市吉發古玩城：吉林省長春市清明街七四號

山東省青島市古玩市場：山東省青島市昌樂路

河北省石家莊市古玩城：河北省石家莊市西大街一號

山西省平遙古物市場：山西省平遙縣明清街

山西省太原南宮收藏品市場：山西省太原市迎澤路

陝西省西安市古玩城：陝西省西安市朱雀大街中段二號

安徽省合肥市城隍廟古玩城：安徽省合肥市城隍廟

甘肅省蘭州古玩城：甘肅省蘭州市白塔山公園

雲南省昆明市古玩城：雲南省昆明市桃園街一一九號

江西省南昌市滕王閣古玩市場：江西省南昌市滕王閣

貴州省貴陽市花鳥古玩市場：貴州省貴陽市陽明路

湖南省長沙市博物館古玩一條街：湖南省長沙市清水塘路

淘寶黃金手II 卷二 超級鑽石

作者：羅曉
出版者：風雲時代出版股份有限公司
出版所：風雲時代出版股份有限公司
地址：105台北市民生東路五段178號7樓之3
風雲書網：http://www.eastbooks.com.tw
官方部落格：http://eastbooks.pixnet.net/blog
Facebook：http://www.facebook.com/h7560949
信箱：h7560949@ms15.hinet.net
郵撥帳號：12043291
服務專線：(02)27560949
傳真專線：(02)27653799
執行主編：朱墨菲
美術編輯：許惠芳

法律顧問：永然法律事務所 李永然律師
北辰著作權事務所 蕭雄淋律師

版權授權：蔡雷平
初版日期：2013年8月
初版二刷：2013年8月20日
ISBN：978-986-146-991-1

總經銷：成信文化事業股份有限公司
地　址：新北市新店區中正路四維巷二弄2號4樓
電　話：(02)2219-2080

行政院新聞局局版台業字第3595號 營利事業統一編號22759935

定價：280元　特價：199元

國家圖書館出版品預行編目資料

淘寶黃金手II／羅曉著. -- 初版-- 臺北市：風雲時代，
2013.07 -- 冊；公分

ISBN 978-986-146-991-1（第2冊；平裝）

857.7　　102010303